Alexander Hartung
Als die Nacht begann

EDITION M

Das Buch

Als auf der Friedrichstraße in Berlin eine Studentin auf offener Straße erschossen wird, ist die Kripo in höchster Alarmbereitschaft. Das zufällig am Tatort aufgenommene Video eines Touristen stellt Jan Tommen und sein Team vor ein Rätsel. War es ein Heckenschütze, der sein Ziel willkürlich ausgewählt hat, oder gab es eine Verbindung zum Opfer?

Auf der Suche nach einem Motiv tauchen Jan und seine Freunde in das Leben der jungen Frau ein, doch es findet sich keine verwertbare Spur. Dann wird am Tegeler See ein Mann auf einer Parkbank gefunden, der ebenfalls aus der Ferne getötet wurde.

Der Autor

Alexander Hartung wurde 1970 in Mannheim geboren. Schon während seines Volkswirtschaftsstudiums begann er mit dem Schreiben und entdeckte seine Liebe zu Krimis. Mit seinen beiden Serien um die Ermittler Jan Tommen und Nik Pohl eroberte er die Kindle-Bestsellerliste. Aktuell lebt Alexander Hartung mit Frau und Kindern in seiner Geburtsstadt Mannheim.

ALEXANDER HARTUNG

ALS DIE NACHT BEGANN

EIN JAN-TOMMEN-THRILLER

EDITION M

Edition M, Amazon Media EU S.à r.l.
38, avenue John F. Kennedy, L-1855 Luxembourg
Dezember 2020

Umschlaggestaltung: bürosüd° München, www.buerosued.de
Umschlagmotiv: © STILLFX / Shutterstock; © Bruno Passigatti / Shutterstock; © Ensuper / Shutterstock; © Kai Jabs / Plainpicture
1. Lektorat: Kanut Kirches
2. Lektorat, Korrektorat und Satz: VLG Verlag & Agentur, Haar bei München, www.vlg.de
Gedruckt durch:
Amazon Distribution GmbH, Amazonstraße 1, 04347 Leipzig / Canon Deutschland Business Services GmbH, Ferdinand-Jühlke-Straße 7, 99095 Erfurt / CPI books GmbH, Birkstraße 10, 25917 Leck

ISBN 978-2-91980-665-2

www.edition-m-verlag.de

Für meinen Freund Andreas Hartel, der nie müde wird, mir großartige Ideen zu schenken, wenn meine Fantasie nicht mehr ausreicht.

Prolog

Der Querschläger traf Leon in die Stirn.

Im ersten Moment verstand Alina nicht, was mit ihrem Mann passiert war. Sie hatten den Abend in einer veganen Tapasbar verbracht und waren auf dem Weg zu ihrem Auto gewesen. Die Gegend um den Görlitzer Park war berüchtigt, aber sie hatten nur fünfzig Meter entfernt geparkt, unter den U-Bahn-Gleisen nahe einer Straßenlaterne.

Leon hatte noch einen Scherz über den beginnenden Nieselregen gemacht, dann wurde sein Kopf nach hinten gerissen und er sank zu Boden. Seine Stirn schlug auf den harten Asphalt auf und aus seinen schönen blauen Augen wich das Leben. Unter seinem Haaransatz klaffte ein Loch, nicht größer als eine Münze.

»Leon!«, schrie Alina verzweifelt. Immer wieder rief sie ihn, als könnte sein Name ihn zurückbringen. Sie war so auf ihren Mann fixiert, dass sie die Schießerei erst bemerkte, als die Scheibe des Hauses hinter ihnen zerbarst.

Die Schüsse hallten laut in der Unterführung. Es war zu dunkel, um mehr als Schemen zu erkennen, aber die Mündungsfeuer von Pistolen brachten immer wieder Licht in die Schwärze. Nur kurz. Wie das Flackern eines Stroboskops. Sie erkannte eine Gruppe von vier Männern, einheitlich in schwarze Montur gekleidet, mit Wollmasken über dem Gesicht. Sie schossen in Richtung eines großen Lieferwagens, von dem aus das Feuer erwidert wurde.

Eine weitere Scheibe zerbarst. Eine Frau schrie. Alina packte ihren Mann an der Jacke und zog ihn hinter einen großen Baum.

»Leon«, sagte sie wieder und schüttelte ihn.

Eine Explosion ließ den Boden vibrieren. Brennende Trümmer flogen durch die Luft und landeten auf der Straße. Ein Transporter machte eine Vollbremsung und schlitterte ein Stück über den feuchten Asphalt.

Alina presste sich die Hände auf die Ohren und legte sich schützend auf ihren Mann. Kugeln schlugen in die Äste über ihr ein, der Reifen eines Autos platzte und das Glas einer Straßenlaterne zerbarst.

Sie wusste nicht, wie lange sie sich schon hinter dem Baum versteckt hielt, aber es fühlte sich ewig an, bis die ersten Sirenen erklangen. Die Schüsse wurden weniger und Alina hob vorsichtig den Kopf.

Ein schwarzer Mustang raste aus der Unterführung. Er fuhr mit zu hohem Tempo in die Kurve und rammte einen geparkten Opel. Mit lautem Scheppern wurde der Opel umgeworfen, der Fahrer des Mustang gab Gas und raste weiter. Dann kam das erste Polizeiauto in Sicht. Das Sirenengeheul nahm zu, bis die Gegend von blinkenden Blaulichtern erhellt war. Polizisten sicherten das Gebiet, ein paar Uniformierte verschanzten sich mit angelegten Waffen hinter ihren Autos. Andere sperrten die Gehwege mit rot-weißem Kordonband ab und geleiteten Passanten aus der Gefahrenzone.

Ein Mann in voller Schutzmontur kam zu ihr gelaufen, eine Pistole in der Hand, sich vorsichtig anpirschend, als erwartete er jederzeit einen Hinterhalt. Er sagte etwas zu Alina, aber die Worte drangen nicht zu ihr durch. Sie saß an den Baum gelehnt, Leons Kopf im Schoß, und streichelte sanft durch sein blutgetränktes Haar. Der Polizist sprach etwas in das Funkgerät. Dann stellte er sich neben sie, die Pistole nach unten gerichtet, den Blick umherstreifend.

Als der Krankenwagen angefahren kam, hielt Alina ihren Mann immer noch in den Armen. Das Blut an ihren Händen war bereits getrocknet.

Kapitel 1

Jan mochte keine Anzüge. Irgendwo in seinem Schrank hing noch ein blauer Sakko mit Hose, für feierliche Anlässe wie Hochzeiten oder Taufen, dunkel genug, dass beide Kleidungsstücke auch für Beerdigungen herhalten konnten. Ansonsten bevorzugte er Hemden in Kombination mit Jeans oder Chinos.

Jetzt stand er auf einem kleinen Podest, in Boxershorts, Socken und einem weißen T-Shirt, und fühlte sich ausgesprochen dämlich. Sein Freund Chandu würde aus dem Lachen nicht mehr herauskommen, wenn er ihn so sähe, und Zoes Reaktion wollte sich Jan lieber gar nicht erst vorstellen. Wahrscheinlich würde sie diesen Moment mit ihrem Handy festhalten, das Bild großflächig ausdrucken und am Eingang der Kripo mit seinem Namen darunter aufhängen.

Wenigstens befanden sie sich in einem Nebenraum, dessen kleines Fenster hoch genug angebracht war, dass vorbeilaufende Spaziergänger nur sein Gesicht sehen konnten. Die Einrichtung erinnerte eher an ein Märchenschloss, mit hellblauer Tapete an den Wänden, farblich dazu passend der Teppich und weinrote Gobelins mit Goldstickereien, als an einen Herrenausstatter. Zwei bronzene Duftlampen verströmten einen blumigen Geruch.

Jans exponierte Lage ignorierend, diskutierte Lan mit einem älteren Mann über den optimalen Schnitt für den neuen Anzug und welche Farbe für den geplanten Anlass angemessen war, bis hin zum Stoff des Einstecktuchs. Jan hätte gern auch seine Meinung dazu geäußert, aber mit dem Beginn der Hochzeitsplanung war er nur noch Beifahrer. Er durfte zu den Terminen mitkommen, bei denen besprochen wurde, in welcher Kirche sie heiraten würden, wo der Empfang stattfinden würde und wie das Menü aussehen sollte, aber immer wenn er eine Bemerkung machte, sahen alle Beteiligten zu ihm, als wäre er ein Schwachsinniger. Wenn sie überhaupt auf ihn reagierten.

»Wie gefällt dir Dunkelblau?«, wandte sich Lan an ihn.

»Wenn du mich so fragst, würde mir Schwarz besser …«

»Wir nehmen Dunkelblau«, sagte sie zu dem Schneider.

»Eine hervorragende Wahl«, stimmte dieser zu. Natürlich trug der Mann einen dunkelblauen Maßanzug, dazu ein weißes Hemd und ein passendes Einstecktuch. Auf seinem Kopf waren nur noch wenige Haare, dafür aber drei Brillen, eine auf der Nase, eine auf der Stirn und eine auf der Schädeldecke. Sosehr sich Jan anstrengte, er hatte keine Ahnung, wozu man drei Brillen brauchte.

»Wir empfehlen Ihnen feine italienische Schurwolle«, fuhr der Mann fort und machte sich eine Notiz auf einem Block. »Passend zum Jackett nähen wir noch eine Weste mit feinem Stickmuster, das sich leicht vom Anzug abhebt.«

Jan sah sich in dem Raum um, weil er nicht wusste, wer mit *wir* gemeint war. Währenddessen zog der Mann ein Maßband aus der Tasche und legte es Jan um die Hüfte. »Ich setze das Jackett eine Nummer kleiner an, denn bis zur Hochzeit ist ja noch etwas Zeit.« Er tätschelte Jans Bauchansatz. »Aber im Notfall können wir das wieder auslassen«, bemerkte er zu Lan mit einem Zwinkern.

»Das wird nicht notwendig sein.« Sie kniff die Augen zusammen und nickte Jan zu. Während der Mann von den Vorzügen ägyptischer Baumwolle schwärmte, verabschiedete sich Jan in Gedanken von Bier, Kuchen, Chips und Döner.

»Heiraten macht Spaß«, murmelte er. »Du musst nur fest daran glauben.«

Als ein Einsatzwagen mit Blaulicht und Sirene sich den Weg durch die Friedrichstraße bahnte, stieß er einen Seufzer aus. Wie gern hätte er mit den Kollegen getauscht. Egal, wohin sie unterwegs waren, es war mit Sicherheit besser, als in Boxershorts und Socken auf einem Podest zu stehen.

»Das Einstecktuch passe ich farblich dem Plastron an«, fuhr der Mann fort, während er die Brille von der Stirn auf die Nase setzte und die andere in seine Tasche steckte.

Jan unterdrückte den Drang, nach seinem Handy auf dem Abstelltisch zu greifen und nachzusehen, was eigentlich ein Plastron war, bis zur Hochzeit blieb ihm noch ein wenig Zeit, um das in Erfahrung zu bringen.

»Bitte Arme ausstrecken«, wandte sich der Mann an ihn.

Jan tat, wie ihm geheißen.

»Den Rücken gerade halten.« Er drückte Jan ins Kreuz, während er die Armlänge ausmaß.

»Soll ich noch ein Lied singen?«, fragte Jan genervt, was ihm einen mahnenden Blick von Lan einbrachte.

Der Maßschneider schien diese Bemerkung nicht gehört zu haben, er machte sich kopfschüttelnd Notizen, als wäre Jans Körperbau eine kuriose Abnormität, von der er nicht wusste, wie er sie in einen Anzug kleiden sollte.

Ein weiteres Einsatzfahrzeug raste mit Blaulicht und Sirene an ihnen vorbei. In die gleiche Richtung wie das erste. Kurz darauf folgte ein Krankenwagen. Jans Handy auf dem Tisch brummte zornig, als wäre es auch vom Maßnehmen genervt.

Ein drittes Einsatzfahrzeug passierte den Laden. Sogar der Schneider wandte sich um und blickte durch das kleine Fenster.

Jan sah zu Lan, die nur mit den Augen rollte. »Geh schon«, sagte sie schließlich. »Ich mache den Rest.«

Jan unterdrückte einen Jubelschrei, schlüpfte eilig in seine Hose und verabschiedete sich winkend, bevor er schon beim Hinaushüpfen seine Sneakers zuband.

Eine Minute später war er aus dem Geschäft und las die eingegangene SMS, während er den Gehweg entlangrannte.

* * *

Einsatzfahrzeuge sperrten beide Richtungen der Friedrichstraße von den Galeries Lafayette bis zur Kreuzung Mohrenstraße ab. Auch die Querungen Jägerstraße und Taubenstraße waren stillgelegt. Der Verkehr war zum Erliegen gekommen. Das wütende Hupen wurde nur vom Geschrei eines Taxifahrers übertönt, der von einem Streifenpolizisten verlangte, dass die Einsatzwagen weggefahren werden sollten. Jan hatte Mühe, sich durch die Menge der Gaffer an der Kreuzung zu drücken, gelangte aber schließlich an das Absperrband zur Friedrichstraße, das von vier Polizisten bewacht wurde.

»Guten Abend, Tommen«, sagte einer von ihnen und hob das Band an.

»Guten Abend, äh …«, erwiderte Jan. »Und danke.« Er hatte keine Ahnung, wer der Mann war, aber er war froh, durchgewunken zu werden, hatte er doch seine Kripomarke und seinen Ausweis zu Hause gelassen. Er klopfte ihm freundlich auf die Schulter und ging zu einer mit Folie bezogenen großen Stellwand, die den Ermittlern als Sichtschutz diente.

Jan wandte sich in Richtung Süden. So hatte er die Straße noch nie gesehen. Gewöhnlich fuhren hier zu jeder Tages- und Nachtzeit Autos und waren Fußgänger unterwegs, jetzt aber war der Gehweg wie leer gefegt, abgesehen von einer Gruppe Polizisten, welche die Anwohner in die Häuser zurückschickten und Kunden aus den Geschäften zur nächsten Querstraße begleiteten.

»Hi, Patrick«, begrüßte er seinen Kollegen. »Bin nach deiner SMS sofort los.«

»Wie hast du es bei dem Verkehrschaos so schnell hierher geschafft?«, wunderte der sich. Er sah auf seine Uhr. »Zwölf Minuten.«

»Ich war in der Nähe«, erwiderte Jan lächelnd. Auch heute trug Patrick einen Anzug mit passender Krawatte und dunklen Lederschuhen. Er war frisch rasiert und sein Haarschnitt war akkurat. Vielleicht hätte er Patricks Schneider aufsuchen sollen, denn sein Kollege schien sich von seiner Kleidung nicht eingeengt zu fühlen.

Patrick hob die Plane an und ging mit Jan zum Tatort.

Eine junge Frau lag in einer Blutlache, die sich um ihren Kopf gebildet hatte. Der rechte Stirnlappen war weggerissen, der Schädel zertrümmert, und Jan konnte Teile ihres Gehirns sehen. Die langen braunen Haare bedeckten ihre linke Schulter und führten über die Brust bis zur Hüfte. Sie trug ein dunkles Kleid, hochhackige Schuhe und eine helle Pelzjacke mit einem leichten Lilastich. Um den Hals lag eine lange Perlenkette. Sie war aufwendig geschminkt und Jan vernahm den Duft eines süßlichen Parfüms. Ihre Arme waren ausgestreckt wie bei einer Kreuzigung. Auf den Unterseiten beider Handgelenke hatte sie asiatische Schriftzeichen eintätowiert. In den Händen hielt sie noch Einkaufstüten. Eine kleine Louis-Vuitton-Tasche lag einen Meter neben ihr. Ein Lippenstift war herausgerollt.

»Was ist hier passiert?«, fragte Jan entsetzt.

»Ich vermute einen Heckenschützen«, antwortete Patrick. »Deshalb die Sperrung der Straße auf 300 Meter Länge. Wir haben außerdem Drohnen im Einsatz, und ein Hubschrauber beobachtet die Dächer.«

»Ein Heckenschütze in der Friedrichstraße? Mitten in Berlin?«

»Für einen aufgesetzten Kopfschuss war das Opfer zu groß. Auf ihren hochhackigen Schuhen war sie eins neunzig. Die Kugel drang von oben in ihre Stirn ein. Außerdem haben Zeugen die Frau nur zusammenbrechen sehen. Sie haben weder einen Schuss gehört noch einen Schützen bemerkt.«

Jan sah sich um. Möglichkeiten für einen Hinterhalt gab es hier genug. Alle umliegenden Gebäude in der Friedrichstraße waren mindestens fünfstöckig. Manche beherbergten Büros, andere Wohnungen. Selbst von den Dächern hätte man schießen können. Jan identifizierte auf Anhieb zehn Punkte, von wo der Schuss hätte kommen können.

»Wer war die Frau?«

»Laut ihrem Ausweis eine gewisse Fiona Denz.« Er hielt Jan den Pass hin, der in einer Tüte zur Beweissicherung eingepackt war. »Wohnhaft in Berlin. Eine schnelle Überprüfung ergab keine Einträge. Auf den ersten Blick wirkt sie unverdächtig.«

»Niemand wird einfach von einem Heckenschützen erschossen.«

»Manchmal doch«, gab Patrick zu bedenken.

»Beschrei es nicht«, mahnte Jan. »Das Letzte, das wir gebrauchen können, ist ein unberechenbarer Wahnsinniger, der zum Spaß Leute tötet.«

Patrick zeigte auf ein Einschussloch in einer dunklen Granitwand. Daneben war das Schaufenster eines Damenmodegeschäfts mit kleinen Blutspritzern besprenkelt.

»Die Kugel ist gesichert und auf dem Weg ins Labor.« Patrick deutete auf ein Gebäude auf der anderen Straßenseite neben den Galeries Lafayette. »Die Kollegen von der Polizei haben den Häuserblock abgeriegelt und durchsuchen die oberen Stockwerke, aber die Kugel hätte auch von weiter hinten kommen können.«

»Das wäre aber ein Meisterschuss gewesen«, sagte Jan. »Mindestens zweihundert Meter.«

»Keine Entfernung für einen ausgebildeten Scharfschützen.«

»Auf ein ruhendes Ziel vielleicht, aber nicht auf eine sich bewegende Person in einer Menschenansammlung bei schlechtem Licht.«

Patrick führte Jan zu einer Frau, die neben einem Büro für Immobilien auf einem kleinen Hocker saß und sich die Tränen aus dem Gesicht tupfte.

»Frau Raspe, darf ich Sie einen Moment stören?«, fragte Patrick höflich. Sie wandte den Kopf zu ihnen und nickte. »Mein Name ist Stein und das ist mein Kollege Tommen von der Kripo Berlin«, fuhr er fort. »Können Sie uns beschreiben, was Sie gesehen haben?«

»Es ging alles so schnell«, sagte Raspe. »Ich lief zwei Schritte hinter der Frau und bewunderte ihre extravagante Pelzjacke, als es plötzlich zischte und ihr Kopf herumgerissen wurde.« Sie wischte sich mit dem Taschentuch über die Wange. »Die Frau schlug auf den Boden und Blut breitete sich überall aus. Irgendjemand schrie, ein Mann rannte weg. Ich habe mich ängstlich an die Wand gedrückt und war wie gelähmt. Erst als mich eine Polizistin angesprochen hat, bin ich aus meiner Starre erwacht.«

»Haben Sie einen Schuss gehört?«, fragte Jan. »Oder ein kurzes Aufblitzen gesehen?«

»Nichts dergleichen. Nur das Zischen der Kugel.«

»War die Frau alleine unterwegs oder hatte sie eine Begleitung?«

»Alleine.«

»Ist Ihnen sonst etwas Ungewöhnliches aufgefallen? Vielleicht ein Verfolger oder etwas anderes, was nicht hierher gepasst hat.«

Sie schüttelte den Kopf. »Es tut mir leid«, sagte sie und begann wieder zu weinen.

»Vielen Dank, Frau Raspe.« Patrick und Jan verließen sie.

»Ich koordiniere die Befragung der Anwohner und Geschäftsinhaber«, sagte Patrick. »Vielleicht gibt es irgendwo eine Überwachungskamera, die uns Bilder liefert.«

»Ich durchleuchte das Leben von Fiona Denz und hoffe, dass sie kein zufälliges Ziel war, denn ein amoklaufender Heckenschütze mit willkürlicher Opferwahl wäre verheerend.« Jan zog sein Handy aus der Tasche. »Bei diesem Fall werde ich wieder Hilfe benötigen.«

* * *

Das Mädchen auf Chandus Schulter war höchstens vierzehn Jahre alt, mit fester Zahnspange, zwei dünnen blonden Zöpfen und zu viel Schminke auf den Wangen, als hätte sie das erste Mal in ihrem Leben Rouge aufgetragen. Sie wog kaum fünfzig Kilo, aber sie wehrte sich wie ein tollwütiger Grizzly dagegen, dass sie aus der Reihe der Wartenden gezogen wurde.

Ihr hysterisches Kreischen bekam einen zornigen Unterton und schmerzte nicht minder in seinen Ohren. Ein weiteres Mädchen versuchte, die Absperrung zu durchbrechen, um zum Eingang des Hotels zu gelangen, aber Chandu ging in die Knie, packte sie an der Hüfte und warf sie sich über die andere Schulter. Während das Mädchen auf der linken Seite auf seinen Rücken eintrommelte, versah ihn das andere mit Schimpfwörtern, die es in ihrem Alter eigentlich noch nicht hätte kennen sollen.

»Nein, mein Vater hatte einen Penis«, sagte Chandu geduldig zu dem Mädchen rechts, während er es am Ende der Absperrung wieder zu Boden stellte. Auch wenn sie drei Köpfe kleiner war, machte sie noch eine unflätige Geste, bevor sie sich umdrehte und wieder in den Pulk kreischender Teenager eintauchte.

Nachdem Chandu auch das andere Mädchen zurück in die Menge entlassen hatte, wischte er sich gerade den Schweiß von der Stirn, als sein Handy klingelte. Er drückte auf den kleinen Hörer in seinem Ohr und nahm das Gespräch an.

»Guten Abend, mein Freund«, meldete sich Jan.

»Hi, Alter«, antwortete Chandu keuchend.

»Was ist das für ein Gekreische im Hintergrund?«, fragte Jan verwundert.

»Heute Abend tritt irgendein Sänger aus Südkorea auf, und seine Fans haben herausgefunden, in welchem Hotel er abgestiegen ist«, sagte Chandu. »Seitdem ist hier Ausnahmezustand. Der Eingang wurde abgesperrt und sogar der Verkehr musste umgeleitet werden.« Er atmete hörbar aus. »Ein Wahnsinn.«

»Vielleicht solltest du wieder bei der Russenmafia Geld eintreiben.«

»Das waren Zeiten«, schwärmte er melancholisch. »Kein Gekreische, kein Auflauf verrückter Teenager, nur ab und zu ein Irrer, der mich erschießen wollte. Ich muss mal mit meinem Berufsberater reden, was der davon hält.«

»Bevor du das machst, brauche ich deine Hilfe bei einem neuen Fall.«

Chandu entfernte sich vom Hotel. »Was ist passiert?«

»Heute Abend wurde eine Frau in der Friedrichstraße von einem Heckenschützen erschossen.«

»Ein Heckenschütze ist nie gut.«

»Die Frau scheint auf den ersten Blick harmlos zu sein. Und bis wir das Motiv kennen, muss ich in Erwägung ziehen, dass es sich bei dem Täter um einen Verrückten handelt.«

»Wie bei den Beltway Sniper Attacks in Washington?«

»Bitte nicht«, sagte Jan. Die Heckenschützen hatten 2002 mehr als zehn Unbeteiligte erschossen, bis man sie gefasst hatte.

»Ich bin hier noch den Abend beschäftigt«, sagte Chandu. »Aber morgen früh ist der Sänger weg und ich habe Zeit.«

»Und deine Freundin?«

»Marie ist die nächsten Wochen auf einem Beamtenaustausch in Buenos Aires«, sagte Chandu. »Dort haben sie 24 Grad, und sie schickt mir ständig Fotos, wie sie sich am Río de la Plata sonnt.« Er seufzte.

»Wenigstens sie hat Spaß«, sagte Jan. »Morgen habe ich auch mehr Details zum Opfer. Würde dir 19 Uhr passen?«

»Passt«, erwiderte er. »Bis dann«, verabschiedete er sich noch. Kaum hatte er das Gespräch beendet, hörte er den Hilferuf eines Kollegen.

»Chandu!«, schrie dieser verzweifelt, während er versuchte, eine Meute kreischender Mädchen davon abzuhalten, die Absperrung vor dem Hotel niederzureißen.

»Dann doch lieber einen Mörder jagen«, murmelte Chandu und lief zu seinem Kollegen.

* * *

Max hechtete hinter die Wand, drückte sich mit dem Rücken an den kalten Stein und wischte sich den Schweiß von der Stirn. Er streckte die Pistole in der Rechten von sich, bereit, sofort loszuschießen, sollte sich jemand zeigen. Aber es war schwer, etwas in der Halle zu erkennen. Die Bodengitter waren mit grünen LEDs erleuchtet, und kleine Lampen an den Wänden spendeten etwas Licht, zudem gab es zu viele Verstecke, in denen ein Bewaffneter auf ihn lauern konnte.

»Wir sitzen in der Falle«, sagte Raffi, während er zu ihm gekrochen kam. Sein Gesicht war stark gerötet und er keuchte wie ein Asthmatiker. Die Pistole in seiner Hand zitterte.

»Ich gebe nicht auf«, sagte Max bestimmt.

»Wir sind die Letzten«, sagte Raffi. »Der Rest ist schon tot.«

»Wir kommen hier raus«, erwiderte Max zuversichtlich. »Beim Rennen habe ich rechts nur einen Mann gesehen. Den können wir mit einem gezielten Schuss ausschalten. Dann gehen wir über die schmale Leiter auf den Steg hoch und ballern auf alles, was sich bewegt.«

»Dort oben sind wir ungeschützt.«

»Dann solltest du gut zielen.« Max nickte seinem Freund zu, lief zwei Schritte und rollte sich zur Ecke, in der er seinen Feind vermutete.

»Geronimo!«, schrie Raffi und rannte ihm hinterher.

Max schoss dreimal, aber das Versteck war leer. »Wo ist …?«, konnte er noch sagen, dann piepste es und das Licht an seiner Jacke ging aus.

»Ihr seid raus«, hörte er die Stimme eines Mannes hinter sich. Max drehte sich um.

Der Schütze hatte kurz geschnittene Haare, einen Vollbart und trug eine Brille mit großen Gläsern. Er war so korpulent, dass er eine speziell angefertigte Lasertag-Weste benötigte, und trotzdem war es Max noch nie gelungen, ihn aus dem Spiel zu nehmen. Mit einem zufriedenen Grinsen rannte er weiter.

»Wie macht er das bloß?«, fragte Max frustriert. Er unterdrückte den Wunsch, die Pistole an die Wand zu werfen.

»Er betrügt«, sagte Raffi auf dem Weg zum Ausgang. »Ich weiß nicht, wie, aber wir finden es noch heraus.« Er griff sich nachdenklich ans Kinn.

Während sein Freund noch über die Fehler in ihrer Taktik sinnierte, schaltete Max sein Handy wieder ein. Jan hatte versucht, ihn zu erreichen. Er wählte dessen Nummer.

»Gut, dass du zurückrufst«, sagte Jan.

»Was ist los?«

»Heute Abend wurde eine junge Frau in der Friedrichstraße erschossen«, erklärte er. »Kannst du das Netz durchsuchen, ob irgendjemand die Tat aufgenommen hat?«

»Kein Problem. Bis wann?«

»Wir treffen uns morgen um 19 Uhr bei Chandu. Da bringe ich alle Details mit.«

»Geht klar.« Max salutierte und legte auf. »Unsere Rollenspielrunde muss morgen ausfallen«, wandte er sich an Raffi. »Das echte Verbrechen wartet.«

* * *

Zoe saß auf einem Stuhl in der Vorhalle der Rechtsmedizin und blies genüsslich Kringel zur Decke. Eigentlich war das Institut voller Rauchmelder, aber mithilfe eines Hammers und einer Rolle Industrieband hatte sie sich eine kleine Nische der Ruhe geschaffen. Ihre blonden Haare waren zu einem Zopf geflochten und sie trug einen weißen Arbeitskittel über Bluse und Rock. Auf einem kleinen Beistelltisch standen ein Teller mit einem angegessenen Schokocroissant, eine leere Kaffeetasse und ein voller Aschenbecher.

Sie genoss ihre Spätschicht. Keine Leichen zu obduzieren, keine nervigen Kollegen und nur etwas Verwaltungskram, den sie dem Praktikanten aufdrücken konnte.

Zoe griff nach ihrem Croissant, als ihr Handy vibrierte. Das Display zeigte Jans Nummer. Sie räusperte sich und nahm den Anruf an. »Pizzeria Pronto. Ihre Bestellung bitte«, meldete sie sich mit italienischem Akzent und rauer Stimme.

»Äh, hallo?«, fragte Jan unsicher. »Spreche ich mit Dr. Diek?«

»Falsche Nummer.« Sie legte auf. Mit zufriedenem Grinsen nahm sie einen Zug von ihrer Zigarette und lehnte sich auf dem Stuhl zurück.

Zehn Sekunden später klingelte das Telefon wieder.

»Hi, Jan«, begrüßte sie ihn freundlich.

»Dieses Handy ist der letzte Schrott«, fluchte er. »Du kannst dir nicht vorstellen, wo ich gerade angerufen habe.«

»Erzähl doch.«

»Nicht jetzt«, wiegelte er ab. »Ich habe eine neue Leiche.«

»Hat das nicht Zeit bis morgen früh?«, antwortete sie. »Da sind meine Kollegen im Haus.«

»Dieses Mal ist es keine verstorbene ältere Dame, die erst nach acht Wochen gefunden worden ist«, erklärte Jan. »Eine junge Frau wurde von einem Heckenschützen auf der Friedrichstraße erschossen.«

»Habt ihr die Kugel?«

»Aus der Wand gezogen.«

»Was erwartest du dir dann von der Obduktion? Todesursache und Todeszeitpunkt sind bekannt.«

»Mein Bauchgefühl sagt mir, dass es kein Verrückter war, der einfach herumgeballert hat, daher brauche ich jeden Hinweis, den ich bekommen kann. Vielleicht hat sie Drogen im Bauch oder einen Mikrochip unter der Haut.«

»Du solltest weniger schlechte Krimis lesen.«

»Schaffst du das in deiner Schicht noch?«, fragte Jan. »Wir treffen uns morgen um 19 Uhr bei Chandu.«

»Logisch.« Zoe beendete das Gespräch. Sie schloss die Augen und seufzte. Der gemütliche Teil des Abends war offensichtlich vorbei.

Sie hatte die Zigarette noch nicht zu Ende geraucht, als der Leichenwagen angefahren kam. Zoe stopfte sich den Rest des Schokocroissants in den Mund und stand vom Stuhl auf. Sie war gespannt, ob die Tote ihr ein Geheimnis offenbaren würde.

* * *

Fionas Heim erinnerte nicht an eine Studentenbude. Der Boden des Wohnzimmers war mit langen beigen Massivholzdielen ausgelegt. Hinter einer weißen Ledercouch hing ein zeitgenössisches Bild mit roten Farbklecksen. Durch ein bodentiefes Fenster hatte man einen schönen Blick auf einen kleinen Park. An der rechten Wand war ein großer Flachbildschirm angebracht, umrahmt von einem Regal mit Büchern über Kunst und Architektur. In die Decke waren runde LED-Leuchten eingelassen.

Der Stil zog sich bis in die angrenzende Küche, kleiner als das Wohnzimmer, aber mit einer exklusiven Einrichtung.

»Vielleicht hätte ich auch Biologie studieren sollen«, bemerkte Jan zu Patrick.

»Du solltest erst einmal das Bad sehen«, erwiderte sein Kollege. »Die Whirlwanne ist größer als mein Garten.« Er öffnete die Tür eines tiefen Schranks. Innen gingen zwei Lampen an und beleuchteten einen Schminktisch. Drei weiße Styroporköpfe waren an der Wand festgemacht. Sie trugen blonde Perücken unterschiedlicher Haarlänge. Um deren Hals hingen Perlenketten und Silberschmuck.

»Falls wir auf der Suche nach Ungewöhnlichem waren, haben wir es jetzt entdeckt«, bemerkte Jan. »Es sei denn, wir finden noch reiche Eltern oder einen wohlhabenden Ehemann.«

»Verheiratet war sie nicht und die Eltern überprüfen wir noch.« Patrick ging zurück ins Wohnzimmer und deutete auf eine schmale Tür, die in einem sanften Rosa gestrichen war. Kleine Glitzersteine reflektierten das Licht der LEDs.

»Mein Gott«, sagte Jan, als er den Raum betreten hatte. Das Schlafzimmer stand in starkem Kontrast zu den anderen Räumlichkeiten. Ein großes Himmelbett schwebte einen halben Meter in der Luft, gehalten von vier in der Decke verankerten Stahlseilen, die mit Stoffgirlanden verziert waren. Der durchsichtige rosa Baldachin war zurückgezogen. Drei rosa Flokatiteppiche umrahmten das Bett. Zahllose weiße Schmetterlinge schmückten die Wände und die Zeichnung eines Einhorns war über einer herzförmigen Tischlampe angebracht. Auf einer kleinen Bank ruhten mehrere Teddybären, alle lächelnd, die Augen zur Tür gerichtet, als warteten sie sehnsüchtig auf Fionas Rückkehr.

»Der Traum einer Neunjährigen«, bemerkte Patrick. »Mit dreiundzwanzig sollte man eigentlich über diese Phase hinweg sein.«

Jan bückte sich, strich mit der Hand unter dem Bett entlang und betrachtete seine Finger. »Alles sauber«, sagte er. »Keine Teller in der Spüle, keine Schuhe, die herumstehen, keine Kleidung auf dem Boden und nirgends ein Staubkorn.«

Patrick inspizierte währenddessen den Durchgang zum Wohnzimmer. »Die Tür ist aus Eisen, ihr Blatt verstärkt und die Scharniere sind einbruchssicher«, stellte er fest. »Man sieht es nicht sofort, weil sie mit einer dünnen Schicht Holz verkleidet wurde, aber um diese Tür aus den Angeln zu heben, braucht es eine Ramme.«

»Warum sperrt man sich in seinem Schlafzimmer ein?«, fragte Jan. »Vor allem, wenn man alleine lebt?«

Er ging zu einem kleinen Beistelltisch und öffnete eine Spiegelbox. Eine kleine Ballerina drehte sich zur Musik von »Schwanensee«, sobald der Deckel hochgeklappt war. »Das ist die eigenartigste Wohnung, in der ich jemals war.«

»Es wird Zeit für eine gründliche Durchsuchung«, sagte Patrick.

»Und hoffentlich finden wir ein Motiv«, ergänzte Jan und zog sich ein Paar Plastikhandschuhe über.

Kapitel 2

Jan rieb sich müde die Augen. Er hatte kaum Schlaf bekommen, weil er geträumt hatte, dass er in Unterhosen, T-Shirt und Socken auf die Wache gekommen war, sich auf einen Hocker gestellt und lächelnd jeden Kollegen begrüßt hatte. Dieser Traum war ihm so real vorgekommen, dass er davon wach geworden und es ihm nicht mehr gelungen war, wieder einzuschlafen.

Er hatte einen Termin mit Fionas Biologieprofessorin und wartete vor ihrem Büro. Es dauerte nicht lange, bis sie den Gang entlangkam. Verena Nether war eine kleine, zerbrechlich wirkende Frau, gekleidet in einen langen Rock, der vor Jans Geburt schon außer Mode gewesen war, einer Strickjacke und einer dünnen Nickelbrille. Aber sie ging durch den Flur der Universität wie ein Rittmeister, die Schultern zurückgezogen und den Blick auf das Ziel gerichtet. Sie trug ihre Bücher wie eine Reitpeitsche unter dem Arm und die Absätze ihrer Stöckelschuhe klackten laut auf dem Steinboden.

Auch wenn Jan sie um einen Kopf überragte, fühlte er sich von ihrer Präsenz eingeschüchtert. Er nahm unbewusst Haltung an und räusperte sich.

»Frau Professor Nether? Mein Name ist Tommen, von der Kripo Berlin.« Er zeigte seine Marke, die sie mit einem Seitenblick betrachtete. »Wir haben telefoniert.«

Nether drehte sich um, als wollte sie sich vergewissern, dass niemand das Gespräch belauschen würde.

»Sie sind zwei Minuten zu früh«, sagte sie streng und wies in ihr Büro.

Jan lag eine lockere Erwiderung auf der Zunge, aber er konnte sich nicht vorstellen, dass irgendetwas das Eis zwischen dieser Frau und ihm brechen würde, daher nickte er nur und ging hinein.

Nether setzte sich auf einen hohen Bürosessel, während Jan auf einem kleinen Hocker Platz nahm, dessen Sitzfläche sich gefühlt eine Handbreit über dem Boden befand. Sein Kinn war fast auf der Höhe der Knie.

»Frau Professor Nether«, begann er, wobei er den Kopf hochrecken musste. »Wie in unserem Telefonat erwähnt, wurde Ihre Studentin Fiona Denz Opfer eines Gewaltverbrechens.« Nether presste die Lippen zusammen und griff nach einem Glas Wasser, ohne Jan aus den Augen zu lassen. »Es ist für die Ermittlungen wichtig, einen Eindruck vom Opfer zu bekommen, daher befragen wir alle Personen aus dem Umfeld.«

»Das haben Sie mir bereits erklärt.« Sie trank einen Schluck. »Kommen Sie zum Punkt.«

»Was für ein Mensch war Fiona? War sie umgänglich, freundlich oder feindselig? Offen oder eher zurückgezogen?«

»Zuerst einmal war sie eine gute Studentin«, begann Nether und stellte das Glas wieder ab. »Sie hatte ein Talent für die Biologie und verstand selbst komplexe Prozesse beim ersten Erklären.«

»War sie ehrgeizig?«

»Das hatte sie nicht nötig. Während andere die Nacht im Labor verbrachten, genügten ihr ein Buch und ein YouTube-Video, um etwas zu verstehen.«

»Wie kam sie mit anderen Studierenden aus?«

»Wenn sie ein gemeinsames Projekt durchzuführen hatte, gab es keine Probleme. Es hat sich auch niemand über sie beschwert. Aber in der Vorlesung saß Fiona immer alleine.«

»Wie eine Außenseiterin sah sie nicht aus.«

»Das war sie auch nicht. Sie war anders.«

»Inwiefern?«

Nether lehnte sich auf dem Stuhl zurück und sah zur Decke, als würde ihr das helfen, sich zu erinnern. »Meine Studierenden sind im Schnitt dreiundzwanzig Jahre alt. Keine Kinder mehr, aber auch noch keine richtigen Erwachsenen. Fiona war reifer, wie ein Mensch, der schon ein Leben gelebt hat. Die Biologie schien das Einzige zu sein, was sie mit ihren Kommilitonen verband.«

»Und das Interesse für Mode?«

»Wie kommen Sie darauf?«, fragte Nether verwundert.

»Bei der Tat war Fiona modisch gekleidet und trug eine Designerhandtasche sowie teuren Schmuck.«

»Bei mir nicht«, sagte die Frau. »Nicht, dass mich das gestört hätte, aber ich kannte sie nur in weitem Pullover, Jeans und Sneakern. So bleibt sie mir zumindest in Erinnerung«, fügte sie noch hinzu.

»Hat sich Fiona in der letzten Zeit anders verhalten als sonst?«, fragte Jan, während er sich eine Notiz machte. »Wirkte sie angespannter oder unkonzentriert?«

Nether schüttelte den Kopf.

»Hat sie jemals etwas von ihrem Leben außerhalb der Uni erwähnt. Mit wem sie sich traf, was sie arbeitete oder was ihre Familie machte?«

»Ich habe Fiona einmal nach ihrer Herkunft gefragt. Ich wollte wissen, ob ihre Eltern auch Naturwissenschaftler waren.« Sie schob sich die Brille hoch. »Das Gespräch ist beinahe eskaliert. Sie hat die Fäuste geballt und mich angesehen, als hätte ich etwas Unsittliches von ihr verlangt. Bevor sie eine zornige Erwiderung machen konnte, habe ich das Thema gewechselt. Seit dem Tag waren unsere Unterhaltungen rein fachlicher Natur.«

»Warum hat eine so harmlose Frage Fiona aus dem Konzept gebracht?«

»Ich habe keine Ahnung«, erwiderte die Professorin. »Aber wenn Sie mehr über ihr Leben wissen wollen, sollten Sie unbedingt mit ihren Eltern reden.«

* * *

Tatjana Denz wohnte am Rande von Spandau in einem Reihenhaus mit weißer Fassade, dem obligatorischen winzigen Vorgarten und einer schmalen Treppe, die mit drei Stufen zur Haustür führte. Patrick hatte geklingelt, als er eine SMS von Jan empfing.

»Schwieriges Verhältnis des Opfers zu den Eltern«, las er. »Gewissenhafte Befragung empfohlen.« Er steckte das Handy wieder ein, als die Tür einen Spalt geöffnet wurde.

»Was?«, hörte er die zornige Stimme einer Frau. Das Licht im Flur war ausgeschaltet, also konnte Patrick sein Gegenüber nicht genau erkennen.

»Guten Morgen, Frau Denz. Mein Name ist Stein von der Kripo Berlin«, stellte er sich vor und zeigte seine Marke. »Ich müsste Ihnen ein paar Fragen stellen.«

»Hat das nicht Zeit bis nach der Beerdigung?«, fuhr die Frau auf.

»Wir müssen mehr über Ihr Verhältnis zu Ihrer Tochter erfahren.«

»Ich habe sie nicht erschossen.«

»Sie stehen nicht unter Tatverdacht, aber die meisten Mörder finden sich im Umfeld des Opfers. Daher wäre Ihre Aussage wichtig.«

»Und wie hilft das Fiona?«, fragte sie zornig. »Sie wird nicht wieder lebendig davon.«

»Es hilft, ihren Mörder zu finden«, erklärte Patrick ruhig. »Denn es gibt nur eine Sache, die schlimmer ist, als sein Kind zu verlieren: sein Kind zu verlieren in dem Wissen, dass der Mörder noch frei herumläuft.«

Einen Moment schwieg die Frau. Dann öffnete sich die Tür etwas mehr. Patrick ging hinein und folgte Denz ins Wohnzimmer. Der Raum sah aus, als hätte eine Einbrecherbande ihre Wut ausgelassen. Die Bilder waren von der Wand gerissen und das Kabel der Lampe hing lose von der Decke. Das Buchregal war auf den Tisch geworfen und hatte dessen gläserne Tischplatte zersplittert. Der Bezug der Couch war zerfetzt und weißer Schaumstoff quoll heraus. Auf dem Boden lag eine zerborstene Bierflasche, deren Inhalt den dunkelgelben Teppich durchnässt hatte. In der Pfütze lag ein Foto in einem alten Holzrahmen. Es zeigte Denz und ihre Tochter an einem Strand. Fiona war darauf vielleicht elf oder zwölf Jahre alt. Sie hatte den Arm um ihre Mutter gelegt und schien glücklich zu sein. Neben dem Bild stand ein voller Aschenbecher, dessen Reste noch glommen. Kleine Rauchfäden zogen nach oben. Es stank nach Schweiß, Zigaretten und dem Glutamat billiger Tütensuppen.

Denz schien sich an alledem nicht zu stören, nahm ein Bier aus dem Kühlschrank, öffnete es und setzte sich auf die Reste der Couch. Sie war kränklich dünn, mit eingefallenen Wangen und knochigen Ellenbogen, die ihr schmutziges weißes T-Shirt unbedeckt ließ. Ihr Rock hing so weit hinunter, dass man einen roten Slip sehen konnte. Ihre blonden Locken waren verschwitzt und ungekämmt. Sie hatte verquollene Augen und einen Bluterguss auf der Stirn, als hätte sie ihren Kopf an die Wand geschlagen.

Patrick hatte auch ein Foto aus jüngerer Zeit von ihr im Netz gefunden, aber diese Frau hier hatte nichts mehr damit gemein. Das fröhliche Lachen war verschwunden, ebenso der Glanz in ihren Augen. Sie wirkten leer und leblos.

Da Denz ihm nicht anbot, sich zu setzen, lehnte sich Patrick an die Wand, nahm Handy sowie einen Pen heraus und startete sein Notizprogramm.

»Zuerst einmal möchte ich Ihnen im Namen der Kripo mein Beileid zu Ihrem Verlust ausdrücken«, begann er. »Ich verspreche Ihnen …«

»Stellen Sie Ihre Fragen und gehen Sie wieder«, unterbrach Denz und trank einen Schluck Bier.

Patrick räusperte sich. »Wann haben Sie Ihre Tochter das letzte Mal gesehen?«

»Vor vier Jahren«, antwortete Denz müde.

»Das ist eine lange Zeit. Was war der Grund?«

»Das hätten Sie Fiona fragen sollen. Sie hat den Kontakt abgebrochen.« Denz spielte mit der Flasche in der Hand. »Sie war neunzehn Jahre alt und hatte gerade ihr Abitur bestanden«, begann sie zu erzählen. »Nach der Feier habe ich Fiona in ihre Lieblingskneipe ausgeführt. Wir waren fröhlich und haben etwas getrunken. Als besondere Überraschung habe ich ihren Vater eingeladen, von dem ich seit ihrem elften Lebensjahr getrennt war. Als sie Jürgen gesehen hat, wurde sie starr vor Schreck. Ihre gute Laune war verflogen. Sie wandte sich zu mir und hat mich angeschrien.« Denz wischte sich mit dem Handrücken über die Nase. »Wie ich es wagen könnte, dieses Dreckschwein einzuladen, hat sie geschrien. Dann hat sie ihr Glas von der Theke geworfen und ist wutentbrannt aus der Kneipe gerannt.«

»Hat sie ihren Vater wirklich Dreckschwein genannt?«

Denz nickte.

»Woher kam das Zerwürfnis?«

»Ich weiß es nicht.«

»Man betitelt seinen Vater nicht einfach als Dreckschwein«, hakte Patrick nach.

Sie trank einen Schluck Bier. »Nach unserer Trennung ist Jürgen mit seiner Hure von Freundin in die Lausitz gezogen. Damit Fiona nicht völlig den Kontakt zu ihm verlor, ist sie an manchen Wochenenden zu ihm gefahren. Das ging gut, bis sie fünfzehn Jahre alt war. Dann kam sie nach Hause und sagte, dass sie nie wieder zu ihm gehen würde.«

»Was war passiert?«

»Ich weiß es nicht«, wiederholte Denz zornig. »Sie hat mir das emotionslos mitgeteilt, als redete sie über das Wetter. Dann ist sie in ihr Zimmer, hat die Tür abgeschlossen und ist erst am nächsten Morgen wieder herausgekommen.«

»Haben Sie nicht nachgefragt?«

»Mehr als einmal. Aber Fiona weigerte sich, darüber zu reden. Als ich Jürgen angerufen habe, hat er mir von einer harmlosen Meinungsverschiedenheit erzählt.«

»Eine harmlose Meinungsverschiedenheit führt nicht dazu, dass man seinen Vater nie mehr sehen will.«

»Haben Sie schon mal versucht, etwas aus einer zickigen, pubertierenden Fünfzehnjährigen herauszubekommen, wenn sie nicht will?«, fragte Denz. »Ich hatte einen schwierigen, schlecht bezahlten Job im Hotelgewerbe und Jürgen zahlte mir kaum die zustehende Unterstützung. Manchmal wusste ich nicht, wie ich überhaupt die Miete aufbringen sollte.« Sie gestikulierte mit der Flasche, dass das Bier herausspritzte. »Mein Chef war ein cholerisches Arschloch, das mich zu Überstunden zwang, und die Nachtschichten waren so anstrengend, dass ich manchmal vor Müdigkeit in der Bahn eingeschlafen bin. Mir fehlte die Kraft für so etwas.«

»Und nach ihrem Abitur ist Fiona nach Berlin zum Studieren gegangen?«

»Das hat vieles erleichtert«, sagte Denz. »Ich musste mich nicht mehr um sie kümmern und mein Geldbeutel war nicht mehr so klamm.«

»Wie hat Fiona ihr Studium finanziert?«

»Bafög.«

»Ich war gestern in ihrer Wohnung«, sagte Patrick. »Alleine die Miete dafür hätte sich kein Student leisten können. Von der Einrichtung und der Designermode will ich gar nicht reden.«

»Sie wird irgendwo gearbeitet haben. Und bevor Sie fragen, ich weiß nicht, wo.« Sie trank wieder einen Schluck Bier. »Im Grunde weiß ich überhaupt nichts von dem, was sie die letzten Jahre gemacht hat.«

»Wenn Sie froh um Fionas Weggang waren, warum sind Sie vor zwei Jahren von Magdeburg nach Berlin gezogen?«

»Sie fehlte mir«, erwiderte sie leise. Von ihrem Zorn war nichts mehr zu spüren. Sie hatte den Kopf zu Boden gerichtet und die Hände um die Bierflasche gekrampft, als müsste sie sich an ihr festhalten. »Meine Eltern waren verstorben und ich war eine geschiedene Frau.« Sie wischte sich eine Träne von der Wange. »Ich hatte sonst niemanden mehr.«

»Haben Sie versucht, wieder Kontakt mit ihr aufzunehmen?«

»Ich war zu feige«, gab Denz zu. »Aber an meinen freien Tagen bin ich zur Universität, habe mich am Eingang versteckt und gewartet, bis sie ins Institut gegangen ist. Es war oft nur ein kurzer Blick, aber sie zu sehen hat mich glücklich gemacht.« Tränen liefen ihr die Wangen hinunter. »Aber jetzt ist es vorbei.« Ihr Körper schüttelte sich in einem Weinkrampf.

Patrick hatte noch viele offene Punkte anzusprechen, aber es fühlte sich nicht richtig an, länger zu bleiben. Meist versuchte er, die Angehörigen zu trösten, aber hier war es besser, die Frau in Ruhe zu lassen. Sie war nicht an dem Mord beteiligt gewesen und in diesem Zustand würde sie nichts Erhellendes zu dem Fall beitragen können.

»Vielen Dank für Ihre Zeit«, murmelte er, ging nach draußen und schloss die Tür hinter sich. Als Nächstes mussten sie Fionas Vater fragen, was damals passiert war.

Es war sicherlich mehr als eine harmlose Meinungsverschiedenheit gewesen.

* * *

Seit er offiziell als Berater bei der IT arbeitete, hatte Max einige Privilegien bei der Kripo eingebüßt. Er hatte das ehemalige Möbellager als privates Büro räumen müssen. Auch wenn er einen eigenen Tisch mit dem Rücken zur Wand hatte, war nicht mehr genug Platz, um seine lebensgroße Lara-Croft-Puppe mit Pistolen in der Hand hinzustellen. Um diese Lücke zu kompensieren, hatte er ein zwei Meter großes »Alien«-Plakat hinter seinen Schreibtisch gehängt, daneben das Laserschwert von Darth Maul sowie den kompletten Cast von »The Walking Dead« als Wackelfiguren. Während er seine Ovomaltine-Cola-Mischung aus einer grünen Tasse mit Yoda-Ohren trank, browste er durch die Suchergebnisse seines Roboters, der alle Videos vom Vortag mit den Tags Friedrichstraße, Berlin, Mord, Schütze oder tote Frau in zweiundzwanzig Sprachen heruntergeladen hatte. Die meisten von ihnen waren nutzloser Mist, aber ein chinesischer Tourist hatte tatsächlich den Mord gefilmt, auch wenn der Mann nichts davon mitbekommen hatte.

Nach dem Zeitstempel begann das Video eine Minute vor Fiona Denz' Tod. Der Mann musste einen Selfiestick in der Hand gehalten haben, dafür sprachen die mehr als eine Armlänge große Entfernung der Kamera und der breite Winkel. Glücklicherweise hatte das Handy eine gute Auflösung und das Video war unkomprimiert hochgeladen, sodass Max den wesentlichen Teil größer zoomen konnte.

Der Chinese war glatt rasiert, trug eine dunkelgraue Wollmütze und hatte den Kragen seines Mantels hochgeschlagen. Er lächelte in die Kamera und sprach schnell in einer fremden Sprache. Das einzige Wort, das Max verstand, war »Berlin«.

Der Mann stand auf einer Fußgängerinsel in der Mitte der Friedrichstraße. Links und rechts schoben sich die Autos an ihm vorbei. Die Gehwege waren voller Passanten, die meisten mit Einkaufstaschen oder Körben. Trotz der bereits einsetzenden Dunkelheit war es noch hell genug, dass man alles erkennen konnte. Der Mann redete noch eine Minute, aber kurz bevor er seine Ansprache beendet hatte, sah man im Hintergrund eine Frau umfallen. Der Tourist hatte nichts bemerkt und winkte zum Abschied in die Kamera. Zwei Sekunden später war das Video zu Ende.

Hätte Max nicht genau danach gesucht, hätte er die fallende Frau nicht bemerkt. Er extrahierte die letzten Sekunden vor Fiona Denz' Tod, setzte einen Kopfhörer auf und ließ die Szene immer wieder in einer Schleife laufen. Aber sosehr er sich konzentrierte, er konnte keinen Schuss hören. Auch sah er nirgendwo das Aufblitzen eines Gewehrs.

Seufzend nahm Max seine Dose Ovomaltine aus der Schublade, füllte das Glas zu einem Fünftel mit dem Pulver und goss den Rest mit Cola auf. Es wartete viel Arbeit.

* * *

Chandu nahm den gewalzten Teig aus der Nudelmaschine, legte ihn auf ein bemehltes Brett und schnitt ihn zu schmalen Tagliatelle. Hinter ihm kochte die Tomatensoße ein und verströmte einen scharfen Geruch nach Peperoni, die er vorher mit karamellisierten Zwiebeln und Knoblauch in nativem Olivenöl angebraten hatte. Der Tisch war gedeckt, das Bier im Kühlschrank und der Rotwein geöffnet, damit er noch Zeit zum Atmen hatte.

Wie immer kam Jan etwas zu früh, Max dagegen hatte seine U-Bahn verpasst, sodass er gleichzeitig mit Zoe vor der Eingangstür stand, die nur selten pünktlich war. Von seinem zerknitterten Hemd zu schließen, kam Jan direkt von der Arbeit, Max zeigte seine Liebe zu »Star Wars« durch ein Todesstern-Shirt und Zoe trug ein eng anliegendes Kostüm, das eher zu einer Innenarchitektin als zu einer zweifach promovierten Rechtsmedizinerin gepasst hätte. Während Jan seine Unterlagen auf dem Tisch ausbreitete, schloss Max seinen Laptop an den Beamer an. Zoe kam zu ihm an die Küchenzeile, roch an der Tomatensoße und betrachtete misstrauisch wie ein Beamter der Lebensmittelkontrolle die Tagliatelle. Sie schien jedoch nichts daran auszusetzen zu haben, nahm am Tisch Platz und machte sich eine Flasche Bier auf.

Ihr letztes Treffen war lange her, da Tony Mazurs Leute Chandus Wohnung verwüstet hatten. Vor allem der Boden und das Parkett hatten gelitten, aber seit zwei Wochen war die Renovierung abgeschlossen. Chandu war dankbar für die neuen Fenster mit einer besseren Wärmedämmung. Die Dielen aus Walnussholz glänzten im Licht der Deckenbeleuchtung, und der neue Tisch war breiter, damit sie mehr Platz beim Essen hatten. Die Zerstörung hatte ihm außerdem ein modernes Smart-TV beschert, zwei Bücherregale, die bis zur hohen Decke ragten, und acht Stühle mit verstärkten Beinen, die nicht unter seinem Gewicht nachgeben würden. Zusammen mit Marie hatte er die Wände in einem hellen Grauton gestrichen. Damit die Wohnung nicht zu düster wirkte, war die Decke mit hellgelbem Vlies tapeziert.

Kaum stand das Essen auf dem Tisch, begannen sie zu erzählen, von Jans Stress mit der Hochzeit, Max' Job als IT-Berater für die Kripo, Chandus Erlebnissen mit schreienden Teenagern, und das alles garniert mit Zoes makabren Geschichten aus der Berliner Rechtsmedizin.

Nachdem die letzte Tagliatelle verspeist worden war, saßen sie noch eine Zeit lang am Tisch, als sträubten sie sich dagegen, aufzustehen und zur Couch zu gehen, wo die Arbeit auf sie wartete.

Schließlich erhob sich Jan vom Stuhl, gefolgt von Max, der den Beamer anschaltete. Chandu räumte den Tisch ab, während Zoe noch dort verweilte und eine Zigarette rauchte. Als die Aufnahme der toten Frau an der Wand erschien, stand sie schließlich auch auf, nahm ihr Bier und setzte sich auf die Couch.

Chandu betrachtete das Bild, während er den Nudeltopf ausspülte. Fiona Denz war eine schöne Frau gewesen, mit langen braunen Haaren, die ihr auf dem Foto wellig über die Schulter fielen, und einem schmalen, ebenmäßigen Gesicht mit hohen Wangenknochen. Ihr Kopf war nach rechts gedreht, aber ihre grünen Augen hatte sie zur Kamera gewandt. Sie trug eine weiße Bluse, deren zwei oberste Knöpfe geöffnet waren und den Brustansatz erkennen ließen.

»Gestern, am 21. März 2019 um 18.51 Uhr, wurde die dreiundzwanzigjährige Fiona Denz von einem Heckenschützen auf der Friedrichstraße erschossen«, begann Jan.

»Im Gegensatz zu unseren bisherigen Morden haben wir diesen sogar auf Video«, ergänzte Max. »Ich habe euch allen eine komprimierte Kopie per E-Mail geschickt, aber die Aufnahme hat uns nicht weitergebracht. Selbst nach einer tief greifenden Analyse haben wir weder ein Schussgeräusch gehört, noch das Aufblitzen einer Waffe gesehen. Vielleicht entdecken wir darauf noch einen vorbestraften Waffennarren, aber bisher gab es keinen Treffer.«

»Das Opfer ist in Magdeburg geboren und im Herbst 2015 nach Berlin gezogen«, fuhr Jan fort. »Sie war Biologiestudentin an der Humboldt-Universität. Wohnhaft in Charlottenburg, ohne Auto und Fahrrad. Ledig, keine Kinder, keine Vorstrafen. In der Wohnung gab es weder Drogen noch Waffen oder größere Mengen Alkohol.«

»Klingt harmlos«, bemerkte Chandu aus der Küche.

»Vordergründig ja«, stimmte Jan zu. »Aber nach einer näheren Betrachtung sind wird doch auf Ungewöhnliches gestoßen.«

Max blendete ein Bild der Wohnung ein. »Das ist Fionas Wohnzimmer.«

Zoe stieß einen Pfiff aus. »Da steht ein Barcelona-Sessel von Mies van der Rohe, hängt eine Macchina-Della-Luce-Lampe von Catellani & Smith, und noch eine Occhio-Mito-Largo-Stehleuchte und auf dem Boden ein Nanimarquina-Designerteppich.« Sie wandte sich an Jan. »Stammt das Opfer aus einer reichen Familie oder hat sie im Lotto gewonnen?«

»Die Mutter arbeitet als Angestellte im Hotelgewerbe, der Vater ist Handwerker und sie hatte knapp tausend Euro auf dem Konto.«

»Die Möbel kosten eine größere fünfstellige Summe«, bemerkte Zoe. »Was für einen Job hatte Fiona? Drogendealer?«

»Laut den Steuerunterlagen und Kontoauszügen keinen«, sagte Jan.

»Dann mach dich mal auf die Suche nach ihrem Sugardaddy«, sagte Zoe.

»Wir haben die Nachbarn befragt. Fiona lebte zurückgezogen, und kaum jemand wusste etwas über sie, aber in einer Sache waren sich alle einig: Sie hatte nie Besuch, weder von Frauen noch von Männern.«

»Dann hat sie sich entweder für ihren Reichtum geschämt oder wollte nicht, dass ihr Umfeld davon erfuhr«, sagte Chandu.

Max blendete ein Bild des Schlafzimmers ein.

»Was ist das?«, fragte Zoe, als sie die verspielte rosa Einrichtung sah. »Hatte Fiona eine kleine Tochter?«

»Das ist ihr Schlafzimmer«, sagte Jan. »Die Tür ist aus Metall, die Scharniere sind verstärkt und innen befindet sich ein massiver Riegel.«

»Das sollte man einem Psychiater zeigen«, bemerkte Zoe.

»Als wollte sie ihre Kindheit in diesem Zimmer bewahren«, sagte Chandu. »Und die Schrecken dieser Welt draußen halten.«

»Ich habe eine Vermutung, woher das kommen könnte«, sagte Jan. »Patrick hat heute Mittag Fionas Mutter befragt. Sie berichtete von einem Vorfall vor acht Jahren. Die Eltern lebten getrennt und nach einem Besuch bei ihrem Vater kam Fiona verstört zurück und ist nicht wieder zu ihm gegangen. Die Mutter glaubte an eine Meinungsverschiedenheit und hat die Sache nicht weiterverfolgt.«

Zoe gab ein abfälliges Geräusch von sich und stand auf. »Jetzt erläutere ich dir mal meine Theorie dazu.« Sie drückte ihre Zigarette im Aschenbecher aus und nickte Max zu. Das Bild einer tätowierten Schulter erschien an der Wand. Das Tattoo war ein großer Schmetterling. Der linke Flügel war prachtvoll in den Farben Orange und Blau verziert und reichte bis zum Brustansatz. Der rechte Flügel dagegen war verknöchert und grau und erinnerte an einen Totenkopf. An seiner Spitze tropfte schwarzes Blut nach unten.

»Eine gute Arbeit«, sagte Chandu anerkennend.

»Was wollte Fiona damit ausdrücken?«, fragte sich Jan.

»Es geht nicht um das Motiv, sondern darum, was sie damit verbergen wollte.« Zoe ging näher an die Wand heran. »Unter dem Tattoo befinden sich zahllose Wunden von Rasierklingen.«

»Sie hat sich selbst verletzt?«

»Bei der Menge würde ich schon von Selbstverstümmelung reden«, sagte Zoe.

»Bist du sicher, dass es Schnitte von Rasierklingen sind und keine anderen Verletzungen?«

»Bin ich«, beharrte Zoe. »Die Tätowierung macht die Bestimmung schwieriger, aber mit den Jahren in der Rechtsmedizin bekommt man ein Gefühl für so etwas.«

»Patrick hat mir von einem Foto im Haus der Mutter erzählt, auf dem Fiona ungefähr zwölf Jahre alt ist«, sagte Jan. »Sie waren irgendwo an einem Ostseestrand und sonnten sich im Bikini. Wenn dort Narben oder Verletzungen an ihrer Schulter gewesen wären, hätte er es erwähnt.«

»Also hat sie sich diese erst später zugefügt«, sagte Jan. »Wahrscheinlich nach dem Vorfall mit dem Vater.«

»Außerdem habe ich in ihrem Organismus Amitriptylin gefunden, das ist ein trizyklisches Antidepressivum«, ergänzte Zoe.

»Jetzt ergibt sich ein Bild«, sagte Chandu.

»Wir haben ein Röhrchen mit weißem Pulver in ihrem Badschrank gefunden«, sagte Jan. »Die Kollegen vom Kriminaltechnischen Institut untersuchen die Substanz noch, aber wahrscheinlich wird es das Amitriptylin sein.«

»Ein weiteres Indiz in diese Richtung sind die asiatischen Schriftzeichen, die Fiona auf den Unterseiten beider Handgelenke eintätowiert hatte«, fuhr Zoe fort. »Ich habe sie übersetzen lassen. Links steht ›Keine Tränen‹ und rechts ›Zu leben heißt zu kämpfen‹.« Sie schüttelte den Kopf. »Angststörungen und Depressionen sind ein weites und kompliziertes Feld. Vielleicht war Fiona schon immer anfällig, trotzdem musst du den Vater in die Mangel nehmen«, wandte sich Zoe an Jan. »Fionas Streit mit ihm war keine Meinungsverschiedenheit …«

»… sondern ein Missbrauch«, bemerkte Chandu.

Zoe nickte und setzte sich wieder auf die Couch.

»Die Suche nach Jürgen Denz wurde nach der Ermordung seiner Tochter verstärkt«, sagte Jan. »Da sind die Kollegen in Sachsen dran, aber alles deutet darauf hin, dass Fionas Vater untergetaucht ist.«

Max blendete ein Bild eines Mannes um die vierzig ein. Er hatte schüttere blonde Haare, vorne kurz geschnitten und hinten zu einem dünnen Zopf gebunden. Die Knollennase in seinem kleinen, runden Gesicht war unförmig. Er hatte die Augen zusammengekniffen, als wäre er von der Sonne geblendet worden. »Jürgen Denz wohnt seit der Trennung von Fionas

Mutter in einem kleinen Dorf in der Lausitz. Dort hat er als Installateur gearbeitet. Seine Akte war lange makellos, aber im November 2016 wurde er der Steuerhinterziehung angeklagt und ist untergetaucht. Laut seinen Nachbarn ist er eilig ins Auto gesprungen und mit seiner Freundin verschwunden. Die Wohnung muss in einem üblen Zustand gewesen sein, was auf eine überhastete Flucht hindeutet. Seitdem ist er ein Geist.« Jan blätterte in seinem Notizblock. »Das schwierige Verhältnis zu den Eltern hat auch Fionas Professorin erwähnt, aber sonst haben die Befragungen ihres Umfelds wenig ergeben. Die Nachbarn kannten sie kaum, Arbeitskollegen hatte sie nicht und zu ihren Kommilitonen nur ein loses Verhältnis. Wir konnten weder eine beste Freundin noch einen Freund ermitteln. Auch keinen Liebhaber oder Sugardaddy.«

»Was ist mit Tagebüchern?«, fragte Zoe.

»In physischer Form haben wir keine gefunden«, sagte Jan. »Einen klassischen Computer besaß sie nicht, aber wir suchen noch ihr Handy.«

»In der Wohnung waren zwei Apple-Kabel in der Steckdose«, erklärte Max. »An einem hing ein iPad. An dem zweiten stand eine leere Halterung für ein iPhone.«

»Welches nicht in ihrer Handtasche war«, ergänzte Jan.

»Vor zwei Stunden habe ich deswegen eine Suche bei allen bekannten Providern gestartet«, fuhr Max fort. »Wenn irgendwo eine Fiona Denz registriert ist, erfahren wir es.«

»Das war nicht die letzte Seltsamkeit«, sagte Jan. »Auf dem iPad fand sich eine Kalender-App mit vielen Terminen. Überwiegend abends und am Wochenende.«

Max blendete einen Screenshot ein.

»Freitag 18 Uhr RB. 20 Uhr KOP«, las Zoe vor.

»Samstag 17 Uhr MOA«, sagte Chandu.

»Vielleicht sind es Abkürzungen von Namen oder von Plätzen in Berlin«, sagte Jan. »Oder es ist ein Code.«

»Ich habe den iPad-Browser nach Orten durchsucht, bin aber nur auf Geschäfte gestoßen, deren Abkürzungen kaum dazu passen«, erklärte Max. »Die Maps-Funktion war gelöscht. Zu den angegebenen Zeiten hat sie das iPad nicht benutzt, also war sie wohl nicht zu Hause oder online.«

»Die Kollegen von der IT haben ihre Mails angesehen, aber das hat uns weder ein Mordmotiv noch eine Hilfe für Abkürzungen beschert«, sagte Jan. »Nur Korrespondenz mit der Uni und Bestellbestätigungen. Nicht eine Nachricht an eine Freundin oder an ihre Familie.«

»Was ist mit der Mordwaffe?«, fragte Chandu.

»Laut KTI war das eine Oberland Arms 10 Kaliber .308 Winchester«, sagte Jan. »Die Kugel hat die Stirn nur am Rand getroffen, aber das hat genügt.« Er blätterte durch seinen Block. »Wir haben das Projektil aus einer Granitwand gezogen. Darauf war Fionas Blut, aber es waren auch Spuren von Eisen und blauem Lack darauf.«

»Wo kommt das her?«

»Sicherlich nicht aus dem Gewehr«, sagte Jan.

»Hat Fiona Schmuck getragen?«

»Nur eine Perlenkette«, erwiderte Jan. »Davon kann es auch nicht stammen.«

»Die Obduktion hat auch keine neuen Erkenntnisse gebracht«, sagte Zoe. »Auch wenn ich Amitriptylin in ihrem Organismus gefunden habe, war Fiona sonst eine gesunde Frau. Der Schuss in den Kopf war die Todesursache.«

»Was ist mit dem Schusswinkel?«, fragte Chandu. »Konntet ihr das Versteck des Schützen ermitteln?«

»Das Problem war die Entfernung«, erklärte Jan. »Die Kollegen schätzen sie auf etwa einhundertsechzig Meter. Der Schütze befand sich demnach auf der anderen Straßenseite im dritten Stock.« Max blendete das Foto eines hohen Gebäudes ein. »Genau dieser Bereich wird renoviert«, fuhr Jan fort. »Um diese Abendstunde waren die Handwerker längst gegangen und der Mörder hat genug Zeit gehabt, sich einzurichten.« Das Foto eines Türschlosses mit Kratzern erschien auf der Leinwand. »Das Schloss wurde offensichtlich geknackt. Der Schütze ist zum Fenster gelaufen, hat es geöffnet und sich auf die Lauer gelegt.« Max blendete ein Foto eines Büroraumes ein. Bis auf den Teppichboden und von der Decke hängende Lampen war er leer. »Da es wenige Stunden zuvor geregnet hatte, konnten die Kollegen Schmutz von einer Schuhsohle sichern sowie weiße Fasern eines Kleidungsstücks. Wir hoffen noch auf einen positiven DNS-Abgleich, aber bisher bringen uns diese Spuren nicht weiter.«

»Hatte Fiona am Tag ihres Todes einen Eintrag im Kalender?«, fragte Chandu.

Jan schüttelte den Kopf. »Wie kommst du darauf?«

»Wie konnte der Mörder wissen, dass sie Donnerstag zu der Zeit an diesem Ort sein würde?«, fragte er weiter.

»Wenn sie keinen festen Termin hatte, dann funktioniert das nur mit sehr genauem GPS-Tracking«, sagte Max.

»Auch GPS-Tracking hätte dem Mörder nicht geholfen«, widersprach Chandu. »Er musste wissen, dass das Stockwerk leer steht und keine Handwerker mehr da sind. Dann hätte er Einbruchswerkzeug dabeihaben und sicher sein müssen, dass die Fenster zur Friedrichstraße zu öffnen waren. Schließlich hätte beim Betreten des Gebäudes noch einiges schiefgehen können.«

»Vielleicht ist er einer der Handwerker oder hat anderweitig in dem Haus zu tun«, sagte Max.

»Das wäre dumm, denn natürlich befragen und überprüfen wir alle diese Personen«, erwiderte Jan. »Und das hätte auch nicht sein zentrales Problem gelöst, nämlich zu wissen, wann Fiona Denz an diesem Punkt sein würde.«

»Vielleicht hatte sie einen regelmäßigen Termin in einem Fitnessstudio oder bei der Kosmetik«, sagte Zoe. »Die müssen nicht unbedingt im Kalender eingetragen sein.«

»Auf die Idee mit dem Sport sind wir auch gekommen«, sagte Jan. »Aber auf dem Weg zwischen ihrer Wohnung und der Friedrichstraße sind unzählige Fitnessstudios, an denen sie vorbeigelaufen ist. Außerdem haben wir keine Abbuchung eines Studios gefunden.«

»Wir haben die Auszüge weiterhin auf Regelmäßigkeiten um diesen Tag angesehen«, sagte Max. »Weder am 21. März noch an anderen dritten Donnerstagen im Monat hat sie etwas gemacht, das sich wiederholte.«

»Oder sie hat bar bezahlt«, ergänzte Zoe.

»Auch wenn es der Kripo nicht gefallen wird, deutet alles auf ein zufälliges Opfer hin«, schloss Chandu und kam ins Wohnzimmer.

»Das wäre die schlimmste aller Alternativen, weil es keinen Zusammenhang zwischen Opfer und Täter gibt«, sagte Jan. »Wenn der Schütze nicht zufällig bemerkt oder sein Gesicht von einer Überwachungskamera aufgenommen worden ist, können wir eigentlich nur warten, bis er wieder zuschlägt.«

»Um uns das zu sagen, hast du uns sicherlich nicht zusammengerufen«, sagte Zoe.

»Auch wenn wir die Möglichkeit einer zufälligen Opferwahl nicht ausschließen können, gehe ich weiter davon aus, dass Fiona Denz das Ziel war«, sagte Jan.

»Du solltest trotzdem noch mal mit ihrer Mutter reden.«

Max tippte etwas auf seinem Computer. Ein leises Ping ertönte. »Ich habe Fionas Namen bei einem Provider gefunden«, sagte er mit einem breiten Grinsen. »In einer Minute kenne ich ihre Telefonnummer, und mit etwas Glück kann ich feststellen, wo das iPhone ist.«

* * *

Jan hatte sich hinter Max gestellt und beobachtete fasziniert, wie die Finger des Hackers über die Tastatur flogen.

»Ich gebe die Nummer in ein spezielles Programm ein und versende eine stille SMS«, erklärte Max beim Tippen. »Somit kann ich den Standort des Handys tracken, ohne dass der Empfänger etwas bemerkt.« Er drückte theatralisch auf die »Enter«-Taste und lehnte sich grinsend auf der Couch zurück. Drei Sekunden später ertönte ein Ping, und der Computer zeigte zwei achtstellige Nummern an.

»Da haben wir die Adresse.« Max kopierte die Zahlen in ein Kartenprogramm. »Das Handy ist in der Turiner Straße, nahe der Kreuzung Nazarethkirchstraße.«

»Der Leopoldplatz«, sagte Jan stöhnend. »Da hat die Polizei jedes Jahr Hunderte von Drogendelikten zu bearbeiten«, fuhr er fort. »Das wird nur noch von den Ladendiebstählen getoppt.«

»Wie kommt das Handy nach Wedding?«, fragte Zoe.

»Der letzte getätigte Anruf mit Fionas Handy war zwei Stunden, bevor sie erschossen wurde«, sagte der Hacker. »Wer immer es hat, will nicht damit telefonieren.«

»Es wurde gestohlen«, stellte Jan fest.

»Die Region ist dicht besiedelt und die Menschen dort sind nicht für ihre Hilfsbereitschaft bekannt«, sagte Zoe. »Wie willst du das Gerät finden?«

»In der Gegend gibt es einen Hinterhofhehler«, sagte Chandu. »Bei ihm lässt sich ein gestohlenes iPhone schnell zu Geld machen.«

»Wo genau?«, fragte Jan.

»Das Gebäude ist ein heruntergekommenes fünfstöckiges Mehrfamilienhaus mit einem gelben Anstrich, dem die Autoabgase einen starken Grauschleier verpasst haben.«

Max betrachtete den Bildschirm. »Befindet sich rechts daneben eine kleine eingezäunte Grünfläche?«

Chandu nickte.

»Die GPS-Daten passen«, sagte der Hacker.

»Wer ist der Hehler?«, fragte Jan.

»Konrad Monker«, sagte Chandu. »Eigentlich will er Komo genannt werden, aber ich nenne ihn Konny, die Ente, weil er eins sechzig groß ist und sein Bauch so weit runterhängt, dass er nicht mehr normal laufen kann, sondern watschelt.«

»Klingt erst mal nicht gefährlich«, sagte Jan.

»Ist er auch nicht, aber sein Laden wird von einem mit Wachstumshormonen vollgespritzten Irren bewacht, der eine Vorliebe für Baseballschläger hat.«

»Dann sollten wir das SEK einschalten«, schlug Max vor.

»Mit welcher Begründung?«, erwiderte Jan. »Wir konnten das Handy bis zu dem Gebäude verfolgen, aber es könnte auch bei einer Privatperson liegen, die behauptet, dass sie das iPhone von Fiona geschenkt bekommen hat.«

»Außerdem war der Dieb nicht der Mörder, da der Schuss aus der Entfernung kam«, ergänzte Chandu. »Das reicht nicht einmal für einen Durchsuchungsbefehl.«

»Was ist mit der Ente?«, fragte Zoe. »Können wir unter dem Deckmantel des Verdachts auf Hehlerei etwas erwirken?«

»Leider ist Konny nicht so dumm und lässt die Waren offen herumliegen«, sagte Chandu. »Offiziell sammelt er defekte Elektrogeräte, repariert sie und verkauft sie wieder. Er hat sogar ein Gewerbe dafür angemeldet.«

Jan kratzte sich nachdenklich am Kopf. »Dann werden wir ihn inoffiziell besuchen müssen.«

»Ich liebe es, wenn mich ein Kripobeamter zu einer Straftat verleitet«, sagte Chandu lächelnd.

»Keine Ahnung, wie ich das Bergman verkaufen soll«, murmelte Jan. »Aber etwas Besseres fällt mir nicht ein. Vor allem bei dem Zeitdruck, unter dem wir stehen.«

»Dann lass uns den Abend noch genießen.« Chandu stand auf und holte eine Flasche Single Malt aus einem Regal. »Wenn Konny morgen früh seine Bude aufmacht, bieten wir ihm ein Geschäft an, das er nicht ablehnen kann.«

Kapitel 3

Auch wenn das Mehrfamilienhaus nicht zu den schönsten von Berlin gehörte, wirkte es nicht wie der Unterschlupf eines Hehlers. Der untere Teil der dreckig gelben Wand war beschmiert, die Rollläden in den Erdgeschosswohnungen waren heruntergelassen und die massive Eingangstür wies Kratzer und Einstiche von Messern auf.

Während Jan noch überlegte, wie sie unauffällig in das Haus kommen konnten, wurde von drinnen die Eingangstür aufgezogen und eine ältere Dame drückte sich an ihm vorbei. Sie murmelte etwas vor sich hin, was nicht wie ein Kompliment klang.

»Guten Morgen auch Ihnen«, sagte Chandu freundlich und ging hinein. Sie kamen in einen schmalen Gang, der zu einem verschmutzten Hinterhof führte. Auf dem Boden stand ein aufgeweichter Karton mit Werbezetteln eines Discounters und Resten einer Hamburgerverpackung. Die Wände waren mit Graffiti vollgesprayt und die kaputte Eingangstür zum Treppenhaus hatte jemand provisorisch mit einem Holzbrett repariert. Es stank nach Urin und den Ausdünstungen eines verstopften Kanalrohrs. Der Gang war dunkel, weil die Deckenlampe zerschlagen war und der regnerische Morgen kaum Licht spendete.

»Wo ist Konnys Laden?«, fragte Jan seinen Freund, während er versuchte, mit seinen neuen Sneakern nicht in einer matschigen Pfütze zu versinken.

»Hinten.« Chandu deutete auf einen Holzverschlag am Ende des Hofs mit einer schmalen Tür und einem vergitterten kleinen Fenster. Davor stand ein altes Metallfass mit Kabeln, Steckern und Resten eines Röhrenfernsehers.

»Idyllisch«, bemerkte Jan.

»Vor allem unauffällig«, ergänzte Chandu. »Vor Jahren habe ich bei Konny eine ausstehende Zahlung kassiert. Er wird sich an mich erinnern und nicht erfreut sein, mich wiederzusehen.«

»Wie willst du es anstellen?«

»Wir gehen schnell rein. Ich schnappe mir Konny. Du ziehst deine Waffe und zielst mit ihr auf den mit Vorhang abgetrennten Nebenraum.«

»Wartet dort der mit Wachstumshormonen getunte Verrückte mit Baseballschläger?«

Chandu nickte.

»Und wenn er von meiner Pistole nicht beeindruckt ist?«

»Dann würde ich rennen oder losballern.«

»Das ist kein offizieller Einsatz«, gab Jan zu bedenken. »Ich kann niemanden umschießen.«

»Ist dein Kopf«, bemerkte Chandu achselzuckend. Er ging los und stieß mit der Hand die Tür zum Verschlag auf. Jan folgte ihm mit einem Schritt Abstand.

Auch hier war es düster. Das Fenster spendete nur unzureichend Licht und die Lampe an der Decke war ausgeschaltet. Konny stand hinter dem Tisch, den Bauch auf die Platte gelegt, eine Taschenlampe in der einen und ein offenes Handy in der anderen Hand. Sein verwaschenes T-Shirt bedeckte den voluminösen, haarigen Bauch nur zur Hälfte. Ob er eine Hose trug, konnte Jan nicht erkennen, aber er stellte sich vor den mit Vorhang abgetrennten Bereich, zog seine Waffe und richtete sie darauf.

Konnys Augen wurden groß, als er seine ungeladenen Gäste bemerkte. Er ließ das Handy fallen und schien etwas sagen zu wollen, aber Chandus Hand schoss nach vorne, packte seine Nase und drehte sie schmerzhaft. Konny schrie und zappelte, während seine Hände auf den Arm des Ruanders schlugen.

Fast gleichzeitig flog der Vorhang hoch, und ein großer, breitschultriger Mann kam herausgestürmt. Sein Hals verschwand zwischen den Schultern und dem ausladenden Kinn. Er war einen Kopf größer als Jan, etwa zweimal so breit und hätte mit seinen Händen eine Abrissbirne umfassen können. Seine Augen waren weit aufgerissen, seine Lippen nach außen gewölbt, und er gab ein grunzendes Geräusch von sich, das Jan an einen brunftigen Gorilla erinnerte. Der Baseballschläger wirkte winzig in seiner Hand.

Im Nachhinein wusste Jan nicht mehr, ob es sein Selbsterhaltungstrieb oder einfach nur der Schreck gewesen war, aber bevor der Stiernacken einen weiteren Schritt tun konnte, hatte Jan seine Waffe abgefeuert. Die Kugel zischte knapp an dessen Ohr vorbei und schlug durch den Vorhang in die Wand.

Der Leibwächter ließ den Baseballschläger fallen, griff sich an die Seite seines Kopfes und betrachtete die Hand. Als er kein Blut sah, gab er ein zufriedenes Grunzen von sich, ohne dass sich der Gesichtsausdruck eines Wahnsinnigen veränderte.

»Noch einen Schritt und ich schieße das nächste Mal weiter links.« Jan wunderte sich, wie selbstsicher seine Stimme klang. »Also von mir aus gesehen links«, fügte er noch hinzu.

Die weit aufgerissenen Augen fixierten Jan, als wäre er die nächste Beute, die es zu erlegen gab, aber der Mann blieb stehen. Sein Oberkörper wippte leicht vor und zurück, als wartete er auf einen Befehl, nach vorne zu springen und Jan den Kopf von den Schultern zu reißen.

»Nette Angestellte hast du, Konny«, sagte Chandu zu dem zappelnden Mann.

»Lass mich los«, heulte der.

Chandu ließ die Nase los, packte ihn am Hemd und zog den kleinen Mann zu sich. »Mein Kumpel und ich suchen ein Handy, das du einer Freundin abgenommen hast«, begann er. »iPhone. Neustes Modell.«

»Ich klaue nicht«, sagte Konny. »Ich kaufe nur gebrauchte …«

Chandu packte ihn wieder an der Nase und drehte sie diesmal so stark, dass der Kopf des Mannes fast den Boden berührte. Der Leibwächter machte ein Geräusch, das an »ugh!« erinnerte. Er ballte die Faust, bis die Finger knirschten, aber da Jans Pistole unverändert auf ihn gerichtet war, rührte er sich nicht.

Chandu ließ den Hehler los. Konny wich einen Schritt zurück und hielt sich jammernd die Nase.

»Leg doch alle iPhones auf den Tisch. Dafür lasse ich deinen schiefen Zinken, wo er ist.«

Konny sah zu Jan, der seinen Leibwächter weiter mit der Pistole bedrohte. Dann watschelte er zum Tisch und holte aus der Schublade zwei iPhones hervor. Ein weiteres nahm er aus einem Bierkasten, eines aus dem Waschbecken und ein großes schwarzes zog er unter seinem dicken Bauch hervor. Jan hoffte, dass es nicht das gesuchte Telefon war. Sonst würde er es nicht ohne Handschuhe anfassen.

»Und jetzt bitte alle anschalten«, sagte Chandu. »Ich will die Ware testen, bevor ich sie mit nach Hause nehme.«

Konny zeigte ein freudloses Lächeln, schaltete aber jedes Telefon an. Chandu griff zu seinem Handy und wählte Fionas Nummer, die ihm Max gegeben hatte. Kurz darauf klingelte ein Gerät mit einer türkisen Hülle.

»Ist beschlagnahmt.« Chandu steckte sein Telefon ein und nahm das türkise vom Tisch. »Und jetzt will ich wissen, wer dir das verkauft hat.«

»Glaubst du, ich kenne jeden beschissenen Junkie in Wedding, der mir seine Ware überlässt?«

»Konny«, sagte Chandu mit breitem Lächeln. »Name oder Nase. Eines davon nehme ich mit.«

»In Ordnung.« Der kleine Mann wich wieder zurück. »Probier es mal bei Carlo Brunne.«

»Was ist das für ein Typ?«, fragte Chandu.

»Ein schmieriger Gigolo«, erklärte Konny. »Versucht, ältere Damen herumzukriegen. Wenn das nicht klappt, klaut er sich seine Kohle zusammen. Er trägt immer Anzug und Krawatte, daher fällt es den Bullen nicht auf, wenn er sich in einer schicken Einkaufsstraße herumtreibt.«

»Wie der Friedrichstraße?«

Konny nickte.

»Wie sieht er aus?«

»So groß wie dein bewaffneter Freund, nur schlanker«, erklärte er. »Ist immer gebräunt und hat halblange blonde Haare wie ein Lude aus den Achtzigern. Schleimiges Grinsen in der Fresse und zu viel Parfüm. Wenn er nicht auf Weiberjagd ist, trägt er Jeans und Rollkragenpullover.«

»Wo finde ich ihn?«

Konny sah auf eine alte Uhr über der Tür. »In einer Bar neben der Kirche. Gehört seiner Halbschwester.«

»Wenn du mich verarschst oder Carlo warnst, ist die abgerissene Nase dein kleinstes Problem.« Chandu hob drohend einen Finger.

»Ich mag den Typen nicht«, sagte Konny. »Mach mit ihm, was du willst.«

Chandu nickte Jan zu. Die Pistole unverändert auf den Leibwächter gerichtet, ging er rückwärts hinaus. Erst als sie wieder in dem dunklen Flur am Ausgang waren, steckte er die Waffe weg.

»War das ein Mensch oder ein rasierter Affe?«

»Wahrscheinlich eine Mischung aus beidem.« Chandu klopfte sich auf seine Tasche. »Fionas Handy haben wir. Jetzt müssen wir nur noch in Erfahrung bringen, wie es zu Carlo gekommen ist.«

* * *

Zoe saß auf einer altmodischen roten Couch und betrachtete eine kleine Sammlung Porzellanteller. Sie standen auf einem Regal, umgeben von einem leeren Bilderrahmen, wie ein dreidimensionales Stillleben. Sie nippte an ihrem Kaffee und wippte ungeduldig mit dem Fuß. Die Tür ging auf und ein Mann um die vierzig trat ein. Gekleidet in Jeans, Arbeitsschuhe und eine schwarze Winterjacke, passte er nicht zum eleganten Ambiente dieses Cafés. Mit seinen schwarzen Haaren, dem dunklen Teint und seiner sportlichen Figur hätte er ein attraktiver Mann sein können, aber seine mangelnde Mundhygiene, auf die seine Zahnlücken und die verbliebenen braunen Stummel schließen ließen, zerstörten diesen Eindruck sofort wieder. Mit einem kurzen Nicken setzte er sich Zoe gegenüber auf einen gepolsterten Stuhl.

»Sie sind neun Minuten zu spät«, sagte sie ungehalten. »Bei Ihrem Stundenlohn erwarte ich Professionalität.«

»Verzeihung, Dr. Diek, aber ich wollte sichergehen, dass mich niemand verfolgt.« Er zog seine Jacke aus und legte sie über die Lehne. Eine schwache Ausrede, dachte Zoe, aber Chandu hatte ihr versichert, dass Jost Eger der Beste auf seinem Gebiet war, daher würde sie darüber hinwegsehen, auch weil sie keine Lust hatte, sich einem zweiten Ermittler preiszugeben.

»Wie geht es Ihnen?«, fragte er.

»Verschwenden wir keine Zeit mit Höflichkeitsfloskeln«, sagte sie ungeduldig. »Was ist mit meinem Vater?«

»Meinen Informanten nach hat er sich im Gefängnis wieder gut eingerichtet, ist aber nicht mehr so einflussreich wie vor seiner Flucht.« Er winkte der Bedienung und bestellte sich einen Espresso. »Wie man hört, scheint das Wachpersonal nicht sehr entgegenkommend zu sein. Mazur kommt schwer an Schmuggelware und wegen unregelmäßig durchgeführter Zellkontrollen ist er bei den Insassen kein beliebter Geschäftspartner. Jemand scheint von außen Druck auf die Beamten auszuüben und dieser jemand ist in einer hohen Position in Politik oder Strafverfolgung.«

Zoe genehmigte sich ein kurzes Lächeln. Jan und Bergman hatten sich geschworen, ihren Vater nie mehr in eine Machtposition kommen zu lassen, wie er sie vor seiner Verhaftung innegehabt hatte.

»Das meiste im Gefängnis macht sein Assistent Marcel Lagorio, vor allem wenn es körperlich wird, aber in der Hierarchie spielen beide keine große Rolle.«

»Gut zu hören«, sagte Zoe zufrieden und trank einen Schluck Kaffee. »Was ist mit Mazurs Männern draußen?«

»Die Folgen des Angriffs auf Herrn Bitangaros Wohnung haben Mazurs Organisation merklich geschwächt; einerseits, weil zwei wichtige Männer eine langjährige Haftstrafe verbüßen müssen; andererseits wurden im Rahmen der Ermittlungen drei weitere Gefolgsleute von Mazur festgenommen, sodass sich seine restlichen Männer bedeckt halten. Durch den Wegfall von Marcel Lagorio sind sie auch führungslos.« Die Bedienung brachte den Espresso, und Eger schwieg, bis sie wieder weg war.

»Außerdem habe ich meinen Kontakt in Sizilien gebeten, die Augen offen zu halten.« Er trank die Tasse in einem Zug aus. »Sollte sich ein möglicher Kronprinz aus Mazurs Heimat auf den Weg nach Berlin machen, erfahre ich es sofort.« Er stellte die Tasse auf den Unterteller. »Aktuell ist Ihr Vater so einflusslos wie selten zuvor.«

»Und dabei muss es bleiben«, sagte sie eindringlich. Sie steckte ihm unter dem Tisch einen Umschlag mit Hunderteuroscheinen zu. »Wir sehen uns in vier Wochen wieder. Zeit und Ort bekommen Sie noch genannt.« Er wollte aufstehen, aber sie griff nach seiner Hand. »Und sollte sich etwas Neues ergeben, erwarte ich, sofort informiert zu werden.«

»Natürlich.« Eger nickte ihr wieder zu und verließ das Café. Zoe lehnte sich auf der Couch zurück und atmete entspannt aus. Ihr Vater war keine Gefahr mehr. Und sie würde alles tun, dass es so blieb.

* * *

Die Bar war ein angenehmer Kontrast zum heruntergekommenen Hinterhof und Konnys Hehlerladen. Die schwarzen Tische waren sauber und harmonierten mit den dunkelroten Bodenfliesen. Die Tassen und Gläser auf dem Regal waren akkurat angeordnet und auch die Kuchenauslage wirkte einladend. Eine blonde Frau reinigte die Kaffeemaschine hinter der Theke. Sie hatte ihnen den Rücken zugewandt und schien nicht zu bemerken, dass die Tür aufgegangen war. Eine ältere Dame auf einer Eckbank fütterte ihren Dackel mit Keksstückchen. Zwei Tische weiter saß ein Mann und tippte auf seinem Handy. Sonst waren keine Gäste anwesend.

Konnys kurze Beschreibung genügte, um Carlo Brunne in der kleinen Bar zu identifizieren. Blonde Locken fielen ihm bis über die Schultern. Eine schmale Silberkette glänzte auf dem eng anliegenden schwarzen Rollkragenpullover. Auf dem Tisch vor ihm stand eine große Tasse Kaffee, daneben lag ein mit Milchschaum verklebter Löffel. Brunne war so sehr auf sein Handy fixiert, dass er Chandu und Jan erst bemerkte, nachdem sie vor ihm Platz genommen hatten.

Als er aufsah, zeigte Jan seine Kripomarke. »Zeit für einen Plausch?«

Brunne sah zur Tür, aber Chandu platzierte seine muskulösen Arme auf dem Tisch. »Versuch es erst gar nicht.«

Der Gigolo schaltete sein Handy aus. Sein misstrauischer Gesichtsausdruck wurde von einem strahlenden Lächeln abgelöst. »Gern helfe ich der Polizei.«

Jan legte Fionas Telefon auf den Tisch. »Wo ist das iPhone her?«

»Das gehört mir nicht.«

Chandu griff nach Brunnes Fingern und drückte zu, bis die Knöchel knackten. Der Mann hielt vor Schmerz die Luft an und riss die Augen auf. »Monker hat uns gesteckt, dass er das Telefon von dir hat, also verschwende nicht unsere Zeit.« Er ließ die Hand wieder los.

»Das habe ich gefunden.«

»Wo und wann?«, fragte Jan.

»Am Donnerstagabend in der Friedrichstraße.«

»Und das lag einfach so rum?«

Der Mann nickte. »Auf dem Boden.«

Chandu griff wieder nach Brunnes Hand. »Ich schwöre«, jammerte der Gigolo und versuchte, seine Finger zu befreien. »Da war ein Menschenauflauf.«

»Weswegen?«

»Ich konnte es nicht sehen. Die Leute blockierten den Gehweg. Einer rief nach einem Krankenwagen.«

»Und das Handy?«

»Lag auf der Straße, neben der Abflussrinne.«

»Und du hast es eingesteckt?«, fragte Jan.

»Es ist das neuste Modell«, sagte Brunne. »Dafür bekomme ich eine Monatsmiete.«

»Ist dir irgendwas aufgefallen?«

»Vielleicht ein Typ mit einem Gewehr?«, ergänzte Chandu.

»Ein Gewehr?«, wunderte sich Brunne. »Das ist Berlin, nicht Beirut. Und wenn so was in Berlin passiert, dann nicht auf der Friedrichstraße.«

Jan sah kurz zu Chandu. Sein Freund schüttelte unmerklich den Kopf. »Dieses Mal lassen wir dich laufen.« Er ließ die Hand los. »Vertickst du wieder was an den Hehler, freuen sich die Jungs in Moabit über deinen knackigen Hintern.« Chandu tätschelte ihm die Wange und stand auf.

»Brunne können wir von der Liste der Verdächtigen streichen«, sagte Jan beim Hinausgehen. »Hoffentlich bringt uns wenigstens das Handy auf die Spur des Mörders.«

* * *

Max wünschte sich, er hätte jedes Handy so leicht knacken können wie das von Fiona Denz. Jan hatte ihm das Telefon unversehrt übergeben und die Leute vom KTI hatten in ihrer Wohnung die Rechnung samt PIN und PUK gefunden.

Er schloss das USB-Kabel an, startete seine Suchsoftware und lud alle Daten vom Gerät herunter. Es begann mit den SMS, fuhr dann fort mit den Nachrichten eines Chatprogramms, dem Verlauf ihres Browsers und schließlich den Fotos in der Galerie. Ganz zum Schluss entdeckte das Programm noch ein Video, das Max sofort abspielte.

»Hui«, sagte er nach den ersten Sekunden. Er griff nach seinem Glas Ovomaltine-Cola und legte die Füße auf den Schreibtisch. »Das wird Jan gefallen«, sagte er zufrieden und trank einen Schluck.

* * *

Als der Wecker seines Handys klingelte, schreckte Jan von der Akte hoch. Es war schon 19 Uhr, und er hatte keine Ahnung, wo die letzten Stunden geblieben waren. Er rollte mit seinem Stuhl vor den Computer, setzte sich das Headset auf und startete das Videochat-Programm.

»Hi, Jan«, begrüßte ihn Max. »Mit dir sind wir jetzt vollständig.«

»Danke für eure Zeit an diesem Samstagabend«, sagte Jan. »Ich hätte mich lieber bei Chandu getroffen, aber die Ermittlungen halten mich im Büro fest und Zoe hat heute die Nachtschicht, daher müssen wir es auf diesem Wege machen.« Er richtete sein Headset auf dem Kopf zurecht. »Wie ihr wisst, ist es Chandu und mir gelungen, Fionas Handy zu besorgen.«

»Die Durchsuchung des Geräts war sehr aufschlussreich«, sagte Max. »Einerseits, weil kein privates Foto von ihr darauf war. Kein Bild mit einer Freundin, von ihr im Urlaub oder auf einer Party. Andererseits habe ich ein Video gefunden, das uns einige Fragen beantworten wird.«

Er begann die Aufnahme abzuspielen. Fiona saß auf ihrer weißen Couch und trug ein dunkelrotes, trägerloses Kleid, das gut mit ihren langen braunen Haaren harmonierte. Ihr rechtes Bein lag lasziv über der Lehne. Sie hatte eine schmale Maske aus dunkler Spitze über den Augen, deren kleine Strasssteine im Licht glänzten.

»Das ist Fiona«, hörte man eine Frauenstimme im Hintergrund. »Wenn Sie eine gebildete und vornehme Begleitung für ein kulturelles Event in Berlin benötigen, empfehle ich Ihnen diese Traumfrau.« Wie auf ein Stichwort stand sie auf. Das Kleid schmiegte sich eng an ihren Körper und der Saum glitt auf dem Boden hinter ihr her. »Fiona ist stilsicher in ihrem Auftreten und weiß sich auch in gehobener Gesellschaft zu benehmen.« Sie stellte sich in einer aufreizenden Pose vor die Kamera. »Sie spricht fließend Englisch und begleitet auch internationale Kunden.« Ihre Hand fuhr durch ihre Haare. »Mit Fiona können Sie tiefgründige Gespräche über Musik, Literatur oder Malerei führen.« Sie zwinkerte in die Kamera. »Sie werden diese Nacht nicht vergessen.« Dann wurde der Bildschirm schwarz.

»Fiona war eine Prostituierte«, sagte Zoe.

»Wohl eher ein Escortgirl«, korrigierte Chandu. »Prostituierte zeigen mehr und preisen sich selten für kulturelle Events an.«

»Der Unterschied ist nicht so groß«, sagte Jan. »Außer beim Preis.«

»Hat sie für einen Escortservice gearbeitet?«, fragte Zoe.

»Wahrscheinlich«, antwortete Max. »Denn passend zu ihren Kalendereinträgen hat sie immer wieder Kurznachrichten über Threema bekommen. Das ist ein Messenger-Dienst wie WhatsApp, nur sehr viel sicherer und anonymer. Außerdem verzichtet Threema auf Werbung und den Verkauf von Daten.« Der Hacker blendete einen Termin ein: »Freitag 18 Uhr RB. 20 Uhr KOP«. »Wir haben uns gefragt, was RB und KOP bedeuten«, fuhr Max fort. »Dazu erhielt sie eine Nachricht drei Wochen vor dem Termin. RB ist das Radisson Blu Hotel und KOP ist die Komische Oper.«

»Wenn man es weiß, ergibt es Sinn«, sagte Chandu.

»Jetzt kann ich jeden codierten Termin in Fionas Kalender einem Ort zuordnen«, sagte Max. »Ausschließlich Hotels, Restaurants oder kulturelle Veranstaltungsorte. Nichts Anrüchiges.«

»Von wem stammen die Nachrichten?«

»Die Nummer konnte ich nicht herausfinden, aber jede SMS ist mit Lara unterschrieben.«

»Etwas mehr brauche ich schon«, sagte Jan. »Wir können nicht bei jedem Escortservice in Berlin anrufen und nach einer Lara fragen.«

»Und das wären nur die Escortservices, von denen wir wissen«, sagte Chandu.

»Wenn man aber die rein sexuelle Komponente herausnimmt, schrumpft die Zahl der möglichen Agenturen«, sagte Zoe. »Und wenn Fionas Ziele wirklich solvente, seriöse Kontakte auf Geschäftsreise waren, arbeitet die Agentur nicht illegal.«

»Nur weil Fiona ihre Brüste nicht in die Kamera hält, müssen die Treffen nicht sexlos gewesen sein«, sagte Chandu.

»Wir nehmen uns zuerst die legalen Anbieter vor«, sagte Jan. »Kannst du mir eine Liste aller Escortservice-Anbieter Berlins zusammenstellen?«, wandte er sich an den Hacker.

»Freiwillig rücken die nichts heraus«, sagte Zoe. »Und da weder eine Gefahr für die öffentliche Sicherheit existiert, noch die Daten für die Verfolgung von Straftaten benötigt werden, kannst du dir die Mühe sparen.«

»Du vergisst die Möglichkeit eines Heckenschützen, der bereits den nächsten Anschlag geplant hat.«

»Den Zusammenhang erklärst du mal einem Staatsanwalt«, bemerkte sie.

»Ich nehme mir ein Foto von Fiona und höre mich bei den weniger seriösen Agenturen um«, sagte Chandu. »Vielleicht stand sie dort auf einer Lohnliste.«

»Ich unterhalte mich mit Bergman, wie man die Begleitagenturen zur Zusammenarbeit überreden könnte«, sagte Jan.

»Da hätte ich vielleicht eine Idee.« Zoe schien einen Zug von der Zigarette zu nehmen. »Ich habe den Bericht über Fionas Wohnungsdurchsuchung gelesen, aber nichts zu Selbstbefriedigung oder Geschlechtsverkehr gefunden. Einen Freund oder eine Freundin hatte sie auch nicht.«

»Vielleicht war sie asexuell«, sagte Chandu.

»Möglich, aber in ihrer Wohnung fand sich eine Schachtel Latextücher mit Vanilleduft.«

»Und?«, fragte Jan.

»Das passiert, wenn Männer wie du eine Durchsuchung leiten«, sagte Zoe abfällig und zog an ihrer Zigarette. »Vielleicht solltet ihr das nächste Mal eine aufgeklärte Frau mitnehmen.«

»Das sind Schutztücher für den Oralverkehr«, erklärte Chandu.

»Aber weder in der Wohnung noch in ihrer Handtasche fanden sich Kondome«, ergänzte Zoe. »Daher waren ihre Dates ausschließlich Frauen.«

»Sind das genug Kunden für ein solches Luxusleben?«, fragte Chandu. »Die Escortgirls, die ich in meinem Leben kennengelernt habe, haben sowohl Männer als auch Frauen bedient.«

»Es gibt Frauen, denen dieser Unterschied wichtig ist«, sagte Zoe.

»Auch wenn das ein interessantes Detail ist, sehe ich nicht, wie uns das weiterhilft«, bemerkte Jan.

»Weil du nicht über meine Verbindungen verfügst«, antwortete Zoe. »Ich habe vor einigen Monaten eine Frau namens Lara kennengelernt. Sie soll einen inoffiziellen Datingservice leiten.«

»Wieso inoffiziell?«

»Der Service ist für lesbische Frauen«, sagte Zoe. »Vor allem jene, die sich nicht gern in der Öffentlichkeit zeigen oder sogar in einer Heterobeziehung sind, die sie nicht gefährden wollen.« Sie zog wieder an ihrer Zigarette. »Ich habe nur oberflächlich auf einer Mottoparty mit ihr geredet, aber hinter ihrem Rücken munkelt man, dass Lara diese Gefälligkeit nur anbietet, um an Frauen zu kommen, die sie an Reisende aus der ganzen Welt vermitteln kann.«

»Da sind wir wieder beim Escortservice«, sagte Chandu.

»Ist diese Vermittlungsagentur legal?«, fragte Jan.

»Keine Ahnung. Aber so viele Laras in der Berliner Lesbenszene gibt es nicht.«

»Es wäre einen Versuch wert.« Jan kratzte sich nachdenklich am Kinn. »Vielleicht hatte Fiona eine unglückliche Kundin.«

»Oder eine glückliche Kundin mit rachsüchtigem Mann«, ergänzte Max.

»Viele Möglichkeiten für ein Mordmotiv«, sagte Chandu.

»Weißt du, wo sich diese Lara herumtreibt?«, wandte sich Jan an Zoe.

»Ich muss mich umhören und ein paar Bekannte fragen«, antwortete sie. »Aber über kurz oder lang finde ich sie.«

* * *

Über der großen Tanzfläche hing ein Netz voller Ballons, bemalte Bullaugen schufen die Illusion von Fenstern und alte Rettungsringe zierten die Wände. An diesem Abend war die Bar gut besucht. Das Publikum war in Jans Alter, nicht zu jung, die meisten mit einem Cocktail in der Hand. Die Tanzfläche war voll und die Musik dröhnte so aus den Lautsprechern, dass Jan Mühe hatte, Zoe zu verstehen.

»Wir versuchen es an der Bar.« Sie deutete tiefer in die Kneipe hinein. Der Weg dorthin dauerte eine gefühlte Ewigkeit, denn bei jedem Schritt wurde sie von Männern umarmt und von Frauen geküsst, als würde sie jeden Besucher persönlich kennen. Dabei wirkte sie ungewohnt gelöst, lachte viel und ließ sich jede Berührung gefallen. Verschwunden war die ernste, zynische Frau, mit der Jan so oft zu tun hatte. Ein schwarzhaariger junger Mann in einem eng anliegenden Glitzerhemd reichte ihr einen Drink, den sie in einem Zug leerte. Sie gab das Glas mit einem Nicken wieder zurück. Der Mann umarmte sie lachend und ging wieder auf die Tanzfläche. Er zwinkerte Jan zu, als er an ihm vorbeikam, und kniff ihm in den Hintern.

Jan sprang vor Schreck einen Schritt weg. »Was ist das für eine Kneipe?«

»Besser, du weißt es nicht.«

»Der hat mir in den Hintern gekniffen«, sagte Jan konsterniert.

»Bilde dir nichts darauf ein«, sagte Zoe. »Marko nimmt alles, was er kriegen kann. Sogar einen langweiligen Heteromann wie dich.«

»Ist das hier so üblich?«

»Nein. Normalerweise greifen die woanders hin.«

Jan wollte etwas darauf erwidern, aber Zoe drängte sich weiter durch die Menschenmasse. »Das müsste sie sein«, sagte sie nach zehn mühsam zurückgelegten Metern und deutete auf eine Frau. Er schätzte sie auf fünfzig Jahre, mit blonden, kurzen Haaren und einer auffällig langen Perlenkette um den Hals. Eine elegante Erscheinung in weißem Sakko und kurzem Rock. Sie hatte ein Champagnerglas in ihren Fingern, die Nägel rot lackiert, und trug ein Diamantenarmband um ihr Handgelenk, das im Licht der Discokugel glitzerte. Sie unterhielt sich mit einer anderen Frau, die kurze rote Haare, vier Piercings in der Nase und einen Goldring im Ohrläppchen hatte. Die Augenbrauen waren abrasiert und durch zwei dunkelrote Striche ersetzt. Der Kontrast zwischen den beiden Frauen hätte nicht größer sein können, aber sie plauderten angeregt miteinander, wie eine Mutter mit ihrer Tochter.

Zoe ging an die Bar, umarmte die Rothaarige und flüsterte ihr etwas ins Ohr. Die junge Frau nickte, nahm ihr Bier von der Theke und lief zur Tanzfläche. Zoe wechselte ein paar Worte mit der Älteren. Schließlich trank die Frau ihren Champagner aus und stand auf.

Zoe deutete nach draußen und schob Jan in die Richtung, aus der sie gekommen waren. Als sie die Tanzfläche hinter sich gelassen hatten, war Jan nass geschwitzt und sehnte sich nach einem Bier.

»Das ist Hauptkommissar Tommen«, stellte Zoe ihn vor, als sie vor der Tür waren.

Die Frau schüttelte ihm die Hand. »Wie kann ich Ihnen helfen?« Sie gingen ein paar Schritte von der Kneipe weg.

»Kennen Sie diese junge Frau?«, fragte Jan und zeigte ihr ein Foto auf seinem Handy. »Ihr Name ist Fiona Denz.«

»Ich habe sie schon einmal gesehen«, antwortete Lara. »Nicht hier, aber in einem anderen Etablissement.«

»Lassen Sie den Scheiß.« Zoe zündete sich eine Zigarette an. »Sie wissen, dass sie tot ist. Fiona wurde auf der Friedrichstraße erschossen. Ihr Bild war in allen Zeitungen und auf allen Fernsehkanälen zu sehen.« Sie blies den Rauch aus. »Fiona hat außerdem als Escortgirl gearbeitet, exklusiv für weibliche Kunden, und rein zufällig wurden ihr die Aufträge von einer gewissen Lara vermittelt.« Sie lächelte. »Wir haben Fionas Handy geknackt.«

Jan starrte Zoe an. Ihre Taktik war perfekt. Besser hätte er die Befragung nicht anfangen können.

Die Frau sah zu Boden und fuhr sich mit der Zunge über die Lippe. Selbst wenn sie nicht die gesuchte Lara war, wusste sie etwas.

»Ihr Business ist uns egal, wir wollen nur den Mörder finden«, sagte Jan.

»Wir können auch einen Beschluss für Ihr Handy erwirken lassen«, legte Zoe nach. Bei der momentanen Beweislage hätte ihr kein Staatsanwalt einen solchen gegeben, aber unter den gegebenen Umständen war die Bemerkung klug gesetzt.

»Fiona hat für mich gearbeitet«, gab Lara schließlich zu.

»Wie sind Sie an die Kundinnen herangekommen?«, fragte Jan.

»Ich habe ein Netzwerk an Vermittlern in ganz Deutschland, die mich kontaktieren, wenn sie eine Frau mit Fionas Talenten suchen.«

»Welche waren das?«

»Sie war dezent gekleidet und nicht übermäßig geschminkt. Sie hatte Stil, war klug und kulturell sehr interessiert. Ich weiß nicht, ob das an ihrer Homosexualität lag, aber die Kundinnen mochten sie und schwärmten von ihrer Einfühlsamkeit.«

»Was wollten die Frauen von Fiona?«, fragte Jan. »Hauptsächlich Sex oder waren es nur kulturelle Events?«

»Das weiß ich nicht«, sagte Lara. »Ich habe nur vermittelt und später meine Provision bekommen. Die Details der

Verabredungen hat Fiona direkt mit den Kundinnen besprochen.«

»Gab es Schwierigkeiten mit einer Frau?«

»Nein«, sagte Lara sofort. »Fiona hatte sogar Stammkundinnen, die sich immer mit ihr trafen, wenn sie in Berlin waren.«

»Können Sie sich vorstellen, wer Fiona töten wollte?«

Lara schüttelte den Kopf und kaute an ihrem Fingernagel.

»Vielleicht eine zurückgewiesene Frau, die mehr wollte, als nur Kundin sein?«, fragte Jan. »Oder ein eifersüchtiger Lebenspartner?«

»Undenkbar ist es nicht, aber Fiona hat ihr Privatleben abgeschirmt«, sagte Lara. »Sie hat sich vom Taxi nie direkt vor ihre Wohnung fahren lassen und manchmal sogar die U-Bahn genommen. Selbst ich weiß nicht, wo sie lebte.« Sie kaute wieder an ihrem Fingernagel.

»Wir haben Zugriff auf Fionas Kalender«, wiederholte Jan. »Außerdem haben uns alle Berliner Hoteliers ihre Mitarbeit zugesagt, ebenso die Kneipiers und die Kulturstätten«, log er. »Es wird eine Zeit lang dauern, bis wir jede ihrer Verabredungen identifiziert haben, aber sollten wir bei einem ihrer Dates eine Unregelmäßigkeit entdecken, dann erwartet Sie eine Anklage wegen Behinderung der Justiz. Und sollte der Mörder wieder zuschlagen, würde ich sogar Beihilfe zum Mord in Erwägung ziehen.«

Lara wandte den Blick zu Boden und kickte mit dem Fuß einen Sektkorken weg.

»Außerdem werden wir jede identifizierte Frau persönlich ansprechen. Das wird Ihrem Ruf sehr schaden, weil wir behaupten, wir hätten die Daten von Ihnen erhalten«, ergänzte Zoe.

»Das ist illegal«, sagte sie zu ihr.

»Verklagen Sie uns«, erwiderte diese ungerührt.

Lara rieb über ihren Fingernagel. »Das wird Ihnen sowieso nicht helfen«, murmelte sie.

»Was wird uns nicht helfen?«, hakte Jan nach.

Sie drehte sich kurz zum Eingang und senkte die Stimme. »Fiona hatte eine Kundin, die eine Woche nach dem Treffen mit ihr tot in der Spree gefunden wurde.«

»Und das wollten Sie uns verheimlichen?«, fragte Jan.

»Fiona wurde nicht bedroht und der Grund für ihren Tod könnte woanders liegen.«

»Überlassen Sie diese Beurteilung den Leuten, die sich damit auskennen«, sagte Jan.

»Die Frau war die Geliebte eines hochrangigen Botschaftsangestellten aus Weißrussland«, erklärte Lara. »Selbst wenn Sie ihm den Mord nachweisen können, wird er ungeschoren davonkommen.«

»Woher wissen Sie von der Beziehung zum Botschaftsangestellten?«, fragte Zoe.

»Fiona hat mir davon berichtet. Die Frau hatte Angst vor dem gewalttätigen Temperament Ihres Freundes.« Sie nagte wieder an ihrem Fingernagel. »Vielleicht hat er das mit Fiona herausbekommen.«

»Wer war die Frau?«

»Ich kenne nur ihren Vornamen. Deana.«

»Das ist alles? Nur den Vornamen?«, fragte Jan. »Wann wurde die Frau getötet?«

»Im Dezember 2018«, erwiderter Lara.

»So viele Deanas werden in der Zeit nicht in der Spree gefunden worden sein«, wandte sich Zoe an ihn.

»Fällt Ihnen sonst noch etwas ein?«, fragte er.

»Das war der einzige beunruhigende Fall«, erwiderte sie. »Aber als die Frau über ihren Freund erzählt hat, wirkte sie verängstigt. Wenn er für Deanas Tod verantwortlich ist, hätte er auch keine Skrupel gehabt, Fiona zu ermorden.«

Kapitel 4

Nach der Nachtschicht mit Zoe hatte Jan Mühe, aus dem Bett zu kommen, aber er hatte Lan versprochen, mit ihr zu einer Kirche zu gehen, die sie für ihre Hochzeit in Betracht gezogen hatte. Es hatte drei Tassen Kaffee und ebenso viele Spiegeleier gebraucht, bis sein Kreislauf einigermaßen angesprungen war, aber wenigstens war der Verkehr an diesem frühen Sonntagmorgen überschaubar gewesen, sodass sie nicht lange im Auto sitzen mussten.

Der fast achtzig Meter hohe Kirchturm ragte weit über die Häuser in Gesundbrunnen hinaus. Schon der Weg von der Straße dorthin war prachtvoll. Man ging vorbei an Bäumen zum Eingang, einer zweiflügligen Tür unter einem Relief des heiligen Sebastian.

»Eine schöne Kirche«, sagte Jan zu Lan, die sich bei ihm untergehakt hatte.

»Warte, bis du den Innenraum siehst.« Sie spazierte mit ihm hinein. Ein langer roter Teppich führte vom Eingang bis zum Altar, links und rechts dunkle Holzbänke, die Hunderten von Besuchern Platz boten. Das Sternkreuzgewölbe war in einem Braunton gehalten, der mit den Bänken harmonierte. Jetzt, am frühen Morgen, fand noch kein Gottesdienst statt, aber die

Kerzen am Altar brannten schon und eine Handvoll Besucher hatte sich bereits eingefunden.

Lan lächelte beseelt, als sie den Gang nach vorne schritt, langsam, als würde sie den Weg durch das Kirchenschiff üben. Vor dem Altar blieb sie stehen und bekreuzigte sich. »Gefällt es dir?«, fragte sie flüsternd.

»Ich könnte mir keinen schöneren Ort vorstellen«, antwortete Jan ebenso leise.

»Ich habe schon mit dem Priester der Gemeinde gesprochen. Es gibt noch zwei geeignete Termine.«

»Dann solltest du ihn gleich anrufen.«

»Nicht sonntags. Aber morgen mache ich alles fest.«

Als sie wieder ins Freie traten, vibrierte Jans Handy in der Tasche. »Das kann warten«, beschwichtigte er.

»Alles in Ordnung. Ich komme alleine nach Hause.« Sie gab ihm einen Kuss. »Viel Erfolg bei der Jagd nach dem Mörder.« Sie winkte ihm und schickte sich an, links an der Kirche entlangzuspazieren, als wollte sie das sakrale Gebäude auch von dieser Seite inspizieren.

Jan ging gähnend zu seinem Auto zurück und machte sich auf den Weg zur Dienststelle. Es würde ein langer Sonntag werden.

* * *

Als er von seinem Wohnzimmer nach draußen sah, bedauerte Klaus Bergman, dass er den heutigen Tag nicht zu Hause mit seiner Familie verbringen konnte, aber nach der hektischen Stimme seines Pressestellenleiters zu schließen, würde das Wochenende kein gutes Ende nehmen. Er griff nach der Fernbedienung seines Fernsehers und schaltete den Regionalsender an. Das langweilige Morgenprogramm wurde von einer Sondersendung unterbrochen.

»Sehen Sie es?«, fragte der Mann am Telefon.

»Tue ich«, antwortete Bergman. Er legte das Handy neben sich und setzte sich auf die Couch, während er seine Krawatte knüpfte.

»Heute Morgen erhielt unsere Redaktion eine schockierende Nachricht, die wir der Öffentlichkeit nicht vorenthalten wollen.« Ein Zettel wurde eingeblendet. Auf diesem stand: »Die Frau in der Friedrichstraße war nur der Anfang! Ich kriege euch alle und niemand sieht mich.«

Bergman stellte den Ton leiser und nahm das Handy wieder in die Hand.

»Das kann doch nicht deren Ernst sein«, fluchte er.

»Der gleiche Brief ging außerdem an zwei überregionale Tageszeitungen und einen Radiosender.«

»Wo ist denn der ernsthafte Journalismus von früher?«, fragte der Kripochef. »Den Brief hätte jeder schreiben können. Es gibt keinen Hinweis auf den Täter. Was drinsteht, weiß jeder Zeitungsleser.«

»Das durchgegangene Pferd können wir nicht mehr aufhalten, wenn Sie mir diesen Vergleich erlauben, Dr. Bergman.«

»Es gibt keinen Hinweis auf einen Serientäter.«

»Aber auch keinen Gegenbeweis«, erwiderte der Mann. »Wir werden uns in Beruhigungsparolen flüchten müssen, bis wir einen Täter präsentieren können.«

»Fiona Denz' Ermordung ist nicht einmal vier Tage her und die Hinweise sind dürftig. Wir können nicht mit einem Durchbruch rechnen.«

»Hoffen wir, dass es kein Serientäter ist«, erwiderte der Mann. »Ich möchte mir nicht vorstellen, was bei einem zweiten Mord durch den Heckenschützen passiert.«

* * *

Als sein Handy klingelte, nahm er das Gespräch an, ohne auf das Display zu sehen.

»Tommen«, meldete sich Jan abwesend.

»Ich bin's, Schatz«, sagte Lan. »Auf dem Weg nach Hause ist mir noch etwas eingefallen. Denkst du bitte an die Weinprobe morgen Abend?«

Jan riss vor Schreck die Augen auf. Das hatte er völlig vergessen. »Ja, natürlich«, antwortete er ruhig.

»Haben Chandu und Zoe Zeit?«, fragte sie weiter. »Schließlich hast du keine Ahnung von Wein.«

»Sie freuen sich, mich begleiten zu dürfen.« Jan hastete zu seinem Schreibtisch, nahm einen Stift und kritzelte »Chandu und Zoe fragen« auf einen Notizzettel. Dann machte er noch drei Ausrufezeichen dahinter und kreiste die Nachricht mit einem roten Textmarker ein.

»Ich unterhalte mich heute Nachmittag mit dem Konditor«, fuhr Lan fort. »Würde dir Spanische Vanille als Hochzeitstorte gefallen?«

»Hört sich toll an«, sagte Jan. *Was auch immer die Spanier mit ihrer Vanille anders machen*, fügte er in Gedanken hinzu.

»Viel Spaß im Weinkontor«, sagte Lan. »Hab dich lieb.« Sie legte auf.

Er sah auf die Uhr. Die Telefonkonferenz würde gleich beginnen, also hastete er zur Kaffeemaschine und füllte seine Tasse wieder auf. Auf dem Weg ins Büro zurück versuchte er zu errechnen, den wievielten Kaffee er gerade trank, aber wenn der Fall abgeschlossen wäre, würde sich der Gesamtverbrauch von Bohnen in Berlin spürbar reduzieren.

»'n Abend, Leute«, sagte er gähnend. »Wie in meiner Mail erwähnt, haben Zoe und ich gestern Abend einen Tipp zu einem möglichen Mörder bekommen.« Er trank einen Schluck Kaffee. »Eine Woche nach einem Treffen mit Fiona wurde eine gewisse Deana Kutusowa tot in der Spree gefunden. Leichenfundort war der Kratzbruch nicht weit vom Treptower Park.«

»Ich habe mir daraufhin die Unterlagen der Obduktion angesehen«, sagte Zoe. »Deana wurde aufs Übelste verprügelt, jemand hat ihr die Beine gebrochen und sie in die Spree geworfen, wo sie ertrunken ist.«

»Die Ermittlungen haben nichts ergeben«, fuhr Jan fort. »Keinen Tatort, keine Verdächtigen und keine Spuren an der Leiche. Hätte Lara nicht einen Bezug zu einem weißrussischen Botschaftsmitglied erwähnt, würden wir nicht einmal das wissen. Offiziell wurde der Mord an Deana dem Milieu des Menschenschmuggels und der Prostitution zugeordnet.«

»Die weißrussische Botschaft liegt am Treptower Park«, sagte Chandu.

»Was nur ein schwaches Indiz ist«, erwiderte Jan.

»Quasi alle ehemaligen Sowjetstaaten haben Spezialkräfte als Sicherheitsleute«, sagte Chandu. »Jeder von ihnen wäre zu einem solchen Schuss in der Lage.«

»Ich habe mit allen legalen und illegalen Mitteln versucht, mehr über die Angestellten der Botschaft herauszufinden, aber nichts zu einer Deana Kutusowa entdeckt«, sagte Max. »Aber ich habe generell wenig über die Vorgänge in der Botschaft gefunden.«

»Wir bewegen uns auf sehr dünnem Eis«, warnte Chandu. »Selbst Bergman wird dich nicht mehr schützen können, wenn herauskommt, dass du in diese Richtung ermittelst.«

»Es gibt nicht viel zu ermitteln«, sagte Jan. »Ich darf keinen Botschaftsmitarbeiter befragen und selbst dann würde sich niemand mit einem Mord in Verbindung bringen lassen.«

»Der Druck auf die Kripo ist aber enorm gestiegen«, sagte Zoe. »Selbst wenn der angebliche anonyme Bekennerbrief nur dummes Zeug war. Sollte wieder eine Frau erschossen werden, wird man die Ermittlungsarbeit der Kripo mit einer Lupe untersuchen. Dann sollte sich kein offenes Ende finden.«

»Aber wo soll ich anfangen?«, fragte Jan.

»Ich weiß, dass Fedor Kusmin auch Weißrussen in seiner Truppe hat«, sagte Chandu. »Vielleicht können die etwas herausfinden.«

»Kusmin lässt seine Feinde zu Tode foltern, während er dabei zusieht«, sagte Jan.

»Beim Schläfenmörder hat er uns auch geholfen.«

»Weil seine Geliebte und einer seiner Waffenschmuggler unter den Opfern gewesen sind«, gab Jan zu bedenken. »Dieses Mal hat er nichts zu gewinnen und umsonst wird er das nicht machen. Und ich spreche nicht von Geld.«

»Außerdem riskierst du bei jedem Treffen, dass deine Verbindung zur Kripo aufgedeckt wird«, ergänzte Zoe. »Dann fischen sie dich stückchenweise aus dem Fluss.«

»Ich weiß, ich weiß«, sagte Chandu. »Wenn ihr eine bessere Lösung habt, dann sagt sie mir.«

Es blieb still in der Leitung.

»Wusste ich es doch.«

»Sei vorsichtig«, mahnte Jan.

»Bin ich immer, alter Freund.« Damit verließ Chandu die Telefonkonferenz.

* * *

Die billige Saxofonmusik passte zu der schäbigen Einrichtung in der Bar. Auf den schiefen Hockern an der verkratzten Theke saßen vier breitschultrige Männer in Anzügen, die Hemden bis zur Brust offen, und prosteten sich mit kleinen Gläsern zu, vor ihnen eine zur Hälfte geleerte Flasche Wodka. Eine Frau im Slip tanzte auf einer kleinen Bühne um eine Stange und buhlte um das Geld zweier pickeliger Kids, welche die Stripperin mit großen Augen beglotzten.

Als Chandu eintrat, drehten sich die vier Männer von der Bar synchron um. Der massivste von ihnen stand auf. Seine

Nase war schief, vermutlich von zahllosen Schlägereien. Er rieb sich über die protzigen Ringe, die er an den mit kyrillischen Buchstaben voll geschriebenen Fingern trug.

»Chandu«, begrüßte er ihn und schlug ihm freundschaftlich auf die Schulter. »Wir haben uns lange nicht mehr gesehen.«

Nicht lange genug, Andrej, dachte Chandu, als er die Geste erwiderte. Andrej winkte dem Barkeeper, der sofort ein Glas mit Wodka füllte und zu ihnen herüberschob. Chandu hob es zum Gruß und leerte es in einem Zug.

»Was führt dich zu uns?«, fragte Andrej.

»Ich muss mit deinem Boss verhandeln.«

»Brauchst du Knarren?«

»Eine Information.«

»Kusmin ist wieder in der Heimat, um Kontakte aufzufrischen«, antwortete Andrej. »Kann ich dir helfen?«

»Wie gut ist dein Verhältnis zu den Weißrussen in Berlin?«

»Ah, Belarus«, sagte er schwärmerisch. »Die waren schon immer unsere Freunde.« Er schlug einem der Männer an der Bar auf die Schulter, der die Geste mit einem Lachen quittierte.

»Hast du auch Verbindungen zu den Mitarbeitern der Botschaft?«

»Möglich.« Andrej zuckte die Achseln. »Was willst du von denen?«

»Wissen, wer eine Freundin umgebracht hat.«

Die drei Männer hörten mit dem Trinken auf. Andrejs gute Laune war verschwunden, stattdessen betrachtete er Chandu nachdenklich, als müsste er seinen Besuch neu bewerten. Nach einem Moment des Überlegens gab er dem Barkeeper ein Zeichen und die Musik verstummte. »Kinder, geht draußen spielen«, sagte Andrej, ohne sich zur Tanzfläche umzudrehen. Die beiden Teenager verzogen traurig das Gesicht, verließen aber wortlos die Bar, während die Tänzerin von der Bühne trippelte und in einen Hinterraum verschwand.

»Von welcher Freundin reden wir?«, fragte Andrej.

»Deana Kutusowa.«

»Kenne ich nicht.«

»Ist Ende letzten Jahres tot in der Spree gefunden worden.«

»Wie viele andere.« Er zuckte mit den Achseln.

»Dir mag sie nichts bedeutet haben. Mir schon.«

»Und warum kommst du jetzt?«, fragte Andrej. »Es ist fast April.«

»Ich habe erst gestern erfahren, dass ein Mitarbeiter der weißrussischen Botschaft dahinterstecken könnte.«

»Von wem?«

»Von einem Freund.«

»Chandu, Chandu«, sagte Andrej kopfschüttelnd. »Das ist nicht nett von dir, hier hereinzumarschieren und unsere weißrussischen Brüder des Mordes zu verdächtigen.«

»Ich will auch nicht nett sein, sondern ein Geschäft machen.«

Andrej verschränkte die Arme vor der Brust. »Geschäfte machen ist so eine Sache«, begann er. »Es gibt Gerüchte über dich und die sind nicht gut.«

»Welche Gerüchte?«

»Dass du mit der Polizei zusammenhängst.«

Die drei Männer an der Bar standen auf und stellten sich hinter Andrej, als warteten sie nur auf den Befehl zuzuschlagen.

»Du solltest nicht jeden Blödsinn glauben.«

»Tue ich nicht«, erwiderte Andrej.

»Wenn du mir nicht glauben würdest, hättest du mir schon dein Messer in den Bauch gerammt.«

»Vielleicht mache ich das noch.«

»Als Undercover-Mann hätte ich Kusmin längst hochgehen lassen können.«

»Woher kommen dann die Gerüchte?«

»Ich habe einen Bullen im Sack«, sagte Chandu zögerlich. »Von der Kripo.«

»Du gibst ihm Kohle?«

»Zu unsicher«, erwiderte Chandu. »Ich versorge ihn mit Koks.«

»Das kann er sich überall besorgen. Warum sollte er deswegen mit dir zusammenarbeiten?«

»Weil ich den Amtsarzt kenne und ihn … überzeugt habe, die polizeiärztliche Untersuchung meines Kontakts zu fälschen.«

»Clever«, gab Andrej zu und rieb sich über das Kinn.

»Und da der Bulle nicht Job und Pension verlieren will, gibt er mir ab und zu einen Tipp und warnt mich vor einer Razzia.«

»Dann kommen wir vielleicht doch ins Geschäft.« Andrej winkte dem Barkeeper und ließ Chandus Glas wieder auffüllen. »Kommt dein Mann bei der Kripo auch in die Asservatenkammer?«

»Möglich.«

»Dort gibt es ein Messer, das ich gern zurückhätte.«

»Welches Messer?«

»Das eines Freundes«, erwiderte er. »Es ist ein altes Erbstück und mein Freund ist sehr traurig, dass er es nicht mehr hat.«

»Und warum ist es in der Asservatenkammer?«

»Es gab einen kleinen Streit mit einem arabischen Hitzkopf«, erklärte Andrej. »Der Hitzkopf lebt noch, hat aber die Bullen gerufen und meinen Freund festnehmen lassen.«

»Und wer ist dein Freund?«

»Nur ein alter Bekannter, der an dem Abend zu viel getrunken hat«, sagte der Russe ausweichend. »Vor drei Wochen in der Vater-Bar.« Er nahm einen Schluck Wodka, ohne Chandu aus den Augen zu lassen. »Bring mir das Messer und ich besorge jemanden aus der Botschaft, der dir alle Fragen zu deiner Freundin beantworten kann.«

Chandu trank sein Glas wieder in einem Zug aus. »Ich sehe, was ich machen kann.«

»Du weißt, wo du mich findest«, erwiderte Andrej und deutete auf die Tür.

Zurück in seinem Auto, schlug Chandu vor Wut auf das Lenkrad. Die Asservatenkammer befand sich im Kriminalgericht Moabit. Er würde nicht einmal in die Nähe davon kommen und selbst Jan konnte nicht hineinspazieren und ein Beweisstück mitgehen lassen. Nur ein einziger Mann konnte ihm dabei helfen und glücklicherweise kannte er seine Adresse.

* * *

Es war nach dreiundzwanzig Uhr. Eigentlich hatte Bergman längst ins Bett gehen wollen, aber der Heckenschütze ging ihm nicht aus dem Kopf. Obwohl alle verfügbaren Beamten an dem Fall dran waren, hatte sich auch heute keine neue Spur ergeben.

Bergman zappte sich durch die Nachrichtensender und war erleichtert, dass noch andere Themen existierten. Aber die ersten Berichte über den anonymen Brief waren im Netz und gaben einen Vorgeschmack auf die morgigen Schlagzeilen der Tagespresse. Nachdem die Nachricht von dem Bekennerschreiben die Runde gemacht hatte, war die Pressestelle im Dauereinsatz gewesen, und auch sein Telefon hatte nicht mehr aufgehört zu klingeln. Bis in den Abend hinein hatte er besorgte Politiker und andere Würdenträger beruhigen müssen. Wieder einmal. Als ob es nichts Wichtigeres gegeben hätte als Reputation und öffentliche Wahrnehmung.

Er rieb sich müde die Augen, als die Lampe in seiner Einfahrt anging. Das Licht war an einen hochwertigen Bewegungsmelder gekoppelt, der nicht bei jeder kleinen Maus reagierte. Bergman stand auf und ging zum Fenster. Eine große Gestalt kam den schmalen Fußweg durch seinen Vorgarten gelaufen. Sie blieb nach zwei Metern stehen, hell erleuchtet von der Lampe, und sah zu Bergman ins Wohnzimmer.

Der Kripochef ging zur Tür, öffnete sie und trat nach draußen. »Herr Bitangaro«, begrüßte er Chandu mit Handschlag. »Was führt Sie zu dieser späten Stunde zu mir?«

»Entschuldigen Sie die Störung«, begann sein nächtlicher Besucher. »Es gibt eine Möglichkeit, an einen Hinweis zu Fionas Mörder zu kommen. Dazu benötige ich jedoch Ihre Hilfe.«

»Was ist mit Jan?«

Chandu schüttelte den Kopf. »Er hat genug um die Ohren und ohne Ihre Zustimmung würde es sowieso nicht gehen. Ich kläre ihn morgen früh auf.«

Bergman deutete in seine Wohnung. Drinnen ließ er Chandu auf der Couch Platz nehmen und setzte sich ihm gegenüber. »Darf ich Ihnen etwas zu trinken anbieten?«

Chandu winkte ab. »Jan und Zoe haben einen Hinweis erhalten, dass der Mord an einer weißrussischen Frau vielleicht mit einem Treffen von Fiona zu tun haben könnte«, begann er. »Die Frau wurde beinahe totgeprügelt und mit gebrochenen Beinen in die Spree geworfen.«

»Davon hat mir Jan erzählt.«

»Ich habe mich umgehört und einer von Kusmins Leuten hat mir ein Treffen mit einem Mitarbeiter der weißrussischen Botschaft angeboten. Dort hat der Freund der Toten gearbeitet.«

Bergman verzog das Gesicht. »Botschaften sind eine sehr heikle Sache.«

»Mit der entsprechenden Diskretion ließe sich etwas machen, aber dieser Dienst hat einen Preis«, sagte Chandu. »Andrej verlangt, dass ich ihm ein Messer aus der Asservatenkammer besorge.«

»Wie soll das gehen?«, wunderte sich Bergman. »Die Sicherheitsvorkehrungen sind immens. Selbst die besten Einbrecher sind daran schon gescheitert, und wenn ich Sie richtig einschätze, liegen Ihre Talente woanders.«

»Ich würde es nicht einmal unbemerkt in das Gebäude schaffen«, gab Chandu zu. »Deswegen bin ich hier.«

Bergman faltete die Hände und lehnte sich zurück. »Um welchen Fall handelt es sich?«

»Angeblich nur eine Messerstecherei ohne Toten.«

»Und deswegen der Aufwand?«, wunderte sich Bergman.

»Es wird nicht um die Tat oder die mögliche Strafe gehen«, vermutete Chandu. »Wahrscheinlich ist der Täter ein einflussreicher Mann, nur wissen die Ermittlungsbehörden nicht, wen sie tatsächlich gefasst haben.«

»Und Kusmins Schläger will ihn aus dem Apparat heraushalten.«

»Vielleicht springt dabei noch der eine oder andere Gefallen für Andrej heraus.«

Der Kripochef atmete hörbar aus. »Das wäre ein Pakt mit dem Teufel. Und ich meine das wortwörtlich, denn nichts anderes ist Fedor Kusmin. Wenn diese Leute so eine Bitte haben, muss man sie ablehnen.«

»Sie haben recht«, sagte Chandu. »Aber unsere Möglichkeiten sind überschaubar, und solange wir nicht wissen, ob es eine Einzeltat war oder ob der Heckenschütze schon das nächste Opfer im Visier hat, ist es eine Sache des Abwägens von Übeln.«

»Wie zuverlässig ist Ihr Kontakt?«

»Wenn ich Andrej das Messer bringe, verschafft er mir ein Gespräch. Aber ob uns die Tote in der Spree auf eine neue Spur bringt, weiß niemand.«

»Und wenn wir ihm ein falsches Messer aushändigen?«

»Es scheint eine besondere Klinge zu sein. Kein billiges Klappmesser.«

»Wenn das herauskommt, wäre es unser Ende«, sagte Bergman. »Meines, Ihres, und auch Jan würde nicht ungeschoren davonkommen.« Er stand auf und ging im Zimmer umher.

»Selbst ich kann nicht in die Asservatenkammer hineinspazieren und das Messer nehmen.«

»Und wenn Sie die Hilfe eines Staatsanwaltes hätten?«

Bergman lachte kurz. »Ich mag Ihren Humor.« Dann nahm er wieder Chandu gegenüber Platz. »Kein Staatsanwalt in Berlin würde das eine Millisekunde in Erwägung ziehen.«

»Es sei denn, er hat einen viel größeren Gewinn davon als mit einer Anklage wegen Messerstecherei.«

»Wie soll das funktionieren?«, fragte Bergman misstrauisch.

»Kennen Sie die Bücher von John le Carré?«, fragte Chandu. Dann begann er seinen Plan zu erläutern.

* * *

Bergman wartete an einen schmalen Zaun gelehnt, der den Besuchern des Kriminalgerichts als Fahrradabstellplatz diente. Sein Auto hatte er auf der anderen Straßenseite im absoluten Halteverbot geparkt. Der Berufsverkehr verstopfte die Turmstraße und der Gehweg war voller Menschen auf dem Weg zur Arbeit. Es gab ruhigere Orte, um sich zu treffen, aber er hatte es der Staatsanwältin so einfach wie möglich machen wollen.

Pünktlich auf die Sekunde kam Gesa Rudat aus dem Kriminalgericht. Ihre kurzen schwarzen Haare waren akkurat geschnitten und sie war dezent geschminkt. Sie trug ein dunkles Kostüm, hohe Pumps und eine Perlenkette, ohne die sie nie aus dem Haus zu gehen schien. Zumindest hatte Bergman sie nie ohne gesehen. Selbst vor Gericht nicht.

Sie kam zielstrebig auf Bergman zu, einen braunen Briefumschlag unter dem Arm.

»Wenn das schiefgeht, brate ich Ihren Hintern auf meinem Gartengrill«, sagte sie.

»Denk ich mir.«

»Und wissen Sie mit was?«

»Mit Steakgewürz?«

»Mit Vergnügen.« Sie lächelte kalt. »Zu der Party lade ich auch den Berliner Senat ein.«

»Klingt gut.«

»Und ich mache einen Freudentanz um Ihr Grab.«

»Mit Ihrem kaputten Meniskus?«

»Werden Sie nicht frech, Bergman.« Sie drückte ihm den Umschlag in die Hand. »Wir verstoßen gerade gegen mehr Gesetze, als das BGB Seiten hat. Und ich rede nicht von Falschparken.«

»Das ist mir klar«, erwiderte Bergman. »Aber ich habe Ihnen die Optionen erläutert und nach dem angeblich anonymen Schreiben steht auch Ihre Behörde unter Druck. Ein Erfolg würde unserem Nachtschlaf guttun.«

»Sie setzen viel Vertrauen in Ihre Leute.«

»Das sollten Sie auch, denn diese Leute haben Ihnen zuletzt Tony Mazur auf dem Silbertablett geliefert, einen Mann, den die Staatsanwaltschaft seit Jahrzehnten versucht hat anzuklagen.« Er schob den Umschlag unter seinen Mantel. »Und die Glückwünsche dafür haben Ihnen nicht geschadet.«

»Versauen Sie es nicht, Bergman«, mahnte Rudat noch einmal. Dann ging sie in das Gebäude zurück.

Der Kripochef nahm sein Handy aus der Tasche und wählte Jans Nummer auf dem Weg zu seinem Auto. »Ich habe das Messer«, begann er, als Jan abgenommen hatte. »Sag dem Superhacker, er soll alles vorbereiten. Die Übergabe muss heute erledigt sein.« Dann legte er auf und fuhr in seine Dienststelle.

* * *

Die Bar war eigentlich noch nicht geöffnet, aber die offene Vordertür war mit einem Bierfass blockiert und ein Getränkelieferant schob auf einer Sackkarre zwei Kisten mit Wodka hinein.

Drinnen war der Barkeeper mit dem Spülen der Gläser beschäftigt. Andrej saß an einem schmalen Tisch, die Füße auf die Tanzfläche gestreckt, und sah konzentriert auf das Display seines Handys. Als er Chandu bemerkte, stand er auf, nahm sein Jackett vom Stuhl und zog es über. Er begrüßte ihn mit einem Handschlag und deutete auf den Barhocker.

»Ich habe, was du wolltest.« Chandu griff unter seine Jacke und holte eine verschweißte Plastiktüte hervor. Darin befand sich ein Klappmesser mit einem geschnitzten Elfenbeingriff und eingefassten Diamanten. Die Klinge war herausgefahren und wies Spuren von getrocknetem Blut auf.

»Wie hast du das geschafft?«, fragte Andrej, während er die Tüte entgegennahm.

»Kontakte zur Kripo sind von Vorteil.«

»Wir sollten uns darüber unterhalten.«

»Nein«, sagte Chandu bestimmt. »Das wird mich Monate an Zeit und sehr viel Geld kosten, bis ich wieder einen Gefallen einfordern kann, daher ist diese Quelle erst einmal versiegt.«

Andrej hob die Waffe ins Licht und betrachtete sie genau.

»Ich habe meinen Teil der Vereinbarung eingehalten«, fuhr Chandu fort. »Wann treffe ich deinen Kontakt aus der Botschaft?«

Der Russe legte den Beutel auf den Tresen. »Keine Sorge, ich arrangiere alles.«

»Heute Abend.«

»In Ordnung.« Andrej hob abwehrend die Hände. »Ich kümmere mich gleich darum. Bis du wieder zu Hause bist, habe ich dir alles auf dein Handy geschickt.«

Chandu nickte und verließ die Bar. Im Auto wählte er Jans Nummer. »Er hat das Messer«, sagte er, als sein Freund abgenommen hatte.

»Hat er etwas gemerkt?«

»Ich glaube nicht, aber sag mir bitte, dass alles funktioniert.«

»Dank der Edelsteine auf dem Griff habe ich genug DNS, um unseren Messerstecher in die Datenbank aufzunehmen«, hörte er Zoes Stimme.

»Wir jagen die Informationen durch die internationalen Datenbanken«, ergänzte Jan. »Vielleicht bekommen wir einen Treffer.«

»Und ich empfange ein Signal vom Sender«, sagte Max. »Die nächsten vierundzwanzig Stunden können wir den Weg des Messers genau verfolgen.«

»Und die Wanze kann nicht gefunden werden?«

»Das Ding ist kleiner als eine Kontaktlinse«, erklärte Max.

»Wenn Andrej das Ding entdeckt, schneidet er mich in Stücke.«

»Das ist absolute Hightech und sieht auch nicht wie ein Sender aus«, beruhigte Max. »Dein Kumpel wird nicht wissen, was das ist, aber dafür hat sie eine kleine Reichweite und eine kurze Lebensdauer.«

»Ein Tag muss für die Kollegen vom organisierten Verbrechen genügen«, sagte Jan. »Andrej wird keine Zeit verlieren, die Waffe seinem rechtmäßigen Besitzer zurückzugeben.«

»Ich bin gespannt, wer dies sein wird«, sagte Zoe.

»Das ist nicht mehr unser Problem«, sagte Jan. »Wir konzentrieren uns auf Fiona Denz und den Heckenschützen. Hoffentlich hilft uns der Botschaftskontakt weiter.«

»Heute Abend wissen wir mehr«, sagte Chandu. »Dann kennen wir zumindest den Mörder von Deana Kutusowa.«

* * *

Stepan blickte sehnsüchtig in die Kvartira-Bar zurück. Eigentlich hätte er den Abend mit seinen Freunden verbringen wollen, Spiele aus der Premjer-Liga verfolgen und sich an dem reichhaltigen Wodkaangebot ergötzen, aber Andrejs Anruf hatte alles verändert. Fedor Kusmins Leuten schlug man keine Bitte ab, also stand er hier draußen und wartete. Er zog sich den Kragen seines Mantels enger, als ein großer Mercedes SUV am Straßenrand anhielt. Das schwarze Auto war größer als ein Sowjetpanzer, mit verdunkelten Scheiben und einem Stahlwildfänger vor der Motorhaube, der einen Lkw von der Straße schieben konnte.

Mit zittrigen Fingern öffnete Stepan die Tür zum Rücksitz und setzte sich hinein. Kein Licht leuchtete auf, daher konnte er nur die Silhouette des kräftigen Fahrers erkennen.

»Anschnallen«, sagte dieser mit dunkler Stimme und fuhr los. Mit einem Klacken ging die Verriegelung der Tür zu. Stepan wischte sich die schweißigen Hände an der Hose ab und hielt den Blick auf das Sitzpolster vor sich gerichtet.

»Wer war Deana Kutusowa?«, fragte der Mann. »Und warum musste sie sterben?«

»Das ist ein heikles Thema …«

»Wer war Deana Kutusowa?«, wiederholte er eindringlich. »Und warum musste sie sterben?«

»Deana war die Geliebte eines Diplomaten«, antwortete Stepan. »Eines gewissen Aleg Chleb.«

»Und weiter.«

»Chleb ist verheiratet und hat Kinder, daher lässt er sich in ausländische Botschaften versetzen, damit er ungestört seinen Affären nachgehen kann.«

»Wie kam er an Deana?«

»Das weiß ich nicht. Eines Tages war sie bei ihm und ist ihm nicht von der Seite gewichen. Außer bei offiziellen Terminen. Da durfte sie ihn nicht begleiten. Dann hat er ihr ein paar Hunderter gegeben und sie zum Einkaufen geschickt.«

»Hat er sie ermordet?«

Stepan zögerte.

»Antworte, verdammt!«, fuhr der Mann auf.

Er zuckte ängstlich zurück. »Chleb ist ein einflussreicher Mann.«

»Einflussreicher als Kusmin?«

»Nein«, sagte er schließlich.

»Also, wer hat Deana ermordet?«, fragte der Fahrer ungeduldig.

»Das waren Chlebs Männer.«

»Nicht er selbst?«

»Er hat sie zusammengeschlagen, aber zur Spree gebracht und ihr die Beine gebrochen haben seine Assistenten.«

»Und das kann er einfach so? Gibt es niemanden in der Botschaft, der ihn zur Verantwortung zieht?«

»In der Berliner Niederlassung nicht, aber Deanas Ermordung konnte die weißrussische Regierung nicht mehr tolerieren, also hat sie ihn abgezogen.«

»Und ist er seitdem wieder in Berlin gewesen?«

Stepan schüttelte den Kopf. »Weder er noch einer seiner Männer.«

»Zurück zum Warum. Warum musste Deana sterben?«

»Chleb braucht keinen Grund«, erklärte Stepan. »Er ist ein gewalttätiger Bastard, der Menschen wie Dreck behandelt. Und seine Frauen noch schlechter, wenn er von ihnen gelangweilt ist.«

»Er tötet sie aus Langeweile?«

»Meist verprügelt er sie nur, aber manchmal genügt ihm das nicht.«

»Zum Beispiel bei einer Affäre mit einer Frau?«

»Ob Mann oder Frau, das interessiert ihn nicht. Seine Gespielinnen müssen nur bereit sein, wenn er vögeln will.«

»Eine Affäre macht ihn nicht wütend?«

»Nur wenn es mit einem seiner Mitarbeiter wäre. Oder wenn jemand seine Ehefrau flachlegen würde.«

»Würde er denjenigen dann erschießen lassen?«

»Das ist nicht sein Stil«, sagte Stepan. »Chleb will selbst Hand anlegen und auf sein Opfer einschlagen. Töten lassen ist ihm nicht genug.«

Eine Zeit lang fuhren sie noch schweigend durch Berlin, als würde der Mann am Steuer überlegen, was er noch fragen konnte. Dann hielt das Auto an und die Verriegelung öffnete sich.

»Einen schönen Abend noch«, sagte er.

Stepan öffnete die Tür und stieg aus. Nachdem er diese geschlossen hatte, setzte sich der Mercedes sofort wieder in Bewegung.

Stepan sah sich um. Er war immer noch in Kreuzberg. Er orientierte sich kurz und machte sich auf zurück zur Kvartira-Bar. Er brauchte dringend etwas zu trinken.

* * *

Jan hatte jedwede Körperkoordination verloren. Als er die Tür der Weinhandlung losließ, versuchte er, zwei Schritte auf dem Gehweg zu laufen. Aber seine Beine gehorchten ihm nicht mehr, und er torkelte mit rudernden Armen umher, bis er die Wand erreichte, an der er sich festhalten konnte.

»Du müsstest dich sehen«, sagte Chandu kichernd und deutete mit dem Finger auf ihn. Der ausgestreckte Arm brachte ihn aber aus dem Gleichgewicht, und er stolperte nun selbst vorwärts, bis er von einem parkenden Auto aufgehalten wurde.

»Vielleicht war es keine gute Idee, aus Frust über den Rückschlag bei den Weißrussen so viel zu trinken«, murmelte er.

Zoe kam hinter ihnen aus der Weinhandlung. »Weicheier«, sagte sie kopfschüttelnd und zündete sich eine Zigarette an. Sie stand gerade und das Feuerzeug in ihrer Hand zitterte kaum. »Ich habe morgen die Frühschicht«, erwähnte sie, während sie die Straße überquerte.

Die beiden Männer sahen ihr nach, bis sie an der nächsten Ecke verschwunden war.

»Alter, ich sage dir, die bescheißt.« Chandu deutete mit dem Finger in ihre Richtung. »Wiegt so viel wie 'n feuchtes Handtuch und trinkt wie ein sibirischer Holzfäller.«

»Vielleicht sind wir außer Übung«, sagte Jan. »Oder zu alt.«

»Red nur für dich«, sagte Chandu und hob den Kopf. »Ich bin in der Blüte meines Lebens.« Er deutete an sich hinunter.

»Und ich bin voll wie 'ne Haubitze«, erwiderte Jan. »Und das mitten in einem Fall«, murmelte er. Eigentlich vertrug er Alkohol in diesen Mengen, aber die unterschiedlichen Weinarten und das ausgefallene Abendessen waren doch zu viel gewesen. »Ich hätte früher mit dem Trinken aufhören sollen«, sagte er bedauernd, als er an die unausweichliche eiskalte Dusche am Morgen dachte. Aber danach wäre sein Kopf bestimmt wieder klar.

Chandu fixierte eine drei Schritte von ihm entfernte Straßenlaterne, als überlegte er, ob er sie erreichen konnte, ohne umzufallen. »Zoe hat bestimmt irgendwelche Medidinger genommen.«

»Was für Dinger?«

»Du weißt doch, diese kleinen Dinger«, sagte Chandu. »Die man isst.«

»Hör mir mit Essen auf«, sagte Jan. »Mir liegen noch die Tacos von heute Mittag im Magen.«

»Zoe ist Ärztin. Da gibt es sicher etwas, damit man mehr trinken kann«, vermutete Chandu.

»Das Hackfleisch wird schlecht gewesen sein.«

»Wahrscheinlich kann man das gar nicht kaufen, sondern das bekommen nur Ärzte.«

»Oder ich habe zu viel Guacamole draufgetan.«

»Irgendeine unauffällige kleine Pille und schon kannst du trinken ohne Nebenwirkungen.«

»Möglicherweise waren auch die Peperoni zu scharf und schlagen mir auf die Verdauung.« Er rieb sich den Bauch.

»Das würde ich den Ärzten glatt zutrauen.«

»Ich hatte schon letzte Woche beim Asiaten Probleme mit dem Sambal Olek.«

»Wir sollten mal Zoes Handtasche klauen und schauen, was da drin ist.«

»Da Lan will, dass ich abnehme, ist das mit dem mexikanischen Büfett sowieso vorbei.«

»Oder sie mischt irgendwas in ihre Zigaretten«, überlegte Chandu laut. »Das wäre clever. Da könnt' ich glatt mit dem Rauchen anfangen.«

»Keine Marmelade zum Frühstück, keine Schokolade zum Nachtisch und von den Chips zum Fußball will ich gar nicht reden.« Jan seufzte.

»Wir müssen in Zoes Wohnung einbrechen und den Badschrank durchwühlen.«

»Oder es ist eine Reaktion meines Körpers auf Zuckermangel.«

»Von was redest du?«, fragte Chandu.

»Von meinen Bauchschmerzen«, sagte Jan.

»Hast du mir überhaupt zugehört?«

»Bei ›Dinger‹ habe ich abgeschaltet.«

»Und wie kommen wir jetzt nach Hause?«, fragte er. »Mein … Leihwagen steht einen Block weiter. Das schaffen wir nie.«

»Meine Karre parkt auf der anderen Straßenseite.«

»Du willst noch fahren?«, wunderte sich Chandu.

»Ich hab meinen Kripoausweis dabei«, antwortete Jan. »Ich komme durch jede Kontrolle.«

»Wir sollten uns ein Taxi rufen.«

»Keine schlechte Idee. Hast du ein Handy dabei?«

»Eigentlich schon, aber ich habe vergessen, in welche Tasche ich es gesteckt habe.«

»Klopf doch deine Jacke ab.«

»Dazu müsste ich meine Hände von der Karre nehmen. Das ist mir zu gefährlich.« Er schüttelte den Kopf, als wollte er den Schwindel vertreiben. »Ruf doch eine Streife und erzähl denen was von Gefahr im Anzug.«

»Das heißt Gefahr im Bezug«, korrigierte Jan. »Aber dazu müsste ich an mein Handy. Und das liegt im Auto.«

Chandu sah zu Jans Dienstwagen auf der anderen Straßenseite. »Das ist ganz schön weit.«

»Zumindest auf zwei Beinen.«

»Dann lass uns hinkriechen.«

Jan schien über den Vorschlag nachzudenken. »Warum nicht«, sagte er schließlich.

Die beiden Männer ließen sich auf den Boden sinken und krochen auf allen vieren in Richtung Auto. Bevor sie auf der anderen Straßenseite waren, kam ein Streifenwagen mit Blaulicht gefahren und hielt vor ihnen.

Ein Beamter stieg aus und stellte sich neben Jan. »Hauptkommissar Tommen, sind Sie das?«, fragte er verwundert.

»Ach, hallo … äh«, sagte Jan. Er konnte sich an den Namen des Mannes nicht erinnern, hatte ihn aber irgendwo schon mal gesehen. »Was für ein schöner Abend für einen Spaziergang.«

»Spazieren Sie immer auf allen vieren auf der Straße?«

»Gelegentlich. Wenn es zum Laufen nicht mehr reicht.« Er zwinkerte dem Mann zu. »Ist so 'n Kripoding.«

»Eine Anwohnerin hat uns angerufen.«

»Ich habe doch gesagt, dass hier Gefahr im Auszug ist«, sagte Chandu.

»Das weniger«, antwortete der Polizist geduldig. »Sie beschwerte sich über zwei herumlärmende Betrunkene.«

»Uns kann sie nicht meinen«, erwiderte Chandu. »Wir lärmen nicht herum, wir unterhalten uns.«

»Über diese Medidinger«, ergänzte Jan.

»Genau«, stimmte Chandu zu. »Und die verdammten Ärzte, die uns nix davon abgeben.«

»Vielleicht sollten wir Sie beide nach Hause bringen«, schlug der Polizist vor.

Jan versuchte, sich auf seine Beine zu stellen, scheiterte aber beim ersten Schritt und fiel zu Boden.

»Du solltest nicht so viel trinken«, sagte Chandu lachend.

»Das sagt der Richtige.« Jan deutete auf seinen Freund, der ausgestreckt auf dem Rücken lag. »Vielleicht hätten wir den Wein nach dem Probieren doch ausspucken sollen.«

»Das wäre eine unverzeihliche Verschwendung gewesen.«

»Auch wieder wahr.« Jan startete einen zweiten Versuch, aufzustehen.

»Ich helfe Ihnen.« Der Polizist fasste ihn unter den Armen. Zwei Minuten später saßen Jan und Chandu auf dem Rücksitz des Polizeiautos. Noch bevor der Wagen die erste Ampel erreicht hatte, waren sie eingeschlafen.

* * *

Jan hatte sich vor die Wand in seinem Büro gestellt. Regungslos betrachtete er die aufgehängten Fotos der Beteiligten und die Aufnahmen des Tatorts. Der Kaffee in seiner Tasse war längst erkaltet und das mittägliche Fleischkäsebrötchen auf dem Teller hatte sich mit dem Ketchup zu einer unappetitlichen Masse verbunden.

Trotz drei Schmerztabletten, zwei Bananen und vier Litern Wasser fühlte sich Jan, als wäre ein Bagger über seinen Kopf gefahren. Er wusste noch, wie er am Abend in den Streifenwagen eingestiegen war. Die nächste Erinnerung betraf das Klingeln des Weckers am Morgen. Glücklicherweise hatte ihm der Weinhändler eine Bestätigungsmail für die Bestellung geschrieben, denn er hatte keine Ahnung, für welchen Wein sie sich entschieden hatten. Jan beneidete seinen Freund Chandu, der heute nicht zur Arbeit musste und seinen Kater auskurieren konnte.

Er nippte abwesend an der Tasse, als es an der Tür klopfte. Max stand im Rahmen, ruhig, entgegen seiner sonstigen Art, hereinzustürmen und den Laptop auf Jans Unterlagen zu stellen.

»Das war nichts gestern Abend«, bezog er sich auf das Gespräch mit dem Botschaftsmitarbeiter. »Die ganze Mühe umsonst.«

»Nicht für die Kollegen vom organisierten Verbrechen«, sagte Jan. »Die scheinen interessante Erkenntnisse gewonnen zu haben, aber was den Mord an Fiona betrifft, war der vermeintlich gehörnte Freund die falsche Spur.«

»Ich habe auch keine Neuigkeiten«, sagte Max. »Patrick hat zwei Hotels überzeugt, uns die Aufzeichnungen ihrer Sicherheitskameras auszuhändigen. Diese haben wir mit Fionas Kalender abgeglichen und sie war zu den angegebenen Zeiten auch dort.« Er legte die ausgedruckten Bilder auf den Tisch. »Ich habe die Aufnahmen auf dem Server gespeichert, aber die Treffen mit Frauen sahen sehr harmonisch aus.«

»Kennen wir die Namen der Kundinnen?«

»Das wird nicht ohne die Hilfe eines Staatsanwalts gehen«, sagte Max. »Aber keine der Frauen sieht wie eine Heckenschützin aus.«

»Der Mörder könnte auch im Auftrag gehandelt haben.« Jan seufzte. »Aber das fällt mir, ehrlich gesagt, schwer zu glauben. Wir werden uns von Fionas Escortservice lösen müssen.«

Max stellte sich neben ihn und betrachtete die Wand mit den Bildern. »Hast du eine andere Idee?«

Jan schüttelte den Kopf. »Ich habe ein Problem mit der Art des Mordes«, sagte er. »Ein Heckenschütze, der Fiona auf der belebten Friedrichstraße in den Kopf schießt. Kein Auftragsmörder nimmt ein solches Risiko auf sich und ein Amateur hätte keinen so präzisen Schuss hinbekommen. Abgesehen davon, wie er überhaupt an eine solche Waffe gekommen wäre.« Er seufzte. »Diese Erkenntnis hilft uns auch nicht.«

»Ich gleiche weiter die Termine ab und versuche, mehr Aufnahmen zu bekommen. Dann erstelle ich ein Bewegungsprofil von Fiona. Vielleicht stolpern wir über irgendetwas.«

Bergman kam in Jans Büro gelaufen. »Eine Streife hat einen neuen Toten gefunden. K1 ist schon vor Ort.«

»Um wen handelt es sich?«

»Weiß ich nicht«, sagte Bergman. »Aber er wurde von einem Heckenschützen erschossen.«

Kapitel 5

Der Tegeler See war ein Ort der Erholung, mit Segelklubs, Rudervereinen und Restaurants mit Blick auf die kleine Insel Hasselwerder. Ein weißes Ausflugsschiff fuhr in Richtung Havel, während zwei Kanuten ihre Paddel gleichmäßig in das Wasser tauchten.

Der Platz war von allen Seiten mit Sichtschutzfolien abgesperrt. Einzig die Mündungen der beiden Kanonen auf der halbrunden Aussichtsplattform schauten noch heraus. Auf einer Parkbank, unter dem Schatten einer Eiche, saß ein junger Mann, eine Tupperdose auf dem Schoß, den Kopf nach hinten gestreckt, als wollte er den Himmel betrachten. Sein linkes Auge war zerfetzt und das Fleisch darunter bis zur Wange zu sehen. Teile der Nase waren abgerissen, und getrocknetes Blut hatte eine Kruste auf dem Kinn, dem weißen Hemd und den schwarzen Jeans gebildet.

Eine Sirene ertönte auf dem Wasser und auf der Straße bremste ein Wagen mit quietschenden Reifen. Der Lärm einer startenden Maschine drang vom nahen Flughafen herüber, aber all das schien Jans Kollegen nicht zu stören. Der Mann im weißen Schutzanzug richtete hinter dem Opfer ein Stativ mit einem Laser aus. Der grüne Lichtstrahl ging oberhalb der Eintrittswunde über den Kopf und durch eine schmale Lücke im Sichtschutz zum Wasser. Der Kripobeamte trat zwei Schritte zurück und überprüfte die Bahn des Lasers.

»Andreas«, begrüßte Jan seinen Kollegen und tippte sich an die Stirn.

»Jan«, antwortete dieser, während er den Laser eine Winzigkeit nach links ausrichtete. Jan wartete, bis er mit der Stellung des Stativs zufrieden war.

»Wer ist das Opfer?«, fragte er dann.

Andreas richtete sich auf und zog seinen Notizblock hervor. »Ein gewisser Felix Hankel, wohnhaft in der Berliner Straße, hier in Tegel. Wir haben ihn anhand seines Personalausweises im Geldbeutel identifiziert. Ich gleiche nachher noch seine Fingerabdrücke mit dem AFIS ab, um sicherzugehen.«

»Müsste ich ihn kennen?«

»Laut den Kollegen in der Dienststelle ist er ein unbeschriebenes Blatt. Keine Vorstrafen oder sonst etwas Verdächtiges.«

»Gibt es Zeugen?«

»Ein schwedisches Touristenpaar, einen Jogger, einen Maler und einen Paketboten, der gerade Pause gemacht hat«, sagte Andreas. »Jeder von denen steht mehr oder weniger unter Schock. Die Aussagen, zu denen sie in der Lage waren, helfen uns kaum weiter. Keiner der Zeugen hat einen bewaffneten Mann gesehen oder einen Schuss gehört. Aber das Touristenpaar hat Fotos gemacht. Deren SD-Karte haben die Jungs vom KTI.«

»Also wieder ein Heckenschütze.«

Andreas zog einen Beutel aus einem Koffer. Jan erkannte eine kupferfarbene Kugel. »Wahrscheinlich wieder Kaliber .308 Winchester. Mehr wissen wir nach der forensischen Untersuchung.«

»Ein Serientäter und ein Gewehr, mit dem er umgehen kann«, sagte Jan. »Schlimmer geht es kaum.«

»Glücklicherweise ist die Wasserschutzpolizei nicht weit.« Andreas deutete nach Südwesten. »Die Kollegen haben das

Gewässer an der Insel Baumwerder gesperrt und lassen niemanden durch. Alle auf dem Tegeler See befindlichen Boote werden angehalten und die Insassen befragt.« Er deutete auf ein weißes Ausflugsschiff, das zwischen einer Lücke in der Absperrung zu sehen war. »Die sind als Nächste dran.«

»Was ist mit den Anlegestellen?«

»Da unterstützen uns die Kollegen von der Polizei, aber bis wir gemerkt haben, dass der Schuss vom Wasser gekommen ist, ist viel Zeit vergangen. Wir sind anfänglich von einem bewaffneten Täter hier am Kanonenplatz oder am Borsigdamm ausgegangen und haben uns entsprechend vorsichtig genähert.«

»Kam der Schuss vom Wasser?«, fragte Jan. »Oder doch von der Insel?«

»Schwer zu sagen«, antwortete Andreas. »Die Kugel hat den Kopf durchschlagen und ihn nach hinten gerissen. Unter den Umständen kann ich den Eintrittswinkel nicht genau bestimmen. Der Abschusspunkt verschiebt sich um mehrere Meter, wenn ich den Laser nur einen Zentimeter anders ausrichte.«

»Also war der Täter auf einem Boot?«

»Höchstwahrscheinlich«, antwortete sein Kollege. »Heute ist ein schöner, sonniger Tag. Der See ist ruhig, und wenn der Schütze das Boot gemietet hat, konnte er die Waffe befestigen, was den Schuss enorm erleichtert hat. Zu seinem Vorteil hat das Opfer noch gesessen, gegessen und die Aussicht genossen.« Er kratzte sich am Kopf. »War leichter als mit der Frau auf der Friedrichstraße.«

»Was ist mit der Wohnung des Opfers?«

»Die Kollegen sind schon drin. Hankel hatte einen Schlüssel in der Hosentasche.«

Jan wollte sich verabschieden, als sein Handy klingelte. »Hier ist incredible Maximum«, meldete sich Max. »Ich habe Infos über Felix Hankel.«

Jan ging ein Stück vom Tatort weg und zog seinen Notizblock aus der Jackentasche. »Leg los.«

»Felix war zweiunddreißig Jahre alt, ledig und kinderlos«, sagte Max. »Er besuchte eine Privatschule und begann im Alter von sechzehn Jahren das Informatikstudium an der Humboldt-Universität.«

»Das ist früh«, sagte Jan anerkennend.

»Seine Hochbegabung setzte sich dort fort«, erklärte Max. »Mit fünfundzwanzig hat Felix im Bereich Data Mining promoviert. Natürlich mit summa cum laude. Danach ging es in die Wirtschaft, zuerst zwei Jahre in der Beratung, dann wechselte er zu einem Unternehmen, das sich mit Machine Learning beschäftigte. 2016 machte er sich selbstständig und ab da wird es dünn mit Informationen. Nach seiner Einkommenssteuererklärung, hat er deutlich weniger verdient als in den Jahren zuvor, aber ich konnte kein Projekt finden und keinen Kunden, für den er gearbeitet hat.«

»Woher hast du seinen Lebenslauf?«

»Von einem Businessportal«, sagte Max. »Und die Steuererklärung habe ich vom Finanzamt … heruntergeladen.«

»Irgendein Verweis zu Fiona Denz?«

»Auf den ersten Blick nicht, aber ich habe erst angefangen. Bis heute Abend habe ich hoffentlich die Lücke im Lebenslauf geschlossen. Außerdem hat das KTI auch sein Handy in seiner Tasche gefunden«, fuhr Max fort. »Da mache ich mich dran, wenn es hier ankommt.«

»Noch gibt es zu wenige Fakten, mit denen ich ermitteln kann«, sagte Jan. »Bis ich mehr weiß, helfe ich den Kollegen bei der Befragung der Nachbarn. Vielleicht ergibt sich dort etwas.«

»Und hoffentlich ist dieses Mal ein Mordmotiv dabei.«

»Ich will es mir nicht vorstellen, wenn nicht«, erwiderte Jan.

* * *

Eigentlich hätte sich Jan gern einen Eindruck von Felix Hankels Wohnung gemacht, aber er wollte die Kollegen von der Spurensicherung nicht stören, also ging er den Flur ein Stück weiter, zur nächsten Tür in diesem Stockwerk. An dem Schild stand der Name »Hannelore Junk«. Jan klopfte an. Kurz darauf öffnete eine ältere Frau mit dunkelbrauner Brille die Tür. Sie hatte ihr dauergewelltes graues Haar nach hinten gekämmt und wirkte, als hätte sie sich für einen Besuch der Oper fein gemacht, obwohl es erst früher Nachmittag war. Sie trug eine hellblaue Bluse über einem schwarzen Rock und eine Perlenkette um den Hals, die mit ihren weißen Ohrringen harmonierte. Jan nahm den Duft von Kölnischwasser wahr. »Tommen. Kripo Berlin.« Er zeigte seine Marke. »Entschuldigen Sie die Störung, aber hätten Sie einen Moment Zeit für mich?«

»Gern«, erwiderte sie lächelnd und ließ ihn hinein. Sie führte Jan ins Wohnzimmer, deutete auf die Couch und setzte sich auf einen Sessel ihm gegenüber. Der Raum erinnerte ihn an die gute Stube seiner Großmutter. Holzdecke, schwere Teppiche und an jedem freien Ort ein Kissen oder ein selbst gehäkeltes Deckchen. Sie bot Jan ein Nussplätzchen von einem Teller an, das er höflich entgegennahm und anbiss. Das Gebäck war so hart, dass er Angst um seine Vorderzähne bekam. Er ließ sich aber nichts anmerken und kaute knirschend das kleine Stück.

»Frau Junk, danke für Ihre Zeit«, begann Jan. »Leider ist Ihr Nachbar, Herr Hankel, einem Verbrechen zum Opfer gefallen.«

»Ist deswegen so viel Polizei hier?«, fragte sie.

Jan nickte. »Wie gut kannten Sie ihn?«

»Felix lebte sehr zurückgezogen«, antwortete sie. »Er ging nie aus dem Haus. Einzig am Mittag, pünktlich um 11.55 Uhr, verließ er seine Wohnung und kehrte um 13.05 Uhr wieder zurück.«

»Immer um die gleiche Zeit?«

»Wie ein Uhrwerk«, bestätigte sie. »Selbst am Wochenende und wenn es regnete. Dann ist er zum Kanonenplatz gegangen und hat sein Mittagessen auf einer Parkbank zu sich genommen. Das hatte er in einer grünen Tupperdose verstaut.«

»Haben Sie während seiner Pause mit ihm gesprochen?«

»Wenn ich dort vorbeigegangen bin, war er in sich gekehrt, wie in einer eigenen Welt. Er schien seine Ruhe haben zu wollen. Aber ich habe Pakete für ihn angenommen, wenn der Postbote in dieser Stunde gekommen ist.«

»Welcher Art waren diese Pakete?«

»Manchmal gepolsterte Umschläge, ein anderes Mal große Kartons, bis hin zu Lebensmitteln in einem Korb. Geöffnet habe ich sie nie.«

Jan machte sich eine Notiz auf seinem Block.

»Haben Sie Felix mit einer Begleitung gesehen, sei es am Kanonenplatz oder auf der Straße? Vielleicht hat er auch Besuch bekommen.«

»Er war immer alleine. Selbst an Weihnachten.«

»Hat sich bei Felix in den letzten Tagen irgendetwas verändert? In seinem Ablauf oder in seinem Verhalten?«

Sie schüttelte den Kopf. »Er war wie immer.«

»Welchen Eindruck hatten Sie generell von ihm? Was für ein Mensch war er?«

»Felix war schüchtern, nahezu ängstlich und hat mir kaum in die Augen sehen können. Trotzdem war er höflich und hat sich immer bedankt, wenn ich etwas für ihn entgegengenommen hatte. Vor einem Jahr hat er mir geholfen, meinen Fernseher einzustellen. Das war das einzige Mal, dass wir länger geredet haben.« Sie nahm einen Keks vom Tisch und biss hinein. Es knackte laut, aber sie schien sich nicht daran zu stören. »Auf meine Frage zu den vielen Paketen hat er geantwortet, dass er nicht gern unter Leute geht und daher alles online einkauft.« Sie betonte *online* besonders, als wüsste sie nicht, was damit gemeint war.

»Wissen Sie, was er beruflich gemacht hat?«

»Irgendetwas mit Computern.«

Jan machte sich eine letzte Notiz und stand auf. »Vielen Dank für Ihre Zeit, Frau Junk.« Er schüttelte ihr die Hand und legte eine Visitenkarte auf den Tisch. »Falls Ihnen noch etwas einfällt, können Sie mich gern anrufen.«

Die Frau erhob sich von ihrem Sessel und führte ihn zur Tür. »Felix war ein netter junger Mann«, sagte sie, als Jan schon wieder im Flur war. »Manche hielten ihn für eigenartig, aber ich glaube, er war nur sehr einsam.« Sie sah nachdenklich zu Boden. Schließlich schloss sie die Tür.

* * *

Ein Außenstehender hätte sich an »Big Bang Theory« erinnert gefühlt. Die vier saßen alle im Wohnzimmer, jeder einen Plastikbehälter mit Essen vom Thailänder in der Hand und die Getränke auf dem Tisch. Jan hatte sich auf der Couch zurückgelehnt und aß den gebratenen Reis mit einem Löffel. Neben ihm drehte Zoe ihre Mie-Nudeln auf eine Gabel, während Max kleine Frühlingsrollen in süßsaure Soße tunkte, bevor er sie in seinen Mund steckte. Chandu hatte auf dem Sessel Platz genommen und fischte mit zwei Stäbchen Gemüse aus einer runden Box, das er mit dem Basmatireis auf seinem Porzellanteller vermengte.

Die Anspannung nach dem zweiten Mord war jedem anzumerken, denn die vier aßen schneller als sonst und unterhielten sich wenig. Kaum war die letzte Box leer gegessen, räumte Chandu das Plastik ab, Max startete den Beamer und Zoe steckte sich eine Zigarette an.

»Gab es Überraschungen bei der Obduktion?«, wandte sich Jan an sie.

»Nicht wie bei Fiona«, antwortete Zoe. »Felix Hankel war gesund, hat nicht geraucht oder Alkohol konsumiert. Ich habe weder Drogen noch Gifte in seinem Körper gefunden. Es gab keine Anzeichen für Automutilation oder selbstverletzendes Verhalten. Der Schuss in den Kopf und das dadurch erzeugte Schädel-Hirn-Trauma mit Gehirnaustritt war die Todesursache.« Sie zog an ihrer Zigarette und blies den Rauch zur Decke. »Es gibt keine Gemeinsamkeiten zwischen Fiona und Felix.«

Jan zog seine Notizen hervor. »Auch der Backgroundcheck von Felix hat keine Verbindungen zu Fiona, der Biologiefakultät oder der Escortszene erbracht.«

»Beide fanden in den sozialen Medien nicht statt, daher werden wir daraus keine Schlüsse ziehen können«, ergänzte Max.

»Unsere Ermittlungen sind noch nicht abgeschlossen, ich bin aber skeptisch, dass wir diesbezüglich noch etwas finden werden.« Jan nickte Max zu. Der junge Mann blendete ein Bild eines Wohnzimmers ein. Der Raum wurde von weißen Regalen beherrscht, in denen zahllose Bücher akkurat eingeräumt waren. Die Bibliothek wurde nur von einem quadratischen Zwischenraum unterbrochen, in dem ein Flatscreen stand. Davor waren ein bequemer Ledersessel und ein kleiner Glastisch positioniert. Eine LED-Leiste war kreisförmig an die Decke geklebt. Ein Fenster suchte man vergebens.

»Sieht aus wie die Wohnung eines Singlemannes«, bemerkte Zoe.

»Felix Hankel hatte einen zwanghaften Ordnungswahn«, erklärte Jan. »Das Wohnzimmer ist von klinischer Sauberkeit. Die Bücher stehen symmetrisch am Regalrand und sind alphabetisch nach Schriftsteller geordnet. Die Küche besteht aus einem Kühlschrank, einem kleinen Herd, einem Wasserkocher und einer Mikrowelle. Die Spüle wurde in die hinterste Ecke verbannt und es gibt kaum Geschirr im Oberschrank. Tisch und Stühle wurden herausgeräumt und durch weitere Regale mit Computer-Fachzeitschriften ersetzt.«

Max blendete ein weiteres Foto ein. In dem kleinen Raum darauf standen ein schmales Bett und ein eintüriger

Wandschrank. »Das Schlafzimmer hat die Größe einer Abstellkammer. Felix besaß nur wenig Kleidung, vier Paar Schuhe und ein Set Wechselbettwäsche. Ähnlich karg ist auch das Bad, das nur aus dem Notwendigsten besteht.«

»Der Unterschied zu Fiona ist auffällig«, bemerkte Chandu.

»Es gibt nur zwei Gemeinsamkeiten«, führte Jan aus. »Die erste ist das Fehlen eines Mordmotivs. Ich habe keine Ahnung, warum jemand Felix Hankel ermorden wollte.« Er schüttelte den Kopf. »Die zweite Gemeinsamkeit liegt in der Abwesenheit persönlicher Gegenstände. Auch Felix hatte keine Fotoalben, Geburtstagskarten oder andere Dinge, die auf ein soziales Leben schließen lassen. Einzig eine alte Fotografie mit ihm als Kind und einer Frau steht neben dem Bett auf dem Boden.«

»Klingt nach einem Kumpel von Max«, bemerkte Zoe.

»Im Gegensatz zu unserem Maximum besaß Felix aber keinen Computer«, fuhr Jan fort.

»Er hatte nur ein Tablet, mit dem er Sachen bestellt, E-Books gelesen und Netflix gesteuert hat«, sagte Max. »Er hat sich noch in zwei Foren herumgetrieben und hat online Hearthstone gezockt, aber alles in Maßen.«

»Das einzige Besondere ist ein zweiter Schlüssel, den Felix in seiner Hosentasche hatte.« Max blendete das Bild eines schmalen silberfarbenen Schlüssels ein, der ungewöhnliche Einkerbungen in seinem Bart hatte.

»Der gehört zu einem Schließzylindersystem, das speziell für Hochsicherheitsbereiche entwickelt worden ist.«

»Und zwar von der Firma Assa Abloy«, ergänzte Chandu. »Nicht zu öffnen mit Pickingwerkzeugen oder Schlagtechniken. Außerdem kann der Schlüssel von keinem gewöhnlichen Schlüsseldienst kopiert werden. Eine harte Nuss …«

»… und entsprechend teuer«, beendete Max den Satz für seinen Freund.

»Wozu benötigte Felix diesen Schlüssel?«, fragte Zoe.

»Wir vermuten einen Safe, aber in der Wohnung haben die Kollegen keinen gefunden«, sagte Jan.

»Für Bankschließfächer sind die Zylinder zu groß«, sagte Chandu. »Dieser Schlüssel öffnet eine Tür.«

»Also muss er noch irgendwo ein Büro gehabt haben«, sagte Zoe.

»Dem widerspricht die Aussage der Nachbarn, dass er nur mittags für eine Stunde das Haus verlassen hat«, sagte Jan.

»Die Nachbarn haben nur Felix' Pause bemerkt«, korrigierte Chandu. »Er könnte auch nachts um drei Uhr seine Wohnung verlassen haben und hinausgeschlichen sein.«

»Und was hat er nachts um drei gemacht?«, fragte Zoe.

»Irgendwo muss er das Geld für die vielen Bücher verdient haben«, erklärte Chandu. »Oder hatte er ein Vermögen auf dem Konto?«

»Ich habe seine Auszüge überflogen, die er ausgedruckt und akribisch geordnet in einer Mappe aufbewahrt hat«, sagte Max. »Er bezog Einkommen aus unterschiedlichen Quellen, die ich mir noch im Detail ansehen werde, aber definitiv kein Vermögen.«

»Auch haben wir keine besonderen Wertgegenstände in der Wohnung gefunden«, ergänzte Jan.

»Doch ein Posten hat mich stutzig werden lassen«, fuhr Max fort. »Und das war sein Stromabschlag, den er für seine Eigentumswohnung an die Berliner Stadtwerke bezahlt. Ich habe das hochgerechnet und bin auf einen Jahresverbrauch von 3 500 Kilowattstunden gekommen.«

»Das ist abartig viel für eine Wohnung mit so wenigen Geräten«, bemerkte Chandu.

»Vielleicht hatte er noch ein Sonnenstudio im Keller«, sagte Zoe.

»Nachdem die Kollegen nur das Tablet und keinen Computer gefunden haben, wurden die Kellerräume durchsucht«, sagte Jan.

»Felix' Abteil war komplett leer. Und einen Dachboden gibt es nicht.«

»Hat er noch eine zweite Wohnung in dem Komplex?«, fragte Chandu.

Jan schüttelte den Kopf. »Alle Einheiten sind verkauft und bewohnt. Felix Hankel hatte nur diese Bleibe.«

»Ich tue mich mit der Vorstellung schwer, dass die Stadtwerke bei der Abrechnung einen Fehler gemacht haben und ein Kunde wie Felix diesen nicht bemerkt haben soll«, sagte Chandu.

Max kratzte sich am Kinn. »Ich habe dazu eine Theorie, die ist aber nerdig.«

»Eine nerdige Theorie von dir?«, bemerkte Zoe. »Mal ganz was Neues.«

Er blendete das Bild des engen Schlafzimmers wieder ein. »Ich habe nur wenig über den Wohnkomplex herausgefunden, aber die Einheiten in dem Haus scheinen alle einen ähnlichen Schnitt zu haben.« Max stand auf und ging zu dem Bild an der Wand. »Kein Architekt würde ein so kleines Schlafzimmer planen, und außerdem würde er das Fenster in die Mitte des Raums setzen, nicht an den rechten Rand.« Er deutete auf die Öffnung, dessen Rahmen mit der Wand abschloss.

»Wenn das Fenster in der Mitte wäre, müsste der Raum zwei Meter breiter sein«, sagte Chandu.

»Und außerdem ist das Wohnzimmer klein, selbst wenn man die Bücherregale herausnimmt«, sagte Max.

»Du vermutest einen Geheimraum?«, fragte Zoe.

»Das wäre den Kollegen aufgefallen«, sagte Jan.

»Nicht wenn es gut gemacht ist«, gab Max zu bedenken. »Die Beamten haben wahrscheinlich jedes Buch ausgeräumt und den Safe für den Schlüssel gesucht, aber nicht die Möbel hervorgezogen, weil sie direkt an die Wand anschließen. Die Regale haben außerdem eine Rückwand, daher konnten sie einen möglichen Zugang dahinter nicht sehen.«

»Und wenn darin Computer sind, wäre damit der hohe Stromverbrauch erklärt und wie Felix von zu Hause arbeiten konnte«, bemerkte Chandu. »Abgedreht, aber nicht undenkbar.«

»Kommst du an den Schlüssel von Felix Hankels Wohnung ran?«, wandte sich Max an Jan.

»Und den von Assa Abloy?«, ergänzte Chandu.

»Grundsätzlich ja, aber die Vorschriften lassen nicht …«

»Sei nicht so ein Spießer«, unterbrach ihn Zoe.

»Das KTI ist mit der Spurensicherung auf den Schlüsseln fertig«, sagte Max achselzuckend. »Was soll passieren?«

»Ich hole das Auto.« Chandu stand auf.

»Du hast ein eigenes Auto?«, wunderte sich Zoe und erhob sich ebenfalls.

»Also bitte.« Chandu warf ihr einen missfälligen Seitenblick zu. »Man hat ja schließlich noch seinen Stolz.«

Max klappte den Laptop zu und schaltete den Beamer aus. »Vorwärts! Auf die Suche nach dem Geheimraum«, sagte er begeistert.

Einen Augenblick später war nur noch Jan in der Wohnung. »Hallo?«

»Kommst du jetzt?«, rief Zoe aus dem Flur.

»Entschuldigung, aber der Hauptkommissar bin immer noch ich.«

»Wissen wir«, hallte Chandus Stimme durch das Treppenhaus. »Und mach die Tür hinter dir zu.«

»Schön, dass meine Meinung noch etwas zählt«, murmelte Jan mürrisch.

Dann folgte er den dreien.

* * *

Da das Fenster im Wohnzimmer mit einem Bücherregal zugebaut war, war die Luft abgestanden und trocken, aber die LED-Leiste an der Decke erzeugte genug Licht, dass sie keine Taschenlampen brauchten. Max stellte sich vor die Wand mit dem Fenster. »Rechts von mir ist das Treppenhaus, hinter mir das Badezimmer, daher müsste ein möglicher Geheimraum links sein.«

»Lass uns die Möbel ausräumen und zur Seite schieben«, sagte Jan.

»Es muss einen einfachen Weg geben«, erwiderte Max. »Schließlich musste Felix jeden Tag dort hinein.«

»In den Filmen zieht man immer an einem Buch.« Chandu strich mit einem Finger über die Buchrücken.

»Das ergibt wenig Sinn. Regale werden immer als Erstes durchsucht, weil sich darin viel verstecken lässt«, sagte Max. »Außerdem hätten das deine Kollegen entdeckt«, wandte er sich an Jan.

»Die Bücher sind echt«, stimmte er zu. »Eine Attrappe oder ein Öffnungsmechanismus wären bemerkt worden.«

»Also gibt es einen mechanischen Weg«, sagte Chandu und rüttelte an den Regalen.

»Natürlich.« Max ließ sich auf den Boden fallen und senkte den Kopf, bis seine Nase das Parkett berührte.

»Alles okay?«, fragte Zoe, während er an ihren Stiefeln vorbeirobbte.

»Die Regale sind zu voll, um sie ständig ein- und auszuräumen«, erwiderte er. »Und wenn sich eines davon verschieben lässt, muss es bei dem Gewicht einen Abdruck hinterlassen.« Er nahm sein Handy aus der Jacke, aktivierte die Kamera und hielt es über den Boden. Dann zoomte er den Ausschnitt größer und machte ein Foto.

»Das könnte es sein«, murmelte er und zeigte das Bild den anderen.

»Was ist damit?«, fragte Jan.

»Auf dem Parkett ist eine gerade Einkerbung, als würde etwas Schweres hin und her geschoben werden«, erklärte er.

»Parallel daneben noch eine zweite, die zu dem achtzig Zentimeter breiten Schrank passen würde.«

Chandu rüttelte an dem Regal. »Ist an der Wand oder woanders festgemacht.«

»Diese Mechanik muss sich irgendwie lösen lassen«, sagte Max nachdenklich.

»Warum hauen wir uns nicht durch das Regal und die Wand?«, schlug Chandu vor.

»Der Geheimraum ist sehr gut verborgen und in Anbetracht des Schlüssels wird die Sicherheitstechnik das Modernste sein, was man für Geld bekommt«, gab Max zu bedenken. »Felix wird für den Fall eines gewaltsamen Eindringens Vorkehrungen getroffen haben.«

»Meinst du Sprengfallen?«, fragte Chandu.

»Eher Säurebehälter, die sich durch die Festplatten brennen, oder Löschprogramme.«

»Vielleicht löst der Zug an einem Buch die Verankerung«, schlug Jan vor.

»Das ist zu klassisch«, widersprach Max. »Wenn Felix ein Technikfreak war, hat er eine elegantere Lösung.«

»Sein Handy oder das Tablet?«, fragte Jan.

»Die habe ich schon untersucht«, erwiderte Max. »Da wäre mir eine entsprechende App aufgefallen.« Er drehte sich einmal um die eigene Achse. »Der Flatscreen«, sagte er schließlich. Er ging zu der Aussparung in der Bücherwand, nahm die Fernbedienung und setzte sich auf den Sessel. Hastig zog er einen kleinen Schraubenzieher aus der Jacke, entfernte die Schrauben und betrachtete das Innere. »Das geht zum Batteriefach, hier ist die Verbindung zur Leuchtdiode, das ist die Decodiereinheit«, murmelte er vor sich hin.

»Ich will ja das junge Glück nicht stören, aber glaubt Max, dass er mit der Fernbedienung den Bücherschrank verrücken kann?«, fragte Zoe.

»In solchen Situationen lasse ich ihn machen«, sagte Jan. »Wenn er in einer Viertelstunde immer noch vor sich hin murmelt, hole ich ihn wieder in die Realität zurück.«

»Na, dann.« Zoe nahm ihr silbernes Etui aus der Tasche und steckte sich eine Zigarette an. Es dauerte nur zwei Züge, bis Max vom Sessel aufsprang.

»Das ist es«, sagte er begeistert. »Die rote Videotext-Taste ist neu verdrahtet.«

»Sag bloß«, bemerkte Zoe gelangweilt.

Max stellte sich vor das Regal, streckte die Fernbedienung nach vorne und drückte die rote Taste. Zwei Sekunden später hörte man ein leises *Klick*.

»Bhäm!«, rief er und ballte die linke Hand zur Faust.

Chandu packte das Regal und zog es nach vorne. »Das läuft wie auf Schienen.«

»Es sind kleine Räder.« Max deutete auf die Seite des Möbelstücks, die sichtbar wurde. »Wegen der Blende sieht man sie von vorne nicht.«

Hinter dem Regal kam eine schmale Metalltür zum Vorschein, etwa siebzig Zentimeter breit und doppelt so hoch.

»Hier ist unser Sicherheitsschloss.« Chandu deutete auf ein schmales Loch in der Tür.

Jan nahm den Schlüssel aus der Hosentasche, steckte ihn hinein und öffnete das Schloss mit einer einfachen Drehung. Als er durch die Tür trat, ging drinnen ein Deckenlicht an und eine Lüftung begann zu laufen. Der Raum war etwa zwei Meter breit und drei Meter lang. Der größte Teil der Fläche wurde von einem hohen Server eingenommen. Daneben war ein kleiner Tisch mit gerade genug Platz für einen Bildschirm samt Tastatur und Maus. Davor stand ein abgewetzter Bürostuhl.

»Das ist ein Tower-Server«, sagte Max, während er sich in den Raum drückte. »Und nicht der schlechteste, wenn mir die Bemerkung erlaubt ist.«

»Dann hast du heute Nacht etwas zu tun«, bemerkte Zoe.

»Prinzipiell ja, aber Felix war paranoid.« Er zeigte auf eine kleine Box mit einer Glasoberfläche.

»Ein Fingerabdruckscanner?«, fragte Jan.

»Kein Problem«, sagte Chandu. »Lass uns doch einen Finger von Felix … ausleihen.«

»Wir sollen seine Leiche schänden?«, fragte Jan.

»Alternativ können wir auch den toten Körper hierherschaffen.«

»Leider ist das der neuste heiße Scheiß«, erwiderte Max. »Selbst Felix Hankels Finger nützt uns nichts, weil der Scanner die Leitfähigkeit prüfen wird und diese ist bei einem Toten nicht vorhanden.«

Jan stöhnte. »Kannst du das umgehen?«

»Möglicherweise«, antwortete Max. »Aber je nach Verschlüsselung könnte das Wochen dauern, und wenn ich einen Fehler mache, löschen sich die Daten.« Er kratzte sich am Kopf. »Aber es gibt noch eine zweite Möglichkeit.« Er sah kurz zu Zoe.

»Klappe, du Idiot«, zischte sie ihm zu.

»Ich würde es nicht erwähnen, wenn es anders ginge«, zischte er zurück. »Wir stehen unter Zeitdruck.«

»Von was redet ihr zwei?«, fragte Jan.

»Nichts.« Zoe gab Max einen Stoß mit dem Ellenbogen.

Er streckte ihr die Zunge heraus und rieb sich über die Rippen.

»Zoe«, sagte Chandu mahnend von draußen. Er verschränkte die Arme über der Brust.

»Was denn?«, fragte sie zickig.

»Sag mir, was du und Max in der Hinterhand habt, oder ich backe dir keine Linzer Torte mehr zum Geburtstag.«

Sie kniff die Augen zusammen, als wollte sie eine bissige Bemerkung machen. Dann senkte sie mürrisch den Kopf.

»Vielleicht habe ich eine Idee, wie man einen Abdruck von Felix Hankels Finger erstellen kann, der einer Leitfähigkeitsprüfung standhält.« Sie nahm einen Zug von der Zigarette. »Dazu müssten wir in die Rechtsmedizin.«

»Worauf warten wir noch?«

»Muss das sein?«, fragte Max. »Ich finde Leichen gruselig.«

»Hör auf zu jammern«, erwiderte Jan. »Willst du den Computer starten oder nicht?«

»Eigentlich schon, aber …«

»Dann ab ins Auto.« Jan schob Zoe und Max aus dem kleinen Zimmer.

»Lass mich wenigstens noch fertig rauchen.«

»Auf dem Weg nach unten«, drängte Jan.

»Ich hole schon mal die Karre.« Chandu lief aus der Wohnung.

»Du weißt aber, dass die Rechtsmedizin nicht jedem offensteht«, bemerkte Max im Treppenhaus.

»Das ist ein polizeilicher Notfall«, sagte Jan. »Das kriege ich mit dem Nachtwächter verhandelt.«

»Ach, jetzt plötzlich«, sagte Zoe. »Bei den Schlüsseln hast du dich noch angestellt.«

Bevor Jan eine Erwiderung geben konnte, war sie schon im Treppenhaus verschwunden.

Eine Minute später saßen sie alle in Chandus geliehenem Auto und waren auf dem Weg zur Charité. Jan war gespannt, was Zoe dort versteckt hatte.

* * *

Als sie ohne Zugangsberechtigung durch eine Hintertür in die Rechtsmedizin gelangten, überlegte Jan, gegen wie viele Vorschriften er in den letzten Stunden verstoßen hatte, aber als seine Finger dafür nicht ausreichten, wandte er sich wieder

Zoe zu. Glücklicherweise gingen sie nicht nach links in den Sektionssaal, sondern in eine Art Umkleide, die erfreulich leichenfrei war.

Zoe stellte sich vor einen breiten Metallschrank, öffnete die Tür und hob ein Gerät heraus, das Jan an einen Mikrowellenherd erinnerte. Die Vorderseite war aus durchsichtigem Plastik, daneben hing ein Display. Innen konnte man ein Gestänge mit einem schwarzen Aufsatz in der Mitte erkennen.

»Schicker 3-D-Drucker«, bemerkte Chandu.

»Woher hast du den?«, fragte Jan.

»Kannst du dich noch an unseren illegalen Zugang zum Materialbudget des Berliner Flughafens erinnern?«

»Du hast gesagt, dass du ihn gelöscht hast«, empörte sich Jan.

»Das war gelogen«, erwiderte sie.

»Sag mir bitte, dass der Drucker das Einzige war, was ihr bestellt habt«, wandte er sich an Max.

Der wollte etwas erwidern, aber ein Stoß von Zoe ließ ihn verstummen.

»Natürlich«, antwortete sie mit einem Lächeln. »Außerdem benutze ich ihn fast nur zur Unterstützung bei Mordfällen.« Sie nahm eine Tube mit hellbeiger Paste, füllte sie in den Aufsatz und rührte darin herum.

»Wie soll uns ein Plastikfinger beim Entsichern des Computers helfen?«, fragte Chandu. »Auch der ist so tot wie die Leiche.«

»Ich stelle keinen vollständigen Finger her, sondern einen Aufsatz aus leitfähigem Silikon«, erklärte Zoe. »Den stülpe ich über meine Kuppe. Somit erkennt der Scanner den Abdruck von Felix, aber die Leitfähigkeit meiner Haut.«

»Genial«, sagte Chandu. »Wie bist du darauf gekommen?«

»In der Rechtsmedizin wurden einige Schlösser gegen Fingerabdruckscanner ausgetauscht«, sagte Zoe, während sie das

Gerät anschaltete. »Und da ich mich nicht gern aussperren lasse, habe ich recherchiert, wie man diese Scanner überlisten kann.« Sie deutete auf eine Plastikbox im Schrank. »Hier bewahre ich die Abdrücke von drei Sicherheitsleuten, zwei Kollegen und dem Leiter der Rechtsmedizin auf.«

»Was natürlich völlig legal ist«, bemerkte Jan.

»Und wie geht das?«, fragte Chandu interessiert. »Nur, falls ich mal einen Schlüssel für irgendwas brauche, weil sich ein … Bekannter versehentlich ausgesperrt hat«, fügte er noch an Jan gerichtet hinzu.

»Das Internet ist dein Freund«, erwiderte sie. »Da gibt es genug Anleitungen.«

»Vielleicht noch die Hilfe eines netten Computerhackers, der ein Programm schreibt, das einen zweidimensionalen Abdruck auf einen dreidimensionalen Finger umrechnet«, erwähnte Max.

Sie griff in den Schrank und holte eine handgroße Glasplatte heraus. »Ich nehme den Fingerabdruck von Felix Hankel und in einer Stunde hat sich das Problem mit seinem Computer erledigt.«

»Ich warte hier«, sagte Max mit misstrauischem Seitenblick zum anderen Raum.

»Unglaublich.« Chandu betrachtete den 3-D-Drucker näher.

»In der Tat«, stimmte Jan zu. »Ich muss mir nur noch überlegen, wie ich das in den Bericht schreibe.«

Kapitel 6

»Guten Abend, Marie«, sagte Chandu, als seine Freundin auf dem Bildschirm erschien.

»Guten Abend, mein Großer«, erwiderte sie lächelnd. Sie saß auf einem Balkon. Im Hintergrund erkannte man die Skyline von Buenos Aires. Ihre schwarzen Haare fielen ihr lang über die Schultern, und sie trug eine weiße Bluse, welche die Bräune in ihrem wunderschönen Gesicht heraushob. Die letzten Tage waren sehr stressig gewesen, aber als er alleine in seinem großen Wohnzimmer saß, merkte Chandu, wie sehr er Marie vermisste.

»Wie geht es dir auf der anderen Seite der Welt?«

»Hervorragend«, antwortete sie. »Aber was ist bei euch los? Selbst in der argentinischen Presse finden sich Artikel über einen Heckenschützen in Berlin.«

»Bisher gab es zwei Opfer, aber ohne erkennbaren Zusammenhang zwischen beiden.«

»Das ist nicht gut. Eine willkürliche Opferwahl macht es quasi unmöglich, die nächste Tat vorherzusehen und ein Täterprofil zu erstellen.«

»Das hat Jan auch gesagt und mich um Hilfe gebeten.«

»Sei vorsichtig«, mahnte Marie. »Deine Unterweltkontakte wenden sich gegen dich, wenn sie von deiner Verbindung zu Jan erfahren.«

»Ich arbeite weiterhin an meiner Tarnung«, sagte er. »Besuche alte Freunde, leihe mir Autos und mache andere illegale Dinge, die ich dir wie üblich verschweigen werde.« Er lächelte breit.

»Das wird mich irgendwann den Job kosten.«

»Gib es zu«, sagte Chandu. »Du stehst darauf.«

»Vielleicht«, sagte sie mit gespieltem Zögern. »Aber ich gebe die Hoffnung nicht auf, irgendwann einen ehrbaren Mann aus dir zu machen.«

»Das könnte aber dauern.«

»Ich bin ja noch jung«, sagte sie, wobei sie das *ich* betonte.

Chandu lachte. »Lass uns nicht über die Mordfälle reden. Das hatte ich den ganzen Tag, und wenn ich morgen früh aufstehe, mache ich damit weiter. Erzähl mir von dir und von Buenos Aires.«

»Es ist eine wunderschöne Stadt, aber sie wäre noch schöner, wenn du bei mir wärst«, begann sie sehnsüchtig. Dann erzählte sie ihm von der Plaza San Martín, von blühenden Jacarandas und dem Tango in La Boca, beschrieb ihm den Geschmack von Mate und schwärmte von einer Buchhandlung in den Räumen eines Theaters. Es war spät in der Nacht, als sich Chandu verabschiedete. Und als er sich müde in sein Bett begab, legte er seine großen Arme um ihr Kopfkissen und erfreute sich an ihrem Duft, der wie eine ewige Erinnerung darin gespeichert war.

Das erste Mal seit Tagen dachte er nicht an Mörder.

* * *

Jan erwachte mit einem Stöhnen. Er griff nach seiner Waffe im Holster, bis er merkte, dass er nicht auf der Straße war, sondern in seinem Bett lag. Die Decke war hinuntergetreten und das Kopfkissen halb auf den Nachttisch geschoben. Das Licht der Straßenlaterne drang durch die Schlitze der Fensterläden und erhellte den dunklen Raum etwas.

Er drehte sich zu der schlafenden Lan um, legte ihr die Hand auf die Brust und war erleichtert, als er ihren Herzschlag spürte. Sachte ließ er sich wieder aufs Kissen sinken und wartete, bis sich sein rasender Puls beruhigt hatte.

Der Albtraum war schrecklich gewesen. Chandu, Zoe, Max und er waren zu einem Tatort gerufen worden. Es war Lans Lieblingsrestaurant gewesen, und als er zum Tresen gegangen war, hatte er sie am Boden liegen sehen, die Stirn zerschmettert von einer Kugel des Heckenschützen. Aus ihren Augen war der Glanz verschwunden und ihr Blut hatte sich auf den Bodenfliesen verteilt.

Dann war er erwacht.

Er ging davon aus, dass die Morde an Fiona und Felix einen Grund hatten. Was jedoch, wenn es zufällige Opfer waren, wenn es da draußen einen Verrückten gab, der immer schoss, wenn er Mordlust verspürte, willkürlich und unvorhersehbar?

In einer großen Stadt wie Berlin konnten solche Ermittlungen ewig dauern und noch zahllose Opfer fordern. Auch seine Verlobte.

Es war erst halb vier, aber nach diesem Albtraum würde er kein Auge mehr zubekommen. Jan küsste Lan sanft auf die Stirn. Er stand auf, zog ein frisches T-Shirt an und schaltete die Kaffeemaschine ein. Mit der vollen Tasse in der Hand ging er zu seinem Computer und loggte sich auf dem Kriposerver ein.

* * *

Um sieben Uhr morgens vibrierte Jans Handy auf dem Nachttisch, was ihm ein mürrisches Stöhnen von Lan einbrachte, die noch im Bett lag. »Das Gerät ist auf ›Favoriten‹ gestellt«, rechtfertigte er sich, als er in das Schlafzimmer gelaufen kam. »Das kann nur die Kripo sein.« Er nahm das Handy und sah auf das Display. Sein Kollege Patrick hatte ihm geschrieben: »Wildgehege im Spandauer Forst«, stand in der Nachricht. »Sofort!«

Jan gab seiner Freundin einen Kuss, zog sich schnell an und ließ sich einen weiteren Kaffee in seinen Thermobecher, bevor er zu seinem Auto lief. Der Berufsverkehr war gnädig zu ihm, sodass er schnell nach Spandau kam.

Zwei Streifenwagen mit angeschaltetem Blaulicht blockierten die Schönwalder Allee. Absperrband zog sich den Gehweg entlang. Trotz der frühen Tageszeit stand eine Gruppe Schaulustiger an der Kreuzung und versuchte, etwas zu erkennen.

Jan stellte sein Auto an den Rand, zeigte den Kollegen seine Kripomarke und bückte sich unter dem Band hindurch. Der Nieselregen hatte das Kopfsteinpflaster auf der Straße glitschig gemacht und ein kühler Wind blies durch den Wald. Hundert Meter vom Eingang des Wildgeheges entfernt parkte Patricks Wagen. Daneben ein Fahrzeug der Forensik und eine weitere Polizeistreife. Rechts von ihm leuchtete der Blitz einer Kamera auf. Er folgte dem Licht tiefer in den Wald, über eine umgefallene Fichte, durch ein dicht gewachsenes Gebüsch. Dann sah er den Grund für den Auflauf. Am Ast eines Baumes hing eine Frau, einen Strick um den Hals, ihr Kopf auf die Brust gesunken. Sie trug eine graue Jogginghose und ein fleckiges grünes Sweatshirt. Ihre Füße in alten Turnschuhen schwebten zwanzig Zentimeter über dem Boden. Daneben lag ein umgekippter Hocker.

Patrick kam zu ihm. »Es ist Fionas Mutter Tatjana«, sagte er bedauernd. »Vor ein paar Tagen habe ich noch mit ihr geredet.«

Jan seufzte. »Der Tod ihrer Tochter ist wohl doch zu viel für sie gewesen.«

»Ein Spaziergänger hat sie vor einer Stunde gefunden«, erklärte Patrick. »Sie hatte keinen Ausweis bei sich, aber als ich die Beschreibung der Frau gehört habe, habe ich dich sofort informiert.« Er deutete nach Norden. »Tatjana Denz' Wohnung ist einen Kilometer von hier entfernt.«

»Wann ist sie gestorben?«

»Irgendwann heute Nacht. Das wird die Obduktion klären müssen.«

»Anzeichen für Fremdbeteiligung?«

»Auf den ersten Blick nicht. Keine Abwehrverletzungen und ihr Auto steht auf dem Parkplatz. Außerdem ist ihre Kleidung vom Befestigen des Seils schmutzig. Dazu hat sie einen Ast hochklettern müssen. Auch haben wir nur Fußspuren von ihr um die Stelle gefunden.«

»Hat sie einen Abschiedsbrief verfasst?«

»Die Kollegen in ihrer Wohnung haben nichts gefunden, aber sie hatte ein verblichenes Foto von einem kleinen Kind in ihren Fingern. Wahrscheinlich Fiona.«

Jan beobachtete die Beamten, wie sie im Beisein des Notarztes die Frau vom Baum holten. »Kein Mensch sollte so sterben«, sagte er leise. »Einsam und verzweifelt.«

»Ich hätte es ahnen müssen.«

»Es ist nicht deine Schuld«, sagte Jan. »Aber wenn wir den Mörder ihrer Tochter finden, wird das ihrer Seele Frieden schenken.«

* * *

Zurück in der Dienststelle, war Jan dankbar, dass sich Patrick um den Tod von Tatjana Denz kümmerte, machten ihm doch die beiden Taten des Heckenschützen genug Arbeit. An der Wand hatte er die Bilder von Fionas Ermordung enger zusammengerückt und rechts daneben alles von Felix' Tod hinzugefügt. Er grübelte noch immer über eine Verbindung, als Bergman in sein Büro kam und ihm die heutige Zeitung auf den Schreibtisch knallte. Mit großen Lettern stand darauf: »Heckenschütze hat wieder zugeschlagen. Niemand ist mehr sicher!«

»Genau das will ich nicht lesen«, sagte Bergman.

»Das war ein unglücklicher Zufall«, sagte Jan. »Die angebliche Ankündigung wurde niemals von dem wahren Mörder geschrieben. Das haben die Kollegen analysiert.«

»Das weiß ich«, sagte Bergman. »Aber für die Presse ist es ein gefundenes Fressen. Wir brauchen einen Fahndungserfolg.«

»Wir sind mit allen verfügbaren Leuten dran. Und wenn es noch zehn Sondersendungen gibt, haben wir nicht mehr Kapazität.«

Bergman fluchte. »Der einzige Vorteil ist die Menge an angeblichen Bekennerschreiben, die bei den Medien eintrudeln. Die glauben selbst nicht mehr daran, dass eines davon vom Mörder ist.«

Jans Handywecker klingelte. »Ich habe eine Telefonkonferenz mit Chandu, Zoe und Max«, erklärte er die Störung.

»Lass dich von mir nicht aufhalten«, sagte der Kripochef ruhiger. »Aber wenn es noch ein drittes Opfer gibt, können wir uns auf eine Belagerung der Dienststelle einrichten.«

»Ich kann auch nicht hexen«, murrte Jan, als Bergman sein Büro wieder verlassen hatte. Er nahm vor dem Computer Platz, setzte das Headset auf und wählte sich in die Telefonkonferenz ein.

»Hier ist Jan«, sagte er.

»Wie immer als Letzter«, bemerkte Zoe.

»Und mit weiteren schlechten Nachrichten«, fuhr er fort. »Heute Morgen haben wir Fionas Mutter Tatjana am Wildgehege im Spandauer Forst gefunden. Alles deutet auf Selbstmord hin.«

Chandu stöhnte. »Die Sterberate in diesem Fall ist bald höher als bei ›Rambo III‹.«

»Die Presse freut es«, sagte Zoe.

»Wir versuchen, den Selbstmord klein zu halten. Sollte jedoch jemand herausfinden, dass es sich um die Mutter des ersten Opfers handelt, wird es übel.«

»Es gibt auch eine gute Nachricht«, sagte Max. »Es könnte mit dem Mordmotiv leichter werden, weil unser zweites Opfer durch und durch kriminell war.«

»Was bei den Sicherheitsvorkehrungen nicht überrascht«, bemerkte Chandu.

»Felix war hauptsächlich im Darknet unterwegs und zwar unter dem Namen Forger42. Mit diesem Alias hat er auf verschiedenen Plattformen seine Dienste als Fälscher angeboten. Am meisten Geld hat er auf dem Wall Street Market gemacht, bis dieser Ende April 2019 vom BKA hochgenommen wurde. Irgendwie ist es Felix gelungen, den Behörden zu entkommen, aber die Stilllegung des Marktplatzes hat eine Delle in seinen Einnahmen verursacht.«

»Ich dachte, Felix hatte sowieso nur wenig Geld auf dem Konto«, wandte Zoe ein.

»Er hat sich mit den Kryptowährungen Bitcoin und Monero bezahlen lassen«, sagte Max. »Umgerechnet besaß er ein Vermögen von 200 000 Euro.«

»Was hat er gefälscht?«, fragte Jan.

»Vor allem Dokumente«, erklärte Max. »Das reichte von Frachtpapieren über Zertifikate bis zu Ausweisen und Behördenschreiben. Bei aller kriminellen Energie war Felix ein Meister seines Fachs. Ich habe auf dem Computer Arbeiten gefunden, die jeder genauen Untersuchung standhalten würden.« Er schien etwas zu trinken. »In einer Kommode neben dem Computer habe ich zwei Drucker, einen Scanner und ein Bespielgerät für Kreditkarten gefunden. Die neuste Technik für ein irres Geld. Damit hat er jeden Wunsch bedienen können.«

»Unter seinen Kunden waren wahrscheinlich Leute, die hinter sich aufräumten«, bemerkte Chandu.

»Das ist das offensichtlichste Motiv, aber Felix war von Sicherheitsvorkehrungen besessen«, sagte Max. »Selbst ich habe nicht so viele Absicherungen, daher kann ich mir nur schwer vorstellen, dass ein normaler Krimineller die Spur bis zu Felix' Wohnung zurückverfolgt hat. Wenn das BKA ihn nicht fassen kann, dann sind nur noch eine Handvoll Geheimdienste auf der Welt dazu in der Lage. Und in dieser Liga hat Felix nicht gespielt.«

»Irgendwelche Kriminelle, die man kennen müsste?«, fragte Chandu.

»Das ist wegen der Anonymität des Darknet schwierig, aber sein Hauptkunde ist in der Region ansässig. Nachdem ich Frachtpapiere, Ausweise sowie Kurznachrichten zusammengesetzt und in die Datenbank der Kripo eingegeben habe, ist ein Name aufgepoppt: Mladen Kasun.«

»Kein Unbekannter«, sagte Chandu.

»Ein berüchtigter Schmuggler«, ergänzte Jan. »Seine Dienste werden bei gestohlenen Kunstwerken und illegalen Waren wie Elfenbein in Anspruch genommen.«

»Wenn Kasun ein Krimineller ist, warum ist er nicht im Gefängnis?«, fragte Zoe.

»Weil man ihn nicht auf frischer Tat ertappt hat«, antwortete Chandu.

»Kasun erhielt vor Jahren eine Bewährungsstrafe für das Schmuggeln gefälschter Designeruhren«, sagte Jan. »Das war ihm anscheinend eine Lehre und er hat sich nicht wieder erwischen lassen.«

»Außerdem lässt er die Finger von Drogen, Waffen und Menschenschmuggel, daher steht er nicht oben auf der Liste der Fahnder«, ergänzte Chandu.

»Und wo findet man ihn?«

»Das würden die Kollegen vom LKA auch gern wissen«, erwiderte Jan.

»Ich habe bei der Liste der Aufträge auch GPS-Daten gefunden«, sagte Max. »Sie führen zu einem Café in Brandenburg an der Havel. Und bevor ihr fragt, das Café ist unverdächtig, ebenso wie der Besitzer.«

»Warum hat Felix diese Daten gespeichert?«, fragte Jan.

»Keinen Plan.«

»Hat er noch andere GPS-Daten notiert?«

»Nur die«, sagte Max. »Die Notiz stammt vom Januar 2018. Bis dahin hatte er schon Geschäfte mit Kasun gemacht und auch danach hat er weiter mit ihm gearbeitet.«

»Vielleicht sollten wir dem Café einen Besuch abstatten«, schlug Chandu vor.

»Das liegt außerhalb meines Zuständigkeitsbereichs«, gab Jan zu bedenken.

»Ein Stück Kuchen nach dem Mittagessen schadet nicht«, sagte Chandu. »Vielleicht schließen wir dort neue Freundschaften.«

* * *

Sie saßen in einem alten Ford, den Chandu von einem Freund geliehen hatte. Angeblich. Jan war froh über das unauffällige Fahrzeug und fragte nicht weiter nach. Das Café war etwa dreißig Meter von ihnen entfernt, sodass sie auf Ferngläser verzichten konnten. Es lag im Untergeschoss eines Altbaus, dessen Fassade liebevoll restauriert worden war. Das Erdgeschoss hatte einen lachsfarbenen Anstrich, der in den darüber liegenden Stockwerken in ein helles Gelb überging. Die Fensterrahmen waren sandfarben und mit weißen Stuckelementen verziert.

Sie waren eine Stunde dort, als die zweiflüglige Tür neben dem Café aufging und ein müde wirkender Mann herauskam. Mit Vollbart und grauen Haaren hätten sie Kasun beinahe nicht erkannt. Er wirkte schläfrig, als wäre er nur mühsam aus dem

Bett gekommen. Sein Blick war zu Boden gerichtet und seine Schultern hingen schlaff hinunter.

»Seit der letzten Aufnahme hat er mindestens zehn Kilo abgenommen«, bemerkte Chandu mit Blick auf das Foto in seiner Hand. »Würden wir ihn nicht suchen, hätte ich ihn nicht erkannt.«

Ihm folgte ein großer Mann, eher dick als muskulös, in einem weiten Wollmantel, eine Brille mit verdunkelten Gläsern auf der breiten Nase. Während Kasun in das Café hineinging, setzte sich der mutmaßliche Leibwächter auf einen weißen Metallstuhl auf dem schmalen Gehweg vor dem Café. Er legte eine flache Tasche auf den Tisch vor sich. Es war ein angenehmer Frühlingsnachmittag, aber trotz des warmen Wetters behielt er den Mantel an.

»Wie willst du es spielen?«, fragte Chandu.

»Ich habe keinerlei Befugnis hier, und auch wenn Kasun im Verdacht steht, Kunstwerke zu schmuggeln, liegt kein Haftbefehl vor, also können selbst die Brandenburger Kollegen nichts machen«, sagte Jan. »Da sein Schläger vor der Tür sitzt, wird es ohnehin ein kurzes Gespräch.«

»Also wieder guter Bulle und böser Bulle mit großer Wumme.«

»Das geht irgendwann schief«, erwiderte Jan. »Ich denke noch mit Schrecken an den hochgespritzten Gorilla von Konny, der Ente.«

»Solange wir nur die bösen Jungs einschüchtern, beschwert sich niemand«, sagte Chandu achselzuckend.

»Können wir das mal ohne Gewalt machen?«, fragte Jan. »Wenn das Bergman mitbekommt, reißt er uns nicht nur den Hintern auf.«

»Ich versuche, höflich zu bleiben«, sagte Chandu lächelnd.

Jan seufzte. »Ich kümmere mich um die Ablenkung.« Er nahm einen Plan von Brandenburg und stieg aus dem Auto. Er wartete, bis eine Straßenbahn vorbeigekommen und ein Jogger außer Sicht gelaufen war. Dann senkte er die Nase in den Plan und ging zum Café. Einen Meter rechts von dem Leibwächter blieb er stehen. Mit zusammengekniffenen Augen sah er an der Fassade des Gebäudes nach oben und ließ seinen Blick wieder zurück auf den Plan wandern. Er kratzte sich am Kopf.

»Verzeihung«, wandte er sich an den Breitnasigen. »Ist das hier das Paulikloster?«

Der Mann reagierte nicht.

»Paulikloster?«, wiederholte er gedehnt.

»Alter, was willst du von mir?«, fragte der Mann mit starkem osteuropäischem Akzent.

»Paulikloster?«, fragte Jan wie zu einem schwerhörigen Kitakind. Er deutete auf das Haus.

»Mach, dass du wegkommst.« Der Mann stand vom Stuhl auf und hob drohend die Hand.

»Also, bitte.« Chandu drückte ihm seine Pistole an den Rücken. Es klickte. »Jetzt entspannen wir uns wieder und behalten die Hände da, wo ich sie sehen kann. Dann passiert niemandem etwas und wir sind bald wieder weg.«

Der Mann hob die Arme und setzte sich vorsichtig. Chandu nahm auf dem Stuhl daneben Platz und verbarg die Pistole unter dem Tisch. Dann nickte er Jan zu.

Im Café war es ruhig. Die Möbel erinnerten an ein Wiener Kaffeehaus, mit gepolsterten Stühlen und einer Theke aus dunkelbraunem Holz. Dazu eine alte Wanduhr neben einem mannshohen Spiegel, der den Raum größer wirken ließ. Leise Jazzmusik erklang im Hintergrund und eine junge Frau in einer weißen Schürze ließ einen Espresso aus der Maschine. Weder sie noch Kasun hatten Chandus Begegnung mit dem Leibwächter bemerkt. Der Schmuggler saß an einem Tisch in der Ecke und blätterte in einer Tageszeitung, während er in der anderen Hand ein angebissenes Stück Käsekuchen mit Streuseln hielt.

»Guten Morgen, Mladen«, sagte Jan freundlich und setzte sich zu ihm an den Tisch. Er hatte sich für die Überrumpelungstaktik entschieden, eine seiner bevorzugten Methoden bei Befragungen.

Kasuns Blick ging kurz zu Jan, dann nach draußen zu seinem Mann, der unbeweglich auf dem Stuhl saß, den Blick zur Straße gerichtet. »Mein Freund sorgt dafür, dass wir ungestört sind«, bemerkte Jan lächelnd und deutete auf Chandu.

Kasun legte den Kuchen auf den Teller aus edlem Porzellan. »Wer sind Sie?« Seine Stimme war heiser und dünn.

»Jemand, der den Mord an Felix Hankel untersucht«, antwortete Jan. »Sie kennen ihn unter dem Namen Forger42.«

Kasun zeigte keine Regung. »Sie müssen mich verwechseln.«

»Höre ich in meinem Beruf oft, aber nein.« Er lehnte sich auf den Tisch. »Sie sind Mladen Kasun, ein bekannter Schmuggler, der Felix Hankels Dienste beim Fälschen von Frachtpapieren in Anspruch genommen hat.«

Tatsächlich hatten sie nur die Korrespondenz zwischen Kasun und Felix. Bis sie genug stichhaltiges Material für eine Anklage zusammengestellt hätten, könnte es noch Wochen dauern. So lange konnte Jan nicht warten.

»Woher wissen Sie, wo ich wohne?«, fragte Kasun und schlug die Zeitung zu.

»Felix Hankel war clever«, sagte Jan. »Er hatte winzige GPS-Sender in die Umschläge Ihrer Dokumente verbaut und so Ihre Adresse herausgefunden.« Das war nur eine Vermutung von Max, aber das wusste Jans Gegenüber nicht.

»Und was wollen Sie?«

»Ein Mordmotiv«, antwortete Jan. »Warum musste Felix sterben?«

»Warum sollte ich ihn ermorden?«

»Vielleicht hat er Sie erpresst, vielleicht war die Ware nicht gut genug oder vielleicht wollten Sie Zeugen beseitigen«, erwiderte Jan. »Suchen Sie sich etwas heraus.« Er sah Kasun eindringlich in die Augen. »Wir können das auf zwei Arten spielen. Wir halten das informell zwischen zwei Bekannten bei einem Plausch im Café, ohne abschließenden Bericht, oder ich lade Sie auf die Dienststelle vor und mache es mir zur Aufgabe, Sie bei jeder sich bietenden Gelegenheit zu nerven. Mal sehen, wie lange Ihr Ruf das aushält.«

Kasun sah wieder nach draußen, aber Chandu hatte den Leibwächter im Griff. Die junge Frau kam und brachte einen Espresso. Der Schmuggler nahm ein Stück braunen Zucker aus einem Porzellanschälchen, warf es in die kleine Tasse und rührte um. Dabei war sein Blick auf das Getränk gerichtet.

»Der Forger war ein Meister seines Fachs«, begann er. »Ich hatte in meinem Leben mit vielen Fälschern zu tun, aber keiner arbeitete so sorgfältig wie er. Seit ich mit ihm Geschäfte machte, hatte ich keine Beanstandung mehr von den Behörden. Alle meine Waren gelangten ohne Probleme durch den Zoll.« Er trank einen Schluck Espresso und sah zu Jan. »Das letzte Mal habe ich vor vier Wochen mit ihm zusammengearbeitet. Forger war pünktlich, zuverlässig und stellte keine Fragen. Seine Preise waren angemessen und er wurde nie gierig.« Er setzte die Tasse wieder ab. »Dass er tot ist, höre ich gerade erst von Ihnen.«

»Kannten Sie ihn?«

Kasun schüttelte den Kopf. »Ich wusste nur, dass er von Deutschland aus agiert.«

»Hat es Sie nicht interessiert, mit wem Sie zusammenarbeiteten?«

»Warum sollte es? Es kommt auf die Arbeit an, nicht auf die Person.«

»Warum wollte ihn jemand töten?«

»Dazu müsste ich wissen, für wen er noch gearbeitet hat«, sagte Kasun. »Vielleicht hatte es auch nichts mit seinem

Fälschungstalent zu tun und es handelt sich nur um einen unglücklichen Zufall.«

»Felix wurde von einem Heckenschützen erschossen«, widersprach Jan. »Das war keine zufällige Tat«. *Zumindest hoffe ich das*, fügte er in Gedanken hinzu.

»Ach, dieser Mord«, sagte Kasun. »Davon habe ich gelesen.«

»Wo waren Sie am Mittag des besagten 26. März?«

»In meiner Wohnung über dem Café.«

»Haben Sie einen Zeugen dafür?«

»Fragen Sie Damir.« Er deutete durchs Fenster nach draußen.

»Kein guter Leumund.«

»Vielleicht haben Sie es noch nicht bemerkt, aber ich bin krank. Ich kämpfe gegen einen Tumor in meiner Lunge.« Er schlug sich auf die Brust und hustete kurz. »Ich habe schon Mühe, von meiner Wohnung hierher ins Café zu gelangen. Ich könnte in meinem Zustand kein Gewehr heben und würde mit meinen zittrigen Händen selbst ein Scheunentor verfehlen.«

»Was ist mit Damir?«

»Mein Leibwächter ist ein ehemaliger Schwergewichtsboxer, der die Pistole nur zur Abschreckung unter dem Mantel trägt. Er kann kaum ein Magazin nachladen.« Kasun trank wieder einen Schluck. »Für mich bedeutet der Tod des Forger einen großen Verlust. Wenn Sie ein Motiv für den Mord suchen, finden Sie es nicht bei mir.«

* * *

Chandu würzte das Hackfleisch mit einer Mischung aus gemahlenem Chili, Paprika, Kreuzkümmel und Koriander. Dann schnitt er frischen Oregano klein und gab ihn mit in die Pfanne. Während er die Gewürze einkochen ließ, nahm er die knusprig gebackenen Taco-Shells aus dem Ofen und füllte sie mit Käse, Tomatenwürfeln, Salat und roten Bohnen. Schließlich tröpfelte er noch etwas Tabasco hinein und widmete sich dann wieder seiner Pfanne.

Max hatte neben Jan am Tisch Platz genommen und spielte mit seinem Handy, während Zoe genüsslich ihre Nikotinsucht befriedigte. Wenige Minuten später waren die Shells auch mit Hackfleisch gefüllt und auf einer großen Porzellanplatte angerichtet. Es dauerte nur unwesentlich länger, bis alle Tacos aufgegessen waren und Chandu eine große Schüssel mit Tortillachips samt selbst gemachter Guacamole auf den Couchtisch stellte.

»Nachtisch gibt es später«, ergänzte er, als er das Geschirr abräumte.

Während sich Max in den großen Sessel fallen ließ, setzte sich Jan mit Zoe auf die Couch und blätterte durch seine Notizen. »In den letzten Tagen ist viel passiert, aber wir sind nicht weitergekommen«, begann er. »Wir haben weder ein offensichtliches Mordmotiv für unsere Opfer noch eine Verbindung zwischen den zweien.«

»War es derselbe Täter?«, fragte Chandu aus der Küche.

»Fiona und Felix wurden mit dem gleichen Kaliber getötet, daher gehen wir davon aus«, sagte Jan. »Nur haben wir bei der zweiten Kugel keine blauen Eisenreste gefunden, von denen wir im Übrigen immer noch nicht wissen, woher sie stammen.«

»Was widerspricht der Theorie eines Serientäters, der seine Opfer zufällig auswählt?«, fragte Max, während er einen Tortillachip in die Guacamole tauchte.

»Der Aufwand«, sagte Jan. »Bei Fiona ist er zuvor in ein Büro eingebrochen und bei Felix hat er sich wahrscheinlich ein Boot gemietet. Wenn man nur Leute erschießen will, kann man das einfacher haben.«

»Beide Opfer haben beruflich etwas Illegales gemacht«, sagte Zoe. »Da ist es zum Mordmotiv nicht weit.«

»Diesbezüglich sind wir einer Meinung«, stimmte Jan zu. »Aber wir haben weder bei Fiona noch bei Felix einen frustrierten Kunden gefunden. Und wenn wir vom selben Täter ausgehen, müsste es sich um eine lesbische Frau handeln, die im Darknet unterwegs ist, weil sie gefälschte Dokumente benötigt. Weiterhin müsste sie eine gute Scharfschützin sein oder einen entsprechenden Auftragsmörder kennen.«

Zoe biss in einen Tortillachip. »Das schränkt es zugegebenermaßen ein.«

»Was ist mit Fionas Mutter Tatjana?«

»Die Obduktion ergab keine Hinweise auf eine Fremdbeteiligung«, sagte Zoe. »Zudem war ihr Magen voll mit Antidepressiva und Alkohol, also war sie in keiner guten Stimmung.«

»Auch die Kollegen vom KTI haben nichts gefunden, das die Selbstmordtheorie in Zweifel ziehen könnte«, sagte Jan. »Der Kassenzettel vom Seilkauf lag in ihrer Wohnung. Tatjanas Tod hat nichts mit dem Fall zu tun, sondern geschah aus Gram über den Verlust ihrer Tochter.« Jan seufzte. »Ich brauche noch ein Bier.«

»Fang«, rief Chandu und warf ihm eine Flasche zu. Er hatte schlecht gezielt, denn das Bier streifte den Rand von Max' Sessel, veränderte seine Flugbahn und landete in der Schüssel mit den Tortillachips.

»Chandu können wir als Täter ausschließen«, bemerkte Zoe. »Wenn er auf Fiona geschossen hätte, hätte er wahrscheinlich den Bus getroffen.«

Jan schnellte von der Couch hoch. »Das ist es!«, rief er.

Max zuckte vor Schreck zusammen und ließ die Flasche wieder fallen, die er gerade aus der Schüssel gefischt hatte.

»Alles okay?«, fragte Zoe mit hochgezogener Augenbraue.

Jan sprang über den Couchtisch, nahm seine Jacke und riss die Wohnungstür auf.

»Er hatte doch nur ein Bier«, bemerkte Chandu, als sein Freund im Hausflur verschwunden war.

»Vielleicht einsetzender Rinderwahn.« Zoe zog an ihrer Zigarette.

»Wir müssen zur Friedrichstraße.« Jans Stimme hallte laut im Treppenhaus. »Und nehmt den Laptop mit.«

* * *

Jan ließ sich dort, wo Fiona ihr Leben verloren hatte, auf das linke Knie nieder und streckte seine Hand in Richtung auf das Büro, von dem der Täter auf sie geschossen hatte. Ein junges Mädchen stolperte beinahe über ihn, weil sie in ihr Handy vertieft gewesen war, und ein älterer Mann mit Rollator humpelte irritiert an Jan vorbei.

»Er hat heute seine Medikamente nicht genommen«, sagte Zoe lächelnd zu dem Rentner.

»Kannst du uns endlich verraten, was das hier soll?«, fragte Chandu. »Die ganze Fahrt hast du vor dich hin gebrabbelt und immer wieder ›Das ist es‹ gerufen.«

Jan sprang auf, hastete zum Straßenrand und hätte beinahe einen Paketboten umgerannt. »Das ist es«, sagte er und drehte sich grinsend zu seinem Freund um. Der Fahrer eines Ford musste eine Vollbremsung machen, als Jan über die Straße zum U-Bahn-Eingang in der Mitte rannte.

»Du Penner!«, schrie der Mann beim Weiterfahren, aber Jan achtete nicht auf ihn. Er kletterte auf den kleinen Zaun, schaltete die Taschenlampenfunktion seines Handys ein und inspizierte das vier Meter hohe Gestänge, das den Eingang zur U-Bahn markierte.

»Es ist dunkel, windig und ich hatte keinen Nachtisch«, sagte Zoe zu Max. »Wenn Jan keinen guten Grund für dieses Verhalten hat, bekommt er einen Tritt und landet im Schacht.«

Chandu nutzte eine Lücke im Verkehr und lief zu Jan, der noch immer in die Betrachtung des Pfeilers vertieft war. Eine

Frau mit drei Einkaufstaschen in der Hand kam die Treppe hoch und betrachtete ihn misstrauisch.

Jan riss die Hände hoch und rief: »Ich wusste es!«

Nur die schnelle Reaktion seines Freundes rettete Jan vor dem Absturz in den U-Bahn-Zugang. Chandu packte Jan am Gürtel und zog ihn vom Gestänge herunter.

»Max, komm her«, wandte sich Jan an den jungen Hacker, der mit dem Laptop unter dem Arm auf der anderen Straßenseite stand. »Starte das Video des Chinesen, auf dem Fionas Erschießung im Hintergrund zu sehen ist.«

»Wie oft willst du das noch sehen?«

»Spiel es ab, bis Fiona getroffen wird. Dann geh eine halbe Sekunde zurück und halt das Bild an.«

Max tat, wie ihm geheißen, und drehte den Laptop zu Jan.

»Ich wusste es«, wiederholte Jan erneut und freute sich wie ein Kind am Süßigkeitenstand.

»Ich trage Schuhe mit zwölf Zentimeter hohen Absätzen«, sagte Zoe. »Wenn du uns nicht sofort sagst, was dieser Irrsinn soll, ramme ich dir zehn Zentimeter davon durch die Kniescheibe.«

»Wir gehen davon aus, dass Fiona und Felix keine zufälligen Ziele waren, haben aber keine Gemeinsamkeit gefunden«, erklärte Jan. »Eine weitere Ungereimtheit war die Spur von blauem Eisen an der Kugel.« Er sprang wieder auf das Geländer neben dem U-Bahn-Zugang. »Dies stammt nicht von der Wand, in der das Projektil eingeschlagen ist, oder von Fionas Schmuck, sondern von dem Pfeiler, der das U-Bahn-Schild hält.« Er deutete auf eine Stelle an dem blauen Eisenträger. »Dadurch hat die Kugel ihre Richtung verändert.«

»Also war Fiona nicht das eigentliche Ziel«, schloss Chandu.

»Und wenn wir das Video des Touristen entsprechend vergrößern, wissen wir, wen der Heckenschütze eigentlich töten wollte.«

Kapitel 7

Jan stand vor der großen Wand im Büro und betrachtete das Bild des jungen Mannes. Er schätzte ihn auf Mitte zwanzig, mit hellen Sommersprossen und rötlichen Haaren, die unter seiner Wollmütze hervorlugten. Er trug eine Brille mit schwarzem Gestell und hatte einen kabellosen Kopfhörer im Ohr. Seine dicke Winterjacke war bis oben geschlossen, darüber hatte er einen Schal um den Hals gewickelt, obwohl es an dem Tag nicht besonders kalt gewesen war.

Die Tür ging auf und Max kam hereingelaufen.

»Die Gesichtserkennung war nix. Und niemand in der Dienststelle kennt ihn«, begann er.

»Patrick hat sich eine Kopie des Bildes ausgedruckt und fragt damit in den nahen Geschäften und Büros herum«, sagte Jan. »Bislang scheint unser Unbekannter jedoch nirgends in der Umgebung angestellt zu sein oder regelmäßig einzukaufen.«

»Vielleicht ist er auch schon tot«, sagte Max.

»Wenn unser Heckenschütze die Adresse seiner Wohnung gekannt hätte, hätte er ihn dort erledigt, ähnlich wie bei Felix«, widersprach Jan. »Die Überprüfung der Mieter rund um die Friedrichstraße war ebenfalls negativ. Auch kannte ihn kein Bewohner, daher hat er niemanden besucht.« Er deutete mit dem Finger auf das Bild. »Der Unbekannte war nur kurz in der Friedrichstraße und unser Heckenschütze wusste das.« Er kratzte sich am Kinn. »Da kommen wir wieder zu der gleichen Frage wie bei Fiona: Woher hatte er diese Information?«

»Einen GPS-Tracker würde ich ausschließen. Damit hätte der Mörder einen besseren Platz wählen können als die Friedrichstraße. Außerdem hätte er damit seine Adresse in Erfahrung gebracht. Das hätte es ihm leichter gemacht.«

»Dann bleibt nur ein regelmäßiger Termin.« Jan ging an seinen Kalender. »Fiona wurde am Donnerstagabend, den 21. März, erschossen«, fuhr er fort. »Heute ist Donnerstag. Wir sollten um die gleiche Zeit an der U-Bahn-Station warten.«

»Wenn unser Unbekannter nicht Angst hat, wiederzukommen«, gab Max zu bedenken. »Schließlich wurde er dort beinahe erschossen.«

»Wenn ich die Aufnahme richtig auswerte, ist der Schuss eine Winzigkeit hinter seinem Kopf vorbei an die Eisenstange geprallt und hat Fiona getroffen. Mit den Kopfhörern und den Blick zur U-Bahn gewandt hat er davon wahrscheinlich nichts mitbekommen. Der Schuss hat keinen Laut erzeugt und direkt am U-Bahn-Zugang kam es zu keiner Panikreaktion. Nur weiter hinten auf dem Gehweg, wo Fiona blutend zusammengebrochen ist, aber das hat unser Unbekannter nicht mitbekommen, weil er schon auf dem Weg nach unten war.«

»Dann stehen wir heute um 18.51 Uhr in der Friedrichstraße«, sagte Max. »Vielleicht taucht er wieder dort auf.«

* * *

Die Beamten waren schon um 17 Uhr vor Ort. Während die Polizei das leere Büro bewachte und die Dächer über dem ehemaligen Tatort sicherte, hatten sich acht Ermittler der Kripo um den Eingang der U-Bahn-Station verteilt. Max hatte noch an zwei

Punkten Kameras angebracht und saß in einem nahen Café, per Funk mit Jan und seinen Kollegen verbunden. In einer Nebengasse standen zwei Einsatzwagen, mit denen sie den Betroffenen schnell aus der möglichen Gefahrenzone bringen konnten.

Jan schlenderte an den Schaufenstern der Galeries Lafayette entlang, wechselte die Straßenseite zu einem Juweliergeschäft, spazierte bis zu einer Modeboutique, bevor er wieder zu den Galeries zurückging. Für den Rundweg ließ er sich zehn Minuten Zeit, wobei sein Blick auf den U-Bahn-Zugang gerichtet war.

Gegen achtzehn Uhr stieg seine Anspannung. Er hatte gehofft, dass der Unbekannte vor der Zeit aus der U-Bahn kommen werde, aber diese Hoffnung erfüllte sich nicht.

Nervös klopfte er mit seinem Regenschirm auf den Boden und lehnte sich an eine schmale Säule. Er rief sich das Aussehen des jungen Mannes noch einmal ins Gedächtnis. Die rötlichen Haare, die Sommersprossen und die bis ganz nach oben geschlossene Jacke samt Schal und dem kabellosen Kopfhörer.

Es wurde dunkler. Die Straßenlaternen gingen an und die Scheinwerfer der vorbeifahrenden Autos auf der Friedrichstraße machten das Beobachten des U-Bahn-Zugangs schwerer. Einer seiner Kollegen lehnte an dem Geländer, auf dem Jan gestern noch gestanden und die Anzeichen für den Streifschuss gesehen hatte.

»18.50 Uhr«, vernahm er Max' Stimme aus dem Ohrhörer. »Wenn er kommt, dann in den nächsten Minuten.«

Eine Tür der Galeries Lafayette ging auf. Eine Mutter mit Kinderwagen kam heraus. Daneben ein Handwerker in blauer Latzhose mit weißen Farbflecken darauf. Er hielt die Tür für einen jungen Mann mit Wollmütze, Schal und Winterjacke auf. Den Blick auf sein Handy gerichtet und ein Buch unter seinen Arm geklemmt, trat dieser ins Freie. An der Straße angelangt, hob er kurz den Kopf und wartete, bis ein SUV vorbeigefahren war. Trotz der einsetzenden Dunkelheit war Jan sicher, den

Unbekannten gefunden zu haben. »Ich sehe ihn«, sprach er in das Mikrofon an seinem Revers. »Er überquert die Straße vor den Galeries zum U-Bahn-Eingang.«

Noch bevor der junge Mann die Verkehrsinsel erreicht hatte, waren drei Beamte bei ihm, spannten Regenschirme auf und stellten sich eng um ihn.

»Kripo Berlin«, sagte Jan und zeigte dem sichtlich überraschten Mann seine Marke. »Ihr Leben ist in Gefahr.« Mit einem Druck auf den Knopf ging sein Schirm auf. »Bitte folgen Sie uns zu einem Einsatzfahrzeug.« Jan deutete auf die Querstraße.

Während ein Kollege die Autos auf der Friedrichstraße anhielt, hakten sich zwei weitere bei dem Unbekannten ein und schoben ihn weiter.

»Was soll das?«, fragte der Mann. »Sie müssen mich verwechseln.«

»Wie lautet Ihr Name?«, fragte Jan.

»Nico Prehm.«

»Also gut, Herr Prehm«, fuhr Jan fort. »Wir erklären Ihnen alles auf der Dienststelle. So lange möchte ich Sie bitten, den Anweisungen meiner Kollegen Folge zu leisten und Ihren Kopf unten zu halten. Haben Sie das verstanden?«

Der junge Mann war von den vielen Beamten und Jans Befehlston merklich eingeschüchtert, und schließlich nickte er. Am Einsatzwagen angekommen, schob ihn ein Polizist hinein. Jan schloss seinen Regenschirm und setzte sich neben ihn. Sobald die Tür geschlossen war, fuhr das Fahrzeug mit Sirene und Blaulicht los.

Als sie die Friedrichstraße hinter sich gelassen hatten, atmete Jan hörbar aus. Er war gespannt, wer der junge Mann war und warum es der Mörder auf ihn abgesehen hatte.

* * *

Jan hatte Prehm immer wieder beruhigt, ihm einen Kaffee angeboten und ihn nicht alleine gelassen, aber der schnelle Abtransport, das Rasen durch Berlin mit Blaulicht und der sterile Verhörraum, in dem sie saßen, zeigten Wirkung auf den jungen Mann. Prehm hielt die Flasche mit Wasser umklammert und trotzdem spritzten Tropfen über seine Hände. Er trank hastig einen Schluck und stellte die Flasche wieder auf den Tisch. Dann wischte er sich die Hände an der Jacke ab, die er noch immer nicht ausgezogen hatte. Wenigstens hatte er Mütze und Schal abgelegt. Seine lockigen roten Haare standen ungekämmt in alle Richtungen ab. Da er ziemlich bleich war, traten seine Sommersprossen stärker hervor als auf dem Videobild.

Er nahm sein Buch in die Hand und blätterte aufgeregt darin herum. Jan erkannte Michel Houellebecqs »Sérotonine«. Als er seinen Notizblock hervorholte und neben die Akte legte, bedauerte es Jan, dass der Verhörraum nicht freundlicher gestaltet war, aber er wollte jegliches Risiko vermeiden, daher hatten sie Prehm nicht in ein Büro mit Fenster gebracht, sondern in einen abgeschlossenen Raum, zu dem es nur einen Eingang gab. Immerhin war der Mörder ein Heckenschütze, der nicht auf die Dienststelle kommen musste, um sein Opfer zu töten.

»Mein Name ist Tommen von der Kripo Berlin«, begann Jan freundlich. »Wir ermitteln in einem Mordfall, der sich vor einer Woche auf der Friedrichstraße ereignet hat. Eine junge Frau namens Fiona Denz wurde auf dem Gehweg erschossen. Haben Sie davon gehört?«

Prehm schüttelte den Kopf. »Ich schaue keine Nachrichten und lese keine Zeitung. Das deprimiert mich zu sehr.« Er steckte die Hände in die Jackentaschen, als versuchte er, sein Zittern zu verbergen.

»Um eine lange Geschichte kurz zu machen: Wir vermuten, dass nicht Fiona Denz, sondern Sie das Ziel des Schützen waren.«

»Ich?« Er griff hektisch nach der Flasche und trank einen Schluck. »Wer will mich töten?«

»Das versuchen wir herauszufinden.« Jan ließ seine Stimme ruhig klingen. »Vielleicht fangen wir mit Ihnen an. Können Sie uns mehr über sich erzählen?«

»Wie schon gesagt, ist mein Name Nico.« Die Nervosität war ihm immer noch anzuhören. »Ich bin sechsundzwanzig Jahre alt, komme aus einem kleinen Dorf in Thüringen, aber meine Eltern sind mit mir 2002 nach Berlin gezogen, damit ich bessere Ausbildungsmöglichkeiten habe. Nach der Schule habe ich ein Studium angefangen.«

»Wann war das?«

»2011.«

»Also sind Sie mit achtzehn an die Hochschule gegangen?«

Prehm nickte.

»Darf ich fragen, was Sie studiert haben?«

»Mathematik. Später habe ich noch einen Master in Computational Sciences gemacht.«

»Können Sie einem Laien erklären, was für ein Studienfach dies ist?«

Prehm wischte sich den Schweiß von der Stirn. »Schwierig.«

»Versuchen Sie es«, bat Jan lächelnd.

»Computational Sciences beschäftigt sich mit der Simulation von hochkomplexen Vorgängen.« Er kratzte sich an der Wange. »Die dabei verwendeten mathematischen Modelle sollen so genau wie möglich die Realität abbilden, was nur mit extrem rechenintensiven Methoden auf Hochleistungscomputern erreicht werden kann. Diese Schnittstelle zwischen Mathematik, Informatik und Naturwissenschaft wird mithilfe von Leuten wie mir geknüpft.«

»Können Sie mir Beispiele für die Anwendung nennen?«

»Die Wettervorhersage, Erdbebenwarnsysteme oder die Steuerung von Gehirnimplantaten.«

»Also haben Sie viel mit Computern zu tun?«

»Ausschließlich.«

Jan wandte sich zum Spiegel um, hinter dem Patrick und Bergman standen. Dann machte er sich eine Notiz.

»Ist das illegal?«, fragte Prehm. »Und was hat das mit der Ermordung der Frau zu tun?«

»Bleiben wir bei Ihnen«, sagte Jan, ohne auf die Fragen einzugehen. »Wo wohnen Sie?«

»In Rosenthal, nicht weit vom Nordgraben.«

»Das ist eigenartig«, sagte Jan. »Als Sie uns auf dem Weg zur Dienststelle Ihren Namen gesagt haben, haben wir diesen durch unser System laufen lassen. Dabei haben wir zwar eine Adresse in Rosenthal gefunden, aber unsere Kollegen vom Abschnitt 13 berichteten von einem teilweise zerstörten Gebäude mit einem großen Bauzaun, das nicht bewohnbar ist.«

Prehm rieb sich über die Haare, als wäre er in einen Regenguss geraten und wollte das Wasser herausschütteln.

»Eine Hälfte des Hauses ist weggesprengt, und nur Stützen verhindern, dass der Rest auch noch zusammenbricht«, fuhr Jan fort. »Wenn Sie kein Zelt im Garten haben, wohnen Sie nicht dort.«

»Es gab eine Explosion«, gab Prehm zu.

»Offensichtlich.«

»Gas ist aus einer Flasche ausgetreten, mit der mein Vater immer seinen Grill beheizt hat. Diese und die Ersatzflaschen sind im Keller explodiert und haben die Verwüstung angerichtet.«

»Wo waren Sie?«

»Im Obergeschoss in der Badewanne.«

»Sie sind ohne Verletzungen davongekommen?«

»Ich hatte zwei Tage lang einen Tinnitus.«

Jan zog misstrauisch die Augenbraue hoch.

»Das Haus wurde in den Siebzigern errichtet«, erklärte Prehm. »Es ist massiv gebaut und die Badewanne meiner Eltern war aus Gusseisen. Auch unsere Ölheizung wurde bei der Explosion zwar beschädigt, ist aber nicht mit hochgegangen.«

»Wie konnte das passieren?«

»Ich weiß es nicht«, erklärte Prehm. »Meine Eltern sind vor zwei Jahren verstorben, seitdem habe ich weder Grill noch Gasbehälter bewegt.«

»Was haben die Ermittler gesagt?«

»Dass die Flasche nicht richtig geschlossen gewesen war.«

»Das ist alles?«

»Die Kellerfenster waren nicht geöffnet, daher hat sich das Gas im Raum sammeln können.«

»Könnte der Behälter defekt gewesen sein?«

»Laut den Ermittlern war er aufgeschraubt.«

»Und Sie haben die Flasche seit dem Tod Ihres Vaters nicht mehr angerührt?«

»Ich mag kein gegrilltes Fleisch.« Er wischte sich über den Mund.

»Wie hat sich das Gas entzündet?«

»Im Raum befanden sich auch eine Waschmaschine und ein Trockner. Das wird die Ursache gewesen sein.«

»Also haben Sie gerade Wäsche gemacht?«

»Nein, es war nicht Freitag.«

»Ach so.« Jan sah verstohlen zum Spiegel.

»Gibt es außer der Eingangstür noch einen direkten Zugang zum Keller?«

»Über den Garten und die Hintertür.«

»Wie gut ist diese gesichert gewesen.«

»Nicht besonders. Wieso?«

»Wurde die Tür genauer untersucht?«

»Nein. Die meisten Teile davon schwammen beim Nachbarn im Gartenteich. Aber vielleicht machen das die Behörden noch.«

»Also sind die Ermittlungen dazu nicht abgeschlossen?«

Prehm schüttelte den Kopf. »Aber man verdächtigt mich nicht des Versicherungsbetrugs, weil ich im Haus war. Und hätte ich mich umbringen wollen, wäre ich nicht in der Badewanne gewesen.«

»Die wenigsten Selbstmörder wollen nackt aufgefunden werden«, bemerkte Jan.

»Ich bade nicht nackt.«

»Nicht?«

»Wozu gibt es Badehosen?«

Einen Augenblick war Jan geneigt, eine Bemerkung dazu zu machen. Dann verwarf er den Gedanken und fuhr mit der Befragung fort. »Wo wohnen Sie momentan?«

»Bei meiner Tante in Bernau.«

»Haben Sie sich umgemeldet?«

»Ich schlafe auf einer Couch in einem fensterlosen Abstellraum«, erwiderte Prehm. »Diese Lösung ist nur vorübergehend. Ich will das Haus wiederaufbauen lassen.«

»Das könnte teuer werden.«

»Ich habe genug Geld«, sagte er ruhig.

»Woher?«

»Von meiner Arbeit.«

»Die etwas mit diesen Sciences zu tun hat?«

»Computational Sciences«, korrigierte Prehm.

»Bevor wir dazu kommen, würde ich gern über Ihre regelmäßigen Besuche in der Friedrichstraße reden«, sagte Jan. »Warum gehen Sie jeden Donnerstagabend von Bernau nach Mitte?«

»Wegen der Librairie Française in den Galeries Lafayette.«

Jan wartete noch einen Moment in der Hoffnung, mehr zu hören. Als Prehm keine Anstalten machte weiterzureden, fragte er nach. »Was tun Sie dort? Und warum immer an diesem Tag?«

»Donnerstag ist mein Buchkauftag.« Er deutete auf Houellebecqs Werk. »Wann erledigen Sie das denn?«

»Ich kaufe selten Bücher und wenn, dann über das Internet«, erwiderte Jan.

»Undenkbar«, sagte Prehm überrascht. »Man muss ein Buch fühlen.« Er strich mit der Hand über den Roman.

»Ich lese sie meistens nur.«

»Das kommt danach.«

Jan kratzte sich am Kopf. Er hatte schon einige eigenartige Gesprächspartner bei Verhören gehabt. Schizophrene, Drogenabhängige und sexuelle Sadisten, aber Prehm war eine Herausforderung für sich.

»Was ist an der Librairie Française so besonders?«

»Sie führen französische Bücher.«

»Und weiter?«

»Was und weiter?«

»Sie sind offensichtlich kein Franzose«, hakte Jan genervt nach.

»Darf ich deswegen keine französischen Bücher kaufen?«

Jan schloss die Augen und unterdrückte den Drang, loszuschreien. »Ich fange noch mal von vorne an«, sagte er seufzend. »Wir sind überzeugt davon, dass jemand Sie töten möchte, und der Zweck dieser Befragung ist, herauszufinden, warum.« *Und deine bescheuerten Antworten sind dabei nicht hilfreich*, fügte er in Gedanken hinzu. Aber wenigstens war Prehms anfängliche Nervosität verschwunden. »Kommen wir zu Ihrer Arbeit«, fuhr Jan fort. »War etwas davon geheim oder von besonderer Tragweite?«

»Meinen Sie geheim oder vertraulich?«

»Was ist der Unterschied?«

»Geheim ist wie bei James Bond. Niemand darf etwas davon erfahren oder die Bösen zerstören die Welt. Vertraulich ist meine Arbeit immer.«

»Und war es Ihre Arbeit?«

»Was?«

»Geheim«, sagte Jan genervt.

»Nein.« Prehm nahm die Flasche und trank einen Schluck. Dieses Mal, ohne etwas zu verschütten. Dann sah er erwartungsvoll zu Jan.

»Welcher Art war die Arbeit und für wen haben Sie diese erledigt?« Jan rang sich ein Lächeln ab.

»Kennen Sie KrimPro?«, fragte er.

»Wollen Sie mich auf den Arm nehmen? Wir sind hier auf der Dienststelle der Kriminalpolizei.«

»Mithilfe von Predictive Policing versucht die Polizei zu prognostizieren, wo demnächst eingebrochen werden könnte«, erklärte Prehm. »Dabei werden mathematische Modelle verwendet, um Tatwahrscheinlichkeiten vorherzusagen.«

»Weiß ich«, sagte Jan. »Diese Software ist bei uns im Einsatz.«

»Gern geschehen.« Prehm lächelte.

»Wie, gern geschehen?«

»Ich war Teil der Berater, die 2016 daran programmiert haben.« Er hob den Daumen. »Zuerst haben wir die Stadt in Teilbereiche untergliedert. Dazu haben wir Daten vom Amt für Statistik Berlin-Brandenburg genommen und …«

»Das ist sehr interessant«, unterbrach Jan. »Aber die Arbeit an KrimPro rechtfertigt noch keinen Mord. Schließlich handelt es sich hierbei um eine Software zur Vorhersage von Einbrüchen, nicht von Amokläufen oder Terroranschlägen.«

»Und was wäre, wenn man die Algorithmen wie bei KrimPro nutzen könnte, um schwere Verbrechen zu prognostizieren?«

»Ich bin kein Computerfreak, aber selbst ich weiß, dass Projekte dieser Art quasi eine allumfassende Überwachung notwendig machen, was sich mit der allgemeinen Vorstellung von Bürgerrechten und Datenschutz reibt.«

»Daher besteht die Kunst darin, die bereits vorhandenen Daten von Überwachungskameras, World Wide Web, Chats und anderen Dingen richtig zu nutzen«, erklärte Prehm. »Der entscheidende Faktor ist die Interpretationsfähigkeit des Computers. Wenn die Software aus den vorhandenen Fakten die richtigen Schlüsse zieht, sind alle Probleme gelöst.«

»Und Sie haben eine Idee, wie das funktionieren könnte?«

»Nicht nur eine Idee. Ich habe aktiv daran gearbeitet.«

»An einer Software zur vorbeugenden Kriminalitätsbekämpfung?«

Prehm nickte.

»Alleine?«

»Nein. Ich war Teil einer Beratergruppe.«

»Bei einer Firma?«

»Weiß ich nicht. Ich hatte nur einen Kontaktmann, mit dem ich meine Arbeit abgesprochen habe und der mir mein Gehalt überwiesen hat.«

»Wie heißt er?«

»Peer Ohst.«

Jan machte sich eine Notiz. Er hatte diesen Namen noch nie gehört.

»Was ist das für ein Mann?«

»Ein Projektleiter für Software.«

»Was wissen Sie sonst noch von ihm? Haben Sie eine Adresse von Ohst? Oder eine Telefonnummer?«

»Ich habe mit Peer nur über die Arbeit geredet und daher keine Ahnung, wo er wohnt. Wir haben uns immer in einem Bistro getroffen. Seine Nummer habe ich inzwischen gelöscht. Das Projekt wurde Anfang 2018 eingestellt. Es fand sich wohl kein Käufer für die Software.«

»Können Sie Peer Ohst noch anders erreichen?«

Prehm schüttelte den Kopf.

»Kennen Sie Felix Hankel?«

»Den Namen höre ich zum ersten Mal. Wer ist das?«

»Ebenfalls ein Computergenie wie Sie.«

»Wurde er ermordet?«

Jan nickte.

Prehm rieb sich nervös mit den Händen über die Oberschenkel. »Das ist nicht gut. Das ist nicht gut«, murmelte er.

»Könnte Hankel auch an der Software mitgearbeitet haben?«

»Weiß ich nicht«, antwortete er mit zittriger Stimme.

»Hat Peer Ohst einen anderen Mitarbeiter erwähnt?«

»Ich weiß es nicht.« Prehm wischte sich den Schweiß von der Stirn.

»Es tut mir leid, dass ich diese Fragen stellen muss, aber …«

»Dauert dieses Verhör noch lange?«, unterbrach er Jan. »Ich muss nach Hause.«

»In den fensterlosen Abstellraum bei Ihrer Tante?«

Er nickte.

»Dass jemand Sie ermorden will, haben Sie verstanden?«

»Wenn ich die Situation richtig analysiere, scheint der Täter nur zu wissen, dass ich donnerstags in die Librairie Française gehe.« Er klopfte nervös auf das Buch. »Wenn ich diesen Aspekt meiner Gewohnheiten ändere, hat sich das Problem erledigt.«

»Der Mörder hat gewusst, wo Sie wohnen, oder halten Sie die Explosion für Zufall?«

»War sie es nicht?«

»Die Gasflasche stand jahrelang verschlossen im Keller, und eine Woche, bevor sie in das Visier eines Heckenschützen geraten, öffnet sich diese und entzündet sich, während Sie zu Hause sind, an einer Waschmaschine, die eigentlich ausgeschaltet sein sollte.«

»Zugegeben, eine Verkettung ungünstiger Umstände, aber …«

»Ich rate Ihnen dringend, Polizeischutz in Anspruch zu nehmen und sich einen sicheren Unterschlupf zu suchen.«

»Das kann ich nicht.« Prehm winkte ab und sah auf seine Uhr.

»Wieso können Sie …?«

»Ich muss nach Hause.« Er stand auf. Seine Hände zitterten stark.

»Ich empfehle Ihnen nochmals ...«

Er lief zur Tür und klopfte dagegen. »Lasst mich raus!«, schrie er verzweifelt.

»In Ordnung«, sagte Jan beschwichtigend und stand auf. »Ich bringe Sie zu Ihrer Tante.« Prehm zappelte, als müsste er auf die Toilette. »Auf der Fahrt können Sie mir noch mehr von Ihrer Arbeit erzählen.«

* * *

Jan fuhr in seinem Wagen zur Dienstelle, als auf halbem Weg sein Handy klingelte. »Morgen, Patrick.« Jan gähnte, als er das Gespräch annahm.

»War wohl eine lange Nacht.«

»Vier Stunden Schlaf sind definitiv zu wenig.« Er rieb sich müde die Augen und versuchte, sich auf den Verkehr zu konzentrieren. »Prehm hat mir bis spät in die Nacht noch sein halbes Leben erzählt, aber nichts davon hilft uns, den Mörder zu ermitteln.«

»Glücklicherweise gibt es nur einen Peer Ohst in Berlin«, sagte Patrick. »Die Kollegen waren gestern Abend noch bei seinem Haus, haben ihn aber nicht angetroffen. Es war kein Licht an und sein Auto stand nicht in der Garage.«

»Vielleicht hat er eine Nachtschicht bei der Arbeit gemacht.«

»Deswegen rufe ich an«, sagte Patrick. »Max hat herausgefunden, dass Ohst bei einer Softwarefirma in Marzahn-Hellersdorf arbeitet, nicht weit vom Unfallkrankenhaus Berlin.«

»Hast du die genaue Adresse?«

»Schicke ich dir samt Firma aufs Handy.«

»Dann richte Bergman aus, dass ich heute Morgen unterwegs bin und mich bei Ohsts Arbeitsplatz umsehe«, sagte

Jan. Mit einem kurzen Gruß beendete er das Gespräch und fädelte sich in den Verkehr Richtung Mitte ein.

Es dauerte über eine Stunde, bis er von Charlottenburg nach Marzahn-Hellersdorf gelangt war. Trotz der frühen Morgenstunde war der Verkehr die Hölle. Er sehnte sich nach seinem Bett und war froh, dass er vor der Fahrt noch einen Kaffee aus der Maschine gelassen hatte, sonst wäre er inmitten der unendlichen Fahrzeugschlange eingeschlafen. Es dauerte den kompletten »Stairway to Heaven«-Song, bis er an der Baustelle am Berliner Schloss vorbei war. Vor der Ampel am Alexanderplatz überlegte er kurz, ob er das Auto stehen lassen und ein Fahrrad beschlagnahmen sollte, mit dem er die restliche Strecke schneller zurückgelegt hätte, aber schließlich erreichte er den Gewerbepark noch vor neun Uhr. Er stellte das Auto auf einer Verkehrsinsel neben einem asiatischen Imbiss ab und ging über eine kleine Grünfläche zu einem Gebäude, das an einen alten Plattenbau erinnerte. Vier Stockwerke hoch, mit hellbraunen Betonplatten, die von schmalen Fenstern unterbrochen wurden.

Er fand die Softwarefirma im zweiten Erdgeschoss. Entgegen dem äußeren Eindruck war die Einrichtung modern, mit dunkelblauen Teppichfliesen, hellbeigen Möbeln und LED-Leuchten in der Decke. In einem Großraumbüro waren zahllose Schreibtische verteilt, ohne ein erkennbares System. Dazwischen weiße Trennwände, zwei große Bildschirme und ein Aktenregal, das auf beiden Seiten mit Ordnern vollgestellt war. In der Ecke stand ein langer Esstisch mit zwölf Stühlen, dahinter befand sich eine kleine Küchenzeile mit einem Kaffeevollautomaten. Am Kühlschrank hingen Smiley-Magneten, manche lachend, manche weinend, andere breit grinsend.

Einen klassischen Empfangstresen gab es nicht. Nirgends war eine Stelle, an der man sich anmelden konnte, daher trat er zu einem Mann, der mit einer Tasse in der Hand von der Küchenzeile kam und sich an seinen Platz setzen wollte. Trotz seiner Jugend hatte er schütteres blondes Haar und Geheimratsecken. Er trug kabellose Kopfhörer und bemerkte Jan erst, als er direkt vor ihm stand.

»Ja, bitte?«, fragte er und nahm einen Stöpsel aus dem Ohr. Der junge Mann kniff seine Augen zusammen, als hätte er seine Brille vergessen.

»Tommen von der Kripo Berlin.« Jan zeigte seine Marke. »Können Sie mir sagen, wo ich Herrn Peer Ohst finde?«

»Das wüsste ich auch gern«, erwiderte er. »Ich warte schon zwei Wochen auf seine Laufzeitfehler-Korrektur im Quellcode.«

»Das Problem kenne ich«, sagte Jan. »Ist Herr Ohst in Urlaub?«

»Keine Ahnung. Fragen Sie doch den Chef.« Er deutete auf eine Gruppe von Leuten, die soeben aus einem Raum kamen, in dem sie vermutlich eine Besprechung abgehalten hatten. Angeführt wurden sie von einem Mann mit hellgrauen Haaren und stark gebräuntem Gesicht. Er trug ein kariertes Hemd über einem weißen Rollkragenpullover.

Als er bei Jan vorbeikam, betrachtete er ihn, als versuchte er, ihn einzuordnen. »Volkmar Weckert«, stellte er sich vor und schüttelte Jan die Hand. »Kann ich Ihnen behilflich sein?«

»Tommen von der Kripo Berlin«, antwortete Jan und zeigte erneut seine Marke. »Ich suche Peer Ohst.«

»Er war schon zwei Wochen nicht mehr im Büro«, erwiderte Weckert. »Wir machen uns auch Sorgen.«

»Ist das Verhalten ungewöhnlich für ihn?«

»Eigentlich schon«, sagte Weckert nachdenklich.

»Warum haben Sie sein Verschwinden nicht der Polizei gemeldet?«, fragte Jan.

»Peer hat eine schlechte Konstitution«, erklärte Weckert. »Als ich ihn das letzte Mal sah, schien er sich eine Erkältung eingefangen zu haben, und das bedeutet bei ihm immer eine längere Fehlzeit.« Die anderen Kollegen waren stehen geblieben und verfolgten das Gespräch interessiert.

»Ich müsste ihn zu einem ehemaligen Kollegen befragen«, sagte Jan. »Kennen Sie Felix Hankel oder Nico Prehm?«, wandte er sich an die Zuhörer.

Die Männer und Frauen schüttelten den Kopf. »Bei uns arbeiten sie nicht«, antwortete Weckert.

»Wir waren bei Ihrem Kollegen Peer zu Hause, haben ihn aber nicht angetroffen«, fuhr Jan fort. »Hat er vielleicht eine Freundin oder Verwandte, zu denen er gegangen sein könnte?«

»Peer ist ein verschlossener, zurückhaltender Mann, der wenig über sein Leben erzählt«, antwortete Weckert. »Wegen seiner Lohnabrechnung weiß ich, dass er ledig ist und keine Kinder hat.«

»Er hat mich einmal zu einem kleinen Haus in Rahnsdorf eingeladen«, sagte ein Mann in Jans Alter. »Das gehört einem Onkel von ihm, der aber als Bootskapitän nicht oft zu Hause ist.«

»Was haben Sie dort gemacht?«

»Wir sind beide leidenschaftliche Angler und vom Haus ist es nicht weit zum Müggelsee«, antwortete der Mann. »In der Kaffeepause haben wir uns oft über das Basteln von Blinkern unterhalten.«

»Wann war das?«

»Im Sommer 2018.«

»Können Sie sich noch an die Adresse erinnern?«

»Ich habe sie gespeichert.« Er nahm sein Handy und startete die Karten-App. Dann ging er zu einem Tisch, schrieb etwas auf einen Zettel und reichte ihn Jan.

»Vielen Dank«, sagte der mit Blick auf die Adresse. »Hoffen wir, dass Ihr Kollege dort ist und nur eine schwere Erkältung auskuriert.«

* * *

Das Haus lag in einer kleinen Nebenstraße, verdeckt von einer großen Eiche, deren Äste über das Dach ragten. Umgeben von schönen Einfamilienhäusern mit hellen Fassaden, blumenbehangenen Balkonen und gepflegten Vorgärten passte es nicht so recht in die Gegend. Jan ging über eine schmale grasbewachsene Einfahrt zum Eingang, vor dem schon zwei Polizisten warteten. Er nickte ihnen freundlich zu.

»Peer Ohsts Auto steht hinter dem Haus«, sagte einer von ihnen. Er war einen Kopf größer als Jan und durchtrainiert. »Wir haben an der Tür geklingelt und versucht, durch die Fenster zu sehen, aber niemand hat aufgemacht und die Vorhänge sind zugezogen.«

»Sollen wir den Schlüsseldienst rufen?«, fragte sein Kollege.

»Keine Zeit«, antwortete Jan. »Wir nehmen Schlüsselgröße 45.« Er deutete auf die Stiefel des Kollegen.

»Wenn es sein muss«, erwiderte dieser lächelnd, stieg die zwei Stufen zum Eingang hoch und versetzte der Tür einen Tritt, der einen ausgewachsenen Elefanten neidisch gemacht hätte.

»Wer braucht da noch eine Axt?«, murmelte Jan, als die Tür krachend an die Wand schlug.

Der Kollege ging hinein und wandte vor Ekel den Kopf ab. Dann roch es auch Jan.

»Irgendetwas verwest hier.« Er legte die Hand auf die Nase. In der Mitte des Wohnzimmers saß ein Mann auf einem Stuhl. Sein Körper war stark aufgebläht. Arme und Gesicht sahen aus, als wären sie mit einer Luftpumpe aufgeblasen worden. Seine Gesichtshaut war grünlich-grau verfärbt. Rötliche Flüssigkeit hatte sich unter seiner Nase gesammelt und war bis auf das Hemd getropft. Die Augen waren zur Decke gerichtet und seine Hände waren um die Lehnen des Stuhls verkrampft. Er hatte ein Loch in der Stirn, aus dem Maden quollen. Als Jan näher heranging, flogen Hunderte Schmeißfliegen mit einem zornigen Summen auf.

»Ruft das KTI«, wandte er sich an seine Kollegen. »Wir haben Peer Ohst gefunden.«

Kapitel 8

Auch die offenen Fenster konnten den Verwesungsgestank nicht mildern. Er beneidete die Männer von der Spurensicherung nicht um ihren Job, aber wie immer war Zoe weder von dem Geruch noch von der aufgeblähten Leiche angeekelt. Sie betrachtete jedes Detail, leuchtete mit einer Lampe in die klaffende Stirnwunde und nahm mit einer Pinzette Maden heraus, die sie in einem Reagenzglas verstaute. Dann wechselte sie ein paar Worte mit einem Kollegen, gab ihm die Probe und ging nach draußen. Sie winkte Jan zu sich, während sie die Kapuze ihres Schutzanzugs herunternahm. Danach griff sie in ihre Tasche und holte das Etui mit den Zigaretten heraus.

»Was sagen dir die Maden über den Todeszeitpunkt?«, fragte Jan.

»So leicht ist das nicht«, antwortete Zoe, während sie sich eine Zigarette anzündete. »Die Temperatur im Raum war konstant. Durch die heruntergelassenen Rollläden gab es keine Sonneneinstrahlung und im Wohnzimmer herrschte trockene Luft. Ich habe Fleischfliegen und Schmeißfliegen gefunden.« Sie zog an ihrer Zigarette. »Interessanter sind die mit Flüssigkeit gefüllten Fäulnisblasen zwischen Oberhaut und Lederhaut sowie die gebildeten Fäulnisgase. Die Oberhaut lässt sich abstreifen, daher liegt die Leiche mindestens eine Woche hier. Da auch Fäulnisflüssigkeit aus Mund und Nase ausgetreten ist, wahrscheinlich länger.«

»Fiona wurde vor genau sieben Tagen ermordet, also war sein Tod vorher.«

Zoe nickte. »Die Blutspritzer lassen darauf schließen, dass Ohst auf dem Stuhl ermordet wurde. Die Kugel steckt noch im Kopf.«

»Sonst noch etwas Wichtiges?«

»Hauteinblutungen am Schienbein und an den Armen.«

»Von was?«

»Wahrscheinlich von einem Stock oder einer Eisenstange«, antwortete sie. »Außerdem hat er zwei gebrochene Finger an der rechten Hand.«

»Also wurde Ohst vor seinem Tod noch gefoltert.«

»Ist anzunehmen.« Zoe zog die Schutzkleidung aus. »Mehr weiß ich nach der Obduktion«, fuhr sie mit der Zigarette im Mund fort. »Irgendwann heute Abend.«

Jan nickte ihr zu und ging zu Patrick, der sich auf einem Tablet Notizen machte.

»Die Kollegen vom KTI haben Einbruchsspuren an der Hintertür gefunden«, sagte er, ohne aufzusehen. »Der Mörder wurde nicht hineingebeten.«

»Fehlt etwas in der Wohnung?«

»Sein Portemonnaie samt Bargeld und Ausweis liegt auf der Ablage neben dem Beistelltisch«, erwiderte Patrick. »Deswegen konnten wir ihn auch zweifelsfrei identifizieren. Außerdem trägt er eine teure Uhr, daher können wir Raub als Motiv ausschließen.« Er deutete auf einen Tisch hinter der Leiche. »In der Steckdose steckt noch das Aufladekabel eines chinesischen Computerherstellers, aber es hängt kein Laptop dran. Neben dem Schrank befindet sich eine Fritzbox.«

»Gibt es Hinweise auf eine zweite Person in seinem Leben?«

Patrick schüttelte den Kopf. »Keine Fotos, keine Kleidung oder Hygieneartikel, die wir ihm nicht zuordnen könnten. Auch steht nur ein 90 Zentimeter breites Bett im Schlafzimmer.« Er legte das Tablet auf den Tisch. »Wir müssen warten, was die Kollegen von der Spurensicherung finden, aber momentan haben wir keinen Hinweis auf den Mörder.«

»Auch wenn es noch keine Verbindung zwischen Nico Prehm, Felix Hankel und Peer Ohst gibt, sind die Zusammenhänge zwischen den dreien offensichtlich«, sagte Jan.

»Alles hochintelligente Computerfreaks«, bestätigte Patrick.

»Wir haben es mit einem Serientäter zu tun«, sagte Jan. »Und wir haben nicht die geringste Ahnung, was er vorhat.«

* * *

Jan hatte Fionas Foto von der Wand genommen. Da sie ein zufälliges Opfer des Serientäters war, konnte man sie aus der Betrachtung streichen. Jetzt ging es nur noch um die drei jungen Männer Nico Prehm, Felix Hankel und Peer Ohst. Zu ihrem großen Glück war Prehm noch am Leben, sonst hätten sie die Leiche von Ohst erst viel später gefunden und möglicherweise keine Verbindung feststellen können.

Die Bilder von Prehm und Ohst hatte Jan mit einer roten Linie verbunden. Der Zusammenhang zwischen Prehm und Hankel ergab sich aus der Schusswaffe des Mörders.

Ein lautes Klopfen ließ Jan zusammenzucken. Die Tür ging auf und Max kam herein. Er trug eine kurze Jeans, ungeschnürte Sneaker und ein T-Shirt, auf dem *#Nerd* aufgedruckt war. Er stellte seinen Energydrink auf Jans Notizblock, klappte seinen Laptop auf und setzte sich auf einen Stuhl.

»Willst du die schlechten Nachrichten zuerst hören oder die guten?«

»Gute Nachrichten wären nett«, erwiderte Jan und zog seinen Block unter der Dose weg.

»Wir haben keine elektronischen Geräte außer der Fritzbox im Haus gefunden.«

»Was ist daran gut?«

»Gar nichts. Ich fange immer mit den schlechten Nachrichten an.«

»Warum fragst du mich dann?«

»Rein rhetorisch.«

Jan zwang sich zu einem Lächeln und nahm Max gegenüber Platz.

»Neben dem Laptop-Aufladekabel habe ich noch eines für ein iPhone gefunden«, fuhr Max fort. »Leider hatte Ohst keinen Vertrag bei den üblichen Providern, daher wird die Suche noch etwas dauern.«

»Was ist mit dem Computer an der Arbeitsstelle?«, fragte Jan.

»Nichts von Bedeutung drauf. Ohst hat Administratorentätigkeiten durchgeführt und sich um die lokalen Server gekümmert.«

»Gab es Hinweise auf die anderen Ziele unseres Täters?«

Max schüttelte den Kopf. »Weder zu Nico Prehm noch zu Felix Hankel.«

»Und wann kommst du zu den guten Nachrichten?«

»Die Kollegen vom KTI haben einen Ordner gefunden«, sagte Max. »Dieser enthält eine Sammlung an Beleidigungen, Jobabsagen, bis hin zu Schulaufsätzen, bei denen Ohsts Lehrer ihm mangelnde Deutschkenntnisse vorgeworfen hat.«

»Schräg«, sagte Jan, der nicht wusste, was er davon halten sollte.

»Die Schmähungen sind zeitlich geordnet und am Ende ist eine Auflistung der Beleidiger.«

»Warum macht man so etwas?«

»Um sich irgendwann zu rächen«, sagte Max.

»Irgendwelche Bekannten dabei?«

Max schüttelte den Kopf. »Kein Nico Prehm, kein Felix Hankel und keine Fiona Denz.«

»Ich warte noch auf das Gute in dieser Nachricht.«

»Der letzte Eintrag stammt aus dem Sommer 2018«, fuhr Max fort. »Er wurde von einem gewissen Gerd Klus verfasst. In Computerkreisen besser bekannt als NZane. Darin droht er Ohst mehrfach mit dem Tod. In einer Mail verspricht er, dass der Lauf einer Pistole das Letzte ist, was Ohst sehen wird.«

»Steht da auch, warum er ihn töten will?«

»Es geht wohl um eine vierstellige Summe, die Ohst noch zu zahlen gehabt hätte.«

»Ich hatte schon stärkere Mordmotive in meiner Kripozeit«, bemerkte Jan.

»Das Beste kommt noch.« Max hob eine Plastiktüte mit einer kleinen Speicherkarte hoch. »Auf dieser SD-Karte findet sich ein unappetitliches Video, das NZane beim Onanieren vor seinem Computer zeigt.«

Jan hustete. »Bitte was?«

»Die Aufnahme liegt auf dem Server. Ich kann dir den Link zusenden.«

»Vielleicht ein anderes Mal«, sagte Jan.

»Es ist nur kurz«, erwiderte Max grinsend.

»Haben wir die Adresse von Gerd Klus?«

»Steht direkt in Ohsts Unterlagen. Mit Telefonnummer, IP und E-Mail.«

»Für die Morddrohung wird uns der Staatsanwalt einen Durchsuchungsbeschluss ausstellen.« Jan griff nach seinem Telefon. »Dann frage ich Patrick, ob er Zeit für einen Besuch bei Klus hat. Ich bin gespannt, wer das ist.«

* * *

Es dauerte eine Minute, bis jemand an die Tür kam, nachdem Jan geklingelt hatte. Ein Mann um die dreißig öffnete ihnen. Er war stark übergewichtig und atmete schwer. Schweiß tropfte von seiner Stirn und sein Gesicht war gerötet. Seine schwarzen Haare waren vorne kurz rasiert, im Nacken aber lang und zu einem dünnen Zopf geflochten. Das Foto, das sich Jan von der Führerscheinstelle besorgt hatte, war entweder sehr geschönt oder von einem anderen Mann. Die Ähnlichkeit war gering.

»Könnt ihr nicht lesen?«, schrie er und deutete auf ein Schild neben der Klingel. Darauf stand »Betteln, Hausieren und Herumlungern verboten«.

»Wir lungern nicht herum, wir durchsuchen Ihre Wohnung.« Patrick hielt ihm den Durchsuchungsbeschluss vors Gesicht.

»Was ist das für ein Dreck?«

»Kein Dreck, sondern ein Durchsuchungsbeschluss«, sagte Jan. »Sind Sie Gerd Klus?«

»Wer sonst? Hier wohne nur ich.«

»Dann genießen Sie das Wetter und warten draußen.« Jan deutete mit dem Daumen hinter sich.

»Ich muss erst noch …«

»Nein! Wenn Sie nicht binnen eines Herzschlags aus dem Weg gehen, nehmen wir Sie wegen Behinderung der Justiz fest.«

Klus presste die Lippen aufeinander und ballte die Fäuste. Sein Körper zitterte wie ein Vulkan vor dem Ausbruch.

»Sofort!«, befahl Jan.

Vor Schreck machte Klus einen Schritt nach vorne und wäre beinahe die kleine Treppe hinuntergefallen. Er ging bis zur Straße und sah ängstlich zu seinem Heim zurück, als wüsste er nicht, ob es nach der Durchsuchung noch stehen würde.

Das Haus war ein Bungalow mit Flachdach, sechs Meter breit und etwas länger. Nach einem schmalen Flur kam man in einen großen Raum.

»Heilige Scheiße«, sagte Jan, als er das Chaos sah. Überall stapelte sich Müll. Leere Flaschen, Fast-Food-Verpackungen, Zeitschriften, Kassenzettel und unzählige lose Blätter, manche beschrieben, manche leer. Dazwischen CDs, Schallplatten, Schraubenzieher und vor allem Staub. Sehr viel Staub. Es stank, als würde es eine direkte Verbindung zum Abwasserrohr geben.

Inmitten dieses Chaos stand ein Computer auf einem Gartentisch, daneben zwei Monitore und ein Drucker. Auf einem Brett, das an zwei Seilen von der Decke herabhing, befand sich eine beleuchtete Tastatur. Auf einem Sessel lag eine Virtual-Reality-Brille.

Patrick reichte Jan ein Paar Plastikhandschuhe.

»Wollen wir nicht warten, bis die Leute vom KTI kommen?« Jan verzog die Nase wegen des Gestanks.

»Und denen den Spaß alleine gönnen?«, erwiderte Patrick grinsend und hob eine verklebte Ausgabe des »Hustler«-Magazins hoch.

Mit einem Seufzen zog sich Jan die Handschuhe über. Hoffentlich würden sie bald eine Waffe finden. Dann hätte er einen Grund, die Wohnung frühzeitig zu verlassen.

* * *

Nachdem auch das KTI mit vier Mann vor seinem Haus angerückt war, war sich Klus der Ernsthaftigkeit dieser Durchsuchung endgültig bewusst geworden. Seine ablehnende Haltung und seine zornigen Erwiderungen waren verschwunden, als Jan ihm auf dem Weg zur Dienststelle von Peer Ohsts Tod erzählt hatte. Im Verhörraum wirkte er wie ein ängstlicher Junge, dem bewusst wird, dass sein Streich nicht lustig war, sondern ernsthafte Konsequenzen hatte. Seine Hände waren um ein Glas Wasser gelegt. Er trug eine graue Jogginghose, ein verwaschenes Sweatshirt und Badeschlappen mit löchrigen Socken.

Jan erledigte die Formalien, nahm seinen Block heraus und begann mit der Befragung.

»Woher kannten Sie Peer Ohst?«

»Aus einem Forum«, erklärte Klus. »Das war vor sieben Jahren.«

»War es nur eine Bekanntschaft unter Computerexperten oder haben Sie auch zusammengearbeitet?«

»Ich habe ihm bei der Programmierung eines Algorithmus zur Datenauswertung geholfen.«

»Und haben Sie dafür Geld erhalten?«

»Etwas.« Klus verzog das Gesicht.

»Ihrer Meinung nach nicht genug?«, hakte Jan nach.

»Der Drecksack hat versprochen, mich nach Stunden zu bezahlen. Dann hat er mir aber doch eine Pauschale gegeben, die meine Arbeit nicht annähernd honoriert hat.«

»Das hat Sie geärgert?«

»Kann man so sagen.«

»Und deshalb haben Sie Ohst mit dem Tod gedroht.«

»Das war nicht so gemeint«, begann Klus. »Ich bin manchmal etwas aufbrausend und schreibe dann gemeine Dinge, aber ich habe ihm nichts getan.«

»In einem Zimmer haben wir eine beeindruckende Menge Waffen gefunden.« Jan zog sein Handy aus der Tasche und zeigte ihm eine SMS von Patrick. »Zwei Nunchakus, zehn scharf geschliffene Wurfsterne, ein Blasrohr mit spitzen Pfeilen, einen Kriegsbogen, ein Katana mit einer Klingenlänge von 70 Zentimetern«, las er vor. »Dazu noch mehrere Schlagringe, Klappmesser und eine Luger-Pistole aus dem Zweiten Weltkrieg.«

»Dafür habe ich aber keine Munition«, rechtfertigte sich Klus.

»Da Sie keinen Waffenschein haben, ist der Besitz trotzdem illegal«, erklärte Jan.

»Das ist nur ein verrücktes Hobby«, rechtfertigte er sich. »Ich sammle Ninja-Kram.«

»Ich habe noch nie von einem Ninja mit einer Luger gehört.«

»Dies ist ein Erbstück von meinem Großvater. Ich bringe es nicht übers Herz, sie wegzuwerfen.«

»Wann haben Sie Peer Ohst das letzte Mal gesehen?«

»Persönlich ist das schon Jahre her«, sagte Klus. »Das war bei einem Forumstreffen in Friedrichshain 2015.«

»Und wann hatten Sie das letzte Mal E-Mail-Kontakt mit ihm?«

»Vor einigen Monaten. Da habe ich ihm mit einer Klage gedroht, sollte er meinen Algorithmus weiter benutzen.«

»Haben Sie an seinem aktuellen Projekt mitgearbeitet?«

»Keine Ahnung, was Sie meinen«, sagte der Mann. »Aber selbst wenn er meine Hilfe gebraucht hätte, hätte ich nichts getan, solange ich nicht das mir zustehende Geld bekommen hätte.«

»Kennen Sie andere Programmierer, die mit Herrn Ohst zusammengearbeitet haben?«

»Nur diesen Lande.«

»Lande?«

»Damian Lande«, sagte Klus. »Der ist bei einer Behörde angestellt und hat Peer bei irgendetwas geholfen.«

Jan machte sich eine Notiz.

»Wussten Sie von der Aufnahme, die Herr Ohst von Ihnen gemacht hat?«

»Welche Aufnahme?«

»Wir haben ein Video gefunden, das Sie beim Onanieren vorm Computer zeigt.«

»Was?« Klus schrak zusammen und das Wasser aus dem Glas ergoss sich über sein Sweatshirt.

»Wussten Sie davon?«

»Also, nein«, stotterte er. »Ich mache das normalerweise …« Er fuhr sich hektisch durch seinen Wuschelkopf. »Was hat er mit dem Video gemacht?«

»Es war nur auf einem Stick. Es wurde nirgends hochgeladen.«

Klus atmete hörbar aus. »Und was geschieht damit?«

»Bis der Fall abgeschlossen ist, bleibt es als Beweis bei uns.«

»Und danach?«

»Wissen Sie, wo Peer Ohst wohnt?« Jan ging nicht auf Klus' Frage ein. Er wollte den Druck aufrechterhalten.

»Ich kannte nur sein altes Büro.«

»Und seine Privatwohnung?«

Klus schüttelte den Kopf.

»Wussten Sie von einem Ferienhaus?«

Wieder ein Kopfschütteln.

Jan klappte den Notizblock zu und steckte ihn ein. »Das Erbstück Ihres Großvaters konfiszieren wir und übergeben den Fall der Staatsanwaltschaft.« Er stand auf. »Ein Kollege wird Sie zurück nach Hause fahren. Bitte bleiben Sie für weitere Befragungen in der Stadt.«

Ohne sich noch einmal umzudrehen, ging Jan aus dem Besprechungsraum, nahm sein Handy und schrieb Max eine SMS. Vielleicht konnte sein Freund mehr über diesen Lande herausfinden. Und hoffentlich war der auch noch am Leben.

* * *

Max kam in das Büro gestürmt, als wäre eine Horde Zombies hinter ihm her. In einer Hand hatte er den Laptop, in der anderen ein großes Glas Ovomaltine-Cola und zwischen seinen Unterarmen klemmte eine Packung Popcorn.

»Aus dem Weg!« Er warf die Tüte mit letzter Kraft auf Jans Schreibtisch, wo sie aufplatzte und das Popcorn sich über seine Unterlagen verteilte.

»Das war knapp«, sagte Max erleichtert. Er stellte das Glas auf einen Stuhl und ließ den Laptop auf einen Aktenordner fallen.

Jan schüttelte den Kopf, als er das Chaos auf dem Schreibtisch sah. »Bedien dich.« Max nahm Popcorn von Jans Tastatur und steckte es sich in den Mund.

»Du hast Neuigkeiten?« Jan fischte zwei Maiskörner aus seiner Kaffeetasse.

»Fangen wir mit Gerd Klus an.« Kauend tippte Max auf seinem Laptop. »Ich habe mir unseren onanierenden Freund genauer angesehen. Wie du nach dem Verhör vermutet hast, ist er nicht der Mörder von Peer Ohst.«

»Bei mir war es ein Bauchgefühl.« Jan nippte an seinem Kaffee. »Und was verleitet dich zu dieser These?«

»Es gibt zwei Möglichkeiten, wie Klus in die Sache verwickelt sein könnte. Entweder hat er die Opfer selbst erschossen oder er hat jemanden beauftragt.« Max sammelte eine Handvoll Popcorn vom Schreibtisch auf und stopfte sie sich in den Mund. »Klus ist nicht nur adipös. Nach seiner Krankenakte hat er eine Herzinsuffizienz und starkes Rheuma. Letzteres lässt seine Finger so stark anschwellen, dass er niemals eine Waffe richtig halten oder abfeuern könnte.«

»Wie bist du an seine Krankendaten gekommen?«

»Willst du nicht wissen.« Max winkte ab. »Den Bungalow hat Klus von seinem Vater geerbt. Ansonsten ist er seit drei Jahren Frührentner. Das wenige Geld, das er monatlich erhält, würde nicht mal für das Gewehr reichen. Noch weniger für einen Auftragskiller.«

»Felix Hankel hatte auch einen mauen Kontostand, aber ein sechsstelliges Vermögen in Bitcoin und Monero.«

»Das habe ich auch überprüft«, erwiderte Max. »Klus hat keine anderen Finanzmittel. Keine Kryptowährung, kein zweites Haus oder einen Goldschatz im Keller.«

»Also wieder eine Sackgasse«, murrte Jan.

»Immerhin hat Klus uns einen Hinweis auf einen Damian Lande gegeben.«

»Hast du etwas über ihn?«

Max drehte den Laptop zu Jan. »Wir haben in Ohsts Wohnung Kontoauszüge gefunden, die er für die Steuererklärung ausgedruckt hat. Nicht genug für ein vollständiges Bild, aber auf zweien waren Überweisungen von 500 Euro an einen gewissen Damian Lande.«

»Ist etwas über ihn bekannt?«

»Ein leeres polizeiliches Führungszeugnis, aber Lande ist in den sozialen Medien aktiv und ich habe bei einem Jobportal seinen vollständigen Lebenslauf gefunden.« Max drückte eine Taste und ein Tusch ertönte. »Jetzt rate, was er von Beruf ist.«

»Deutschlehrer.«

»Nicht schlecht.« Max hob einen Daumen. »Aber tatsächlich hat er bei der Stadtverwaltung eine Ausbildung als Fachinformatiker gemacht.«

»Wirklich?«, fragte Jan mit gespielter Überraschung. »Also wieder ein Superhacker.«

»Seinem Lebenslauf nach nicht. Er hat zwei Jahre länger als normal für die Mittlere Reife gebraucht und eine Ausbildung als Elektriker abgebrochen, bevor er mit einer bescheidenen Note seinen Fachinformatiker abgeschlossen hat.«

»Vielleicht ist er das nächste Opfer unseres Serienmörders.«

»Oder er weiß, weswegen Ohst gefoltert und ermordet wurde«, ergänzte Max. »Zufälligerweise habe ich die Adresse der Behörde, für die er arbeitet.« Er drückte wieder eine Taste. »Und jetzt hast du sie auf deinem Handy.«

* * *

Die Sekretärin führte Jan und Patrick zu einem kleinen Büro am Ende des Flurs. Hinter einem mit Papier zugemüllten Schreibtisch saß ein Mann um die fünfundzwanzig. Klein, von schlanker Statur und mit hellblonden Haaren, die nur noch einen dünnen Flaum auf dem Kopf bildeten. Er trug ein weißes T-Shirt, das nicht zu dem kühlen Märztag zu passen schien, dafür aber eine lange Jeans und grobe Winterstiefel, als wollte er das Matterhorn besteigen. Er saß auf einem großen Bürostuhl mit hoher Rückenlehne, die Hände auf der Tastatur, und starrte auf den Bildschirm. Ohne sein Kaugummi hätte man meinen können, dass er erstarrt gewesen wäre, aber so heftig, wie er darauf herumkaute, musste er mindestens fünf davon im Mund haben.

Die Frau nickte und ging zu ihrem Platz am Empfang zurück. Dabei warf sie unsicher einen Blick zu Jan, hatte sie doch keine Ahnung, warum die Kripo nach ihrem Kollegen fragte.

»Guten Tag, Herr Lande.« Jan klopfte an den Türrahmen.

Der Angesprochene erschrak und wäre beinahe vom Stuhl gefallen. »Mein Gott.« Er fasste sich an die Brust. »Müssen Sie mich so erschrecken?«

Jan tauschte kurz Blicke mit Patrick. Dann zeigten beide ihre Kripomarke. »Stein und Tommen von der Kripo Berlin«, sagte Jan. »Sind Sie Damian Lande?«

»Ja, wieso?«, fragte er unsicher. »Ist etwas passiert?«

Jan und Patrick gingen in das Büro und schlossen die Tür. »Sagt Ihnen der Name Peer Ohst etwas?«

Lande rieb sich nervös die Hände. »Was ist mit ihm?«

»Woher kennen Sie ihn?«

»Vor Jahren habe ich ihn bei einem Panel des Chaos Communication Congress kennengelernt. Danach sind wir uns immer mal wieder begegnet und lose in Kontakt geblieben.«

»Aus welchem Grund hat Ihnen Peer Ohst mehrfach 500 Euro überwiesen?«

»Das macht er seit fast drei Jahren nicht mehr.«

»Und warum hat er es bis dahin getan?«

»Weil ich ihn beraten habe«, sagte er nach einem Moment des Überlegens. Dabei rieb er sich nervös das rechte Auge.

»Bei welchem Projekt?«, hakte Jan nach.

»Es kommt darauf an, was …«

»Hören Sie auf«, unterbrach Patrick harsch. »Wir haben vorgestern die Leiche von Peer Ohst gefunden. Er wurde ermordet und sein Laptop wurde gestohlen. Wir wollen wissen, an was er gearbeitet hat, das Grund für einen Mord sein könnte.«

»Peer wurde ermordet?«, fragte Lande keuchend. Er würgte, und Jan hatte Angst, dass er sich übergeben würde. Lande griff nach einem Glas Wasser auf dem Schreibtisch und leerte es in einem Zug. »Entschuldigung, aber ich brauche einen Moment.«

»Wir haben keinen Moment«, fuhr Jan die harte Linie weiter. »Es gibt keine Spur zum Mörder. Vielleicht hat er es noch auf andere Programmierer aus dem Umfeld von Peer Ohst abgesehen.« Jan verschwieg, dass es bereits zwei weitere Tote gegeben hatte.

Lande schlug die Hände vor die Augen und atmete tief durch. »Ich habe Peer Zugang zu Überwachungskameras in Berlin verschafft«, sagte er schließlich.

»Das klingt nicht legal.«

»Ist es nicht«, gab Lande zu. »Als Beamte der Berliner Kriminalpolizei kennen Sie sich mit Software zur Vorhersage von Einbrüchen aus.«

»Das Thema KrimPro hatten wir schon«, sagte Jan.

»Peer wollte das Thema weiter ausbauen. Statt Einbrüchen nun Gewalttaten und Terrorismus.«

»Dazu benötigte er Zugang zu den Überwachungskameras?«, fragte Jan.

»Das ist ein wichtiger Aspekt des Systems«, erklärte Lande. »Teil davon ist auch die Überwachung des Internets, im Usenet oder in P2P-Netzwerken, bis hin zur Speicherung von Kommunikationsdaten, Handyortung und Gesichtserkennung.«

»Also die Sammlung von Big Data«, stellte Patrick fest.

»Das Erfolgsrezept ist die Auswertung dieser Daten. Nur Sammeln genügt nicht. Man muss einen Algorithmus programmieren, der aus allen Informationen den richtigen Schluss ziehen kann.«

»Neu ist das aber nicht«, sagte Patrick. »Das INDECT-Projekt der EU wurde schon 2009 ins Leben gerufen.«

»Das und viele andere«, stimmte Lande zu. »Aber Peer fuhr einen neuen Ansatz. Eine Software, die sich an individuelle Wünsche der Ermittlungsbehörden anpassen lässt. Der Markt ist immer noch sehr zerklüftet.«

»Berlin hat KrimPro, Nordrhein-Westfalen SKALA, Niedersachsen PreMAP und wieder andere Bundesländer nutzen PRECOBS«, sagte Patrick.

»Und diese Software soll *ein* Mann programmieren?«, fragte Jan.

»Peer hatte schon Erfahrungen bei KrimPro gesammelt. Außerdem hatte er einen Freund bei der EU, der am SAMURAI-Projekt beteiligt war. Davon hat er sich einiges an Coding abgeschaut.«

»Sie meinen gestohlen?«, fragte Jan nach.

»Peer war besessen von diesem Projekt. Aber vor drei Jahren hat er mir eine Mail geschrieben. Darin stand, dass er die Arbeit nicht mehr fortsetzt und er daher auch keinen Zugang zu den Kameras mehr benötigt.«

»Hat er sich dazu geäußert, warum?«

»Nein, und ich habe auch nicht gefragt«, antwortete Lande. »Ich hatte nie ein gutes Gefühl dabei und ich hätte jederzeit entdeckt werden können. Ich war froh, dass es vorbei war.«

»Warum haben Sie es dann gemacht?«

»Weil ich das Geld gebraucht habe«, sagte er leise.

»Haben Sie noch Aufzeichnungen von der Arbeit?«, fragte Patrick.

»Ich habe nicht an dem Projekt mitgearbeitet. Ich habe Peer nur Zugang zu den Kameras gewährt.«

»Warum das plötzliche Ende?«, fragte Jan. »Was hat seine Meinung geändert?«

»Ich weiß es nicht«, sagte Lande. »Die Software schien schon weit fortgeschritten zu sein und Peer plante, sie einzusetzen.«

»Wie einzusetzen?«, hakte Jan nach.

»Er benötigte eine Referenz, dass sein Programm funktionieren würde, also wollte er einen Testlauf starten.«

»Er wollte ein Verbrechen vorhersehen«, schloss Jan.

Lande nickte.

»Und was dann?«, fragte Patrick. »Wollte er die Polizei anrufen und das Verbrechen melden?«

»Er wollte sich die Dienste einer Sicherheitsfirma kaufen. Er hat einmal GreyDef erwähnt. Sagt Ihnen der Name etwas?«

»Noch nicht.« Jan machte sich eine Notiz.

»Und der Testlauf ist nie durchgeführt worden?«, fragte Patrick.

»Meines Wissens nicht«, antwortete Lande.

Jan sah zu seinem Partner, der leicht mit dem Kopf schüttelte. »So weit haben wir erst einmal genug Informationen. Aber halten Sie sich für weitere Befragungen bereit, denn unsere IT wird noch Details zu den Kameras wissen wollen.«

Lande senkte beschämt den Kopf.

»Langsam nimmt der Fall Gestalt an«, sagte Patrick beim Hinausgehen. »Predictive Policing ist eine heiße Sache, und wenn Ohst ein Durchbruch gelungen ist, dann ist seine Software Millionen wert.«

»Max soll mehr über diese Sicherheitsfirma herausfinden«, sagte Jan. »Vielleicht können die uns sagen, warum unser letztes Opfer die Arbeit an dem Programm plötzlich eingestellt haben soll.«

Kapitel 9

Anstatt selbst zu kochen, hatte Chandu bei seinem Lieblingsitaliener eine große Portion Antipasti zusammenstellen lassen. Auf einer silbernen Platte lagen drei Sorten Oliven, getrocknete Tomaten, eingelegte Paprika, roher Schinken, Mozzarella und ein Stück milder Parmesan, dessen Aroma Jan schon beim Eintreten gerochen hatte. Dazu hatte sein Freund Ciabatta klein geschnitten und mit frischen Tomaten belegt. Das alles hatte er mit einer Flasche Barbera und vier Gläsern auf den Couchtisch gestellt.

Erst als die Platte leer gegessen und kein Brot mehr übrig war, spürte Jan seinen vollen Bauch. »Delizioso«, murmelte er, als er sich auf der Couch zurücklehnte und einen Schluck Wein trank.

»Jetzt noch einen Espresso und alles ist gut«, sagte Zoe.

Chandu hatte auf dem Sessel die Augen geschlossen, als wollte er ein Nickerchen machen. »Zwei Minuten«, kommentierte er ihre Bemerkung.

»Können wir uns nicht mal zum Essen treffen, ohne danach über die Arbeit zu reden?«, fragte Max.

»Erst wenn der Serienmörder gefasst ist«, antwortete Jan.

»Da der Espresso bis morgen früh braucht, fange ich an«, sagte Zoe.

Chandu erhob sich seufzend und ging zur Maschine.

»Wie vermutet, wurde Peer Ohst gefoltert und das nicht zu knapp. Die Details erspare ich euch«, sagte sie. »Die Kugel in seinem Kopf stammt aus einer Glock Kaliber 10 mm.«

»Also keine Oberland Arms«, bemerkte Jan.

»Der Todeszeitpunkt war Montag, der 18. März, bereits drei Tage bevor Fiona getötet wurde«, fuhr sie fort. »Ansonsten gab es keine weiteren Auffälligkeiten. Kein Alkohol, keine Drogen oder andere spaßbringende Substanzen.« Sie sah demonstrativ in die Küche.

»Ja, gleich.« Chandu ließ einen Espresso aus der Maschine.

Währenddessen schaltete Max Laptop und Beamer an. Das Logo einer Firma erschien an der Wand. Es zeigte ein gespiegeltes graues *G*, an das sich ein *D* anschloss. »GreyDef ist ein Sicherheitsunternehmen, das sich auf Personenschutz und Ermittlungen spezialisiert hat«, begann er. »Der Sitz der Firma liegt in Berlin. Es gibt drei Zweigstellen in Deutschland und eine in Österreich. Ich habe den ganzen Tag versucht, jemanden zu erreichen, hatte aber nirgends Erfolg. Bei der Telefonnummer geht nur eine Bandansage dran und auf eine E-Mail kam keine Reaktion.«

»Ein Bekannter von mir hat dort zwei Jahre gearbeitet.« Chandu reichte Zoe den Espresso. »GreyDef macht zwar keine militärischen Einsätze, ist aber bei der Wahl der zu schützenden Personen nicht anspruchsvoll. Zu ihren Klienten zählen auch gesuchte Verbrecher.« Er setzte sich wieder auf die Couch.

»Also ist der Webauftritt nur Show.«

Chandu nickte. »Auf klassischem Weg kommt man nicht an die Mitarbeiter heran. Das geht nur über Beziehungen.«

»Kann uns dein Freund helfen?«, fragte Jan.

»Nicht wirklich. Selbst wenn wir an einen Angestellten herankommen, wird der uns nichts über Peer Ohst und sein Projekt sagen. Da hilft auch deine Marke nichts.«

»Offizielle Unterstützung können wir keine erwarten«, sagte Jan. »Kein Staatsanwalt unterschreibt einen

Durchsuchungsbefehl, nur weil Damian Lande den Namen GreyDef von Peer Ohst gehört oder gelesen hat.«

»Solche Unternehmen sind erfahrungsgemäß gut gegen Hackerangriffe gesichert«, erklärte Max.

»Und wenn wir an einen Computer im Unternehmen rankommen?«, fragte Jan.

»Die sind in der Nutzung meist sehr eingeschränkt. Man gelangt damit nicht ins Internet, hat nur wenige installierte Programme und benötigt für jeden Ordner auf dem Server ein eigenes Passwort. Vielleicht würde es am Computer des Niederlassungsleiters funktionieren, aber auch bei dem sind vermutlich Hürden eingebaut.« Er wandte sich an Jan. »Du hast gesehen, was für einen Aufwand wir bei Felix Hankel betreiben mussten, aber da sind wir nicht heimlich eingebrochen und hatten alle Zeit der Welt.«

»Wie kommen wir dann an die Infos über Peer Ohst heran?«, fragte Jan.

»Über den Serverraum«, erklärte Max.

»GreyDef hat einen eigenen Serverraum?«

»Nicht die Firma, sondern der Betreiber des Bürokomplexes«, fuhr er fort. »Das Gebäude wurde 2015 renoviert und von einem neuen Investor übernommen. Der bietet das Rundum-Wohlfühlprogramm an. Das reicht von Reinigung, Cateringservice und Kantine bis hin zu Hemdendienst, Kaffeemaschinenwartung und Sicherheitsschleuse am Eingang.«

»Sind solche Firmen wie GreyDef nicht paranoid und lassen nur ungern Fremde für sich arbeiten?«, fragte Zoe.

»Die Kreise, aus denen GreyDef Mitarbeiter rekrutiert, sind ehemalige Soldaten, Türsteher oder Kampfsportler«, erklärte Chandu. »Darunter finden sich keine Leute, die Server einrichten können, also müssen sie dabei auf Externe vertrauen.«

»Und das Angebot der Betreiberfirma ist sehr gut und entspricht den höchsten Standards«, ergänzte Max.

»Wenn es so gut ist, wie willst du das hacken?«

»Will ich nicht«, sagte Max lächelnd. »Wir müssen in den Serverraum, dann bleiben mir Firewalls und andere unangenehme Dinge erspart.«

»Ich nehme an, der Serverraum ist ebenfalls gut gesichert?«, fragte Jan.

»In der Tat.«

»Und wie willst du da hineinkommen?«, fragte Chandu.

»Vertraut mir«, antwortete Max lächelnd. »Morgen legen wir los. Ich habe den perfekten Plan.«

* * *

»Das ist der beschissenste Plan, von dem ich je gehört habe«, sagte Zoe auf dem Weg zum Bürokomplex.

»Und außerdem diskriminierend«, ergänzte Chandu.

»Was ist daran diskriminierend?«, hörte er Max' Stimme durch die Ohrhörer.

»Der große schwarze Mann muss wieder den Leibwächter spielen«, erwiderte Chandu. »Nicht den geistreichen Intellektuellen oder den Nobelpreisträger. Nein, der Schläger muss es sein.«

»Das mit dem Leibwächter hat nichts mit deiner Hautfarbe zu tun, sondern mit deiner Größe und deinen beeindruckenden Muskeln.«

»Es gibt auch intelligente Kraftsportler.«

»Ich habe sonst niemanden«, beschwerte sich Max. »Soll ich Zoe zu deiner Leibwächterin machen? Können wir gern versuchen, ich bin aber nicht sicher, ob das funktioniert.«

»Wieso braucht es bei einer Besichtigung des Büros überhaupt einen Leibwächter?«

»Weil der Plan nur mit zweien funktioniert«, erklärte Max. »Außerdem ist es in Südafrika üblich, dass die Angestellten dieser Branche einen Bodyguard haben.«

»Schön. Und warum mache ich den Kasper und nicht Jan?«, fragte Chandu.

»Wir machen hier etwas höchst Illegales. Da ist es besser, keinen Kripobeamten dabei zu haben.«

»Ich bin aber dabei«, hörte man Jans Stimme. »Ich sitze direkt neben dir im Überwachungswagen.«

»Nicht offiziell als Kommissar«, rechtfertigte sich Max.

»Hauptkommissar«, korrigierte Jan.

»Außerdem hat Jan in den letzten Jahren eine gewisse Bekanntheit erlangt, daher besteht das Risiko, dass er erkannt wird«, fuhr er fort. »Und Zoe ist eine Frau.«

»Oh, jetzt wird es auch noch sexistisch«, bemerkte Chandu.

»Was hat denn mein Geschlecht damit zu tun?«, fragte Zoe.

»Euer Ansprechpartner entspricht nicht dem Bild eines Adonis«, erklärte Max. »Laut seinem Social-Media-Account ist er alleinstehend und auf der Suche.«

»Dass ich lesbisch bin, hast du aber mitbekommen?«

»Du sollst ihn nicht heiraten, sondern nur um den Finger wickeln«, sagte Max genervt.

»Wenn das mal gut geht«, murmelte Chandu.

»Sprechen wir es noch mal durch«, sagte Max. »Du bist Diana van Wijk, eine südafrikanische Diamantenhändlerin, die auf der Suche nach Räumlichkeiten für eine Berliner Niederlassung ist.«

»Und ich?«, fragte Chandu.

»Wie du?«

»Was bin ich?«

»Ihr Leibwächter und von mir aus auch ihr Berater.«

»Dir ist schon klar, dass Chandu Bitangaro kein südafrikanischer Name ist.«

»Äh …«

»Das wäre ähnlich wie Max Kornecker aus Portugal«, ergänzte Zoe.

Einen Augenblick herrschte Stille in der Leitung.

»Was für ein Plan«, murmelte Chandu.

Max räusperte sich. »Euer Kontakt ist Sebastian Fuhl, besagter Single mit Liebe zu Sachertorte und belgischer Schokolade. Er ist der Ansprechpartner für diesen Bürokomplex. Nach dem Sicherheitssystem zu schließen, müsste er eine Karte bei sich haben, mit der sich alle Türen öffnen lassen. Dafür ist das Ding in deiner Tasche.«

Chandu zog eine Schachtel aus seiner Jacke, die wie ein Handwärmer aussah. Das schwarze Gerät hatte einen großen roten Kreis in der Mitte und kleine Kabel, die zu einer Platine auf der Unterseite führten. »Sieht kompliziert aus.«

»Der Proxmark ist die absolute State-of-the-Art-Technologie für das Auslesen von Karteninformationen«, erklärte Max. »Du musst Fuhls Karte drei Sekunden auf das Gerät legen. Über die Schnittstelle deines Handys bekomme ich dann alle Informationen zugeschickt. Die kopiere ich auf eine Leerkarte und schon haben wir Zugang zu jedem Raum.«

»Und das klappt?«

»Ich war gestern vor Ort und habe mir den Eingangsbereich angesehen«, erklärte Max. »Es wird funktionieren.«

»Können wir ihn nicht umhauen, seine Karte nehmen und direkt zu GreyDef hineingehen?«, fragte Zoe.

»Vielleicht sollten wir etwas subtiler vorgehen«, bemerkte Chandu.

»Das Büro von GreyDef ist um diese Zeit besetzt und außerdem haben sie noch eigene Sicherheitsvorkehrungen«, erklärte Max. »Im Gegensatz dazu wird der Serverraum weitestgehend ferngesteuert gewartet. Da stört uns niemand.«

»Na dann los«, sagte Chandu und betrat mit Zoe das Gebäude.

Der Eingangsbereich des Bürokomplexes war angenehm hell, mit weißen Bodenfliesen und LED-Lichtern, die kaum sichtbar in der hohen Decke eingebaut waren. In der linken Ecke stand eine dunkle Couch auf einem Flokatiteppich. Hinter einer Theke wartete ein junger Mann mit kurzen schwarzen Haaren und einem Oberlippenbart. Er lächelte Zoe freundlich an.

»Diana van Wijk«, sagte sie lasziv und schob ihre langen blonden Haare nach hinten. »Ich habe einen Termin mit Sebastian Fuhl.«

»Das ist kein Vorsprechen für einen Pornodreh«, bemerkte Jan.

Als der junge Mann etwas in den Computer tippte, hob Zoe den rechten Fuß und trat Chandu mit ihrem hochhackigen Schuh ans Schienbein.

»Ich habe doch gar nichts gesagt«, beschwerte er sich leise.

»Irgendwo muss ich meinen Frust ablassen«, erklärte Zoe. »Du kannst Jan später eine dafür verpassen.«

»Herr Fuhl ist sofort bei Ihnen.« Der junge Mann deutete auf die Couch. »Darf ich Ihnen etwas zu trinken bringen? Wasser? Einen Kaffee?«

»Champagner.«

»Tut mir leid«, sagte der Mann. »Das Trinken von Alkohol entspricht nicht unseren Firmenrichtlinien.«

»Das fängt ja gut an«, murmelte Zoe.

Eine Minute später öffnete sich der Fahrstuhl. Ein Mann um die vierzig kam durch eine Tür. Er hatte schütteres helles Haar und einen schlecht gefärbten schwarzen Vollbart. Sein weißes Hemd hing ihm vorne ein Stück heraus und der Gürtel war bedrohlich eng um seinen kräftigen Bauch geschlossen, sodass Zoe unsicher war, ob der Mann überhaupt Luft bekam. Sein Nadelstreifenanzug wirkte hochwertig, aber die Ärmel waren zu kurz und seine blauen Slippers ruinierten den ersten Eindruck völlig. Als er Zoe sah, straffte er die Schultern und setzte ein breites, gekünsteltes Lächeln auf.

»Kein Wunder, dass der noch auf der Suche ist«, murmelte sie.

»Frau van Wijk. Mein Name ist Sebastian Fuhl.« Er schüttelte ihr die Hand. »Goeie dag!«

»Hä?«

»Das war eine Begrüßung auf Afrikaans«, sagte er verwundert. »Sind Sie nicht aus Südafrika?«

Zoe gab ihm eine Ohrfeige. »Sie haben einen fürchterlichen Akzent. Verunglimpfen Sie meine Sprache nicht.«

Chandu kam einen Schritt näher und verschränkte brummend seine kräftigen Arme vor der Brust.

»Entschuldigen Sie vielmals.« Fuhl wich ängstlich zurück. »Das war nicht meine Absicht.« Er rieb sich die Wange.

»Gewährt.« Zoe nickte gönnerhaft. »Wir sind schon sehr gespannt auf die Räumlichkeiten.«

»Es wird mir eine Freude sein.« Fuhl deutete auf die Glastür neben dem Empfang. Seine Sicherheitskarte hing an einem langen Band um den Hals. Er senkte den Kopf, zog die Karte schwungvoll über das Display und deutete auf den Fahrstuhl.

»Er hat übrigens ›Guten Tag‹ gesagt«, hörte sie Max' Stimme.

»Aber gut reagiert«, ergänzte Jan.

Die Räumlichkeiten waren im fünften Stock. Ein großes leeres Büro mit dunkelblauen Teppichfliesen. Fuhl referierte die Vorteile der Räumlichkeiten, die Dienstleistungen, die man dazubuchen konnte, und die sensationellen Mieten, die unter dem Berliner Durchschnitt lagen. Er verlor sich in seiner Rede, während Zoe Mühe hatte, ein Gähnen zu unterdrücken. Schließlich nickte sie Chandu zu und trat näher an Fuhl heran. Er schwärmte von der guten Aussicht über die Stadt, als Zoe ihn umarmte und an sich zog. Dabei wischte sie die Karte zur Seite, damit sie nicht zwischen ihnen beiden eingeklemmt würde.

»Ich danke Ihnen«, sagte sie.

»Gern«, antwortete Fuhl, sichtlich von der Umarmung überrascht.

»In meinem Land besiegelt man auf diese Art ein Geschäft.«

»Es gibt schlimmere Methoden.« Die Anspannung wich von ihm und ein dämliches Grinsen erschien auf seinem Gesicht. »Sie haben ein wohlriechendes Parfüm«, schwärmte er.

Chandu stellte sich hinter ihn, holte das Kopiergerät aus der Jackentasche und schaltete es mit einem Knopfdruck an. In seiner Wonne bemerkte Fuhl nicht, dass Chandu die Karte auf den Leser legte. Zwei Sekunden später piepste das Gerät.

»Was war das?« Fuhl wollte den Kopf drehen, aber Zoe zog ihn zu sich.

»Sie dürfen den Bann nicht brechen«, sagte sie ernst.

Chandu steckte das Gerät wieder in die Jacke und entfernte sich nach hinten.

»Kümmern wir uns um die Formalien.« Zoe löste sich aus der Umarmung und schob ihn weg. »Wo muss ich unterschreiben?«

»Ich habe die Verträge noch nicht vorbereitet«, sagte Fuhl überrascht. »Ich konnte nicht ahnen, dass Sie sich so schnell entscheiden, aber wenn ich Sie kurz alleine lassen darf, bereite ich in meinem Büro alles vor.«

Zoe nickte. »Wir warten hier.«

Fuhl verschwand in den Fahrstuhl.

»Sein Aftershave stinkt wie eine Müllhalde.« Zoe wischte sich über die Nase.

»Dafür habe ich die Kartendaten«, sagte Max.

»Wie lange brauchst du zum Kopieren?«, fragte Chandu.

»Eine Minute.«

»Seid ihr schon in Montur?«

»Bis auf die Helme, ja«, antwortete Jan.

»Dann besuche ich mal die Toiletten.« Chandu verließ das Büro, ging bis zum Ende des Gangs und bog nach links auf die Herrentoilette ab. Gegenüber den Urinalen waren drei offene Kabinen. Er ging in die linke, holte eine faustgroße schwarze Kapsel heraus und legte sie hinter den Toilettensitz. Dann nahm er ein Feuerzeug aus der Tasche und hielt die Flamme an die Zündschnur.

»Die Lunte brennt«, sagte er und lief schnell wieder zu Zoe. »Gleich wird der Feueralarm ausgelöst.«

»Wir sind bereit«, sagte Jan.

Chandu war gerade wieder im Büro angekommen, als ein durchdringender Heulton aus den Lautsprechern ertönte.

»Die Rauchmelder sind gut«, bemerkte Zoe anerkennend. »Wir machen uns auf den Weg nach unten.« Sie nahm ihr Etui aus der Tasche und steckte sich eine Zigarette an.

»Ich sage doch, dass ich den perfekten Plan habe«, bemerkte Max.

* * *

Jan und Max stiegen am nächsten Häuserblock aus dem Auto. Das Heulen des Feueralarms war bis zu ihnen zu hören. Sie trugen die beige Kleidung der Berliner Feuerwehr, mit gelben Reflektoren auf der Jacke, sowie schwarze Knieschoner und einen weißen Helm auf dem Kopf.

Nach kurzem Fußmarsch waren sie an dem Komplex. Die Evakuierung ging ruhig vonstatten. Einige der Angestellten aus dem Büro hatten ihre Kaffeetassen in der Hand. Andere telefonierten. Niemand schien wirklich an einen Brand zu glauben.

»Achtung, Feuerwehr«, sagte Max, als er sich durch die Zuschauer drängte. »Bitte machen Sie Platz.«

»›Unauffällig‹ ist das Zauberwort«, flüsterte Jan zu ihm.

Doch Max ließ sich nicht aufhalten, ging mit erhobenem Kopf weiter und schob die Leute zur Seite. Vor dem Empfang wartete ein überforderter Mann mit dem Telefon am Ohr.

»Welcher Feuermelder wurde ausgelöst?«, fragte Max.

»Nach meinem Bildschirm zu schließen der im fünften Stock.«

»Kein Problem. Wir kümmern uns darum.« Er deutete auf die Tür.

Der junge Mann hielt seine Karte an den Leser. »Und was soll ich machen?«

»Ruhe bewahren«, sagte Jan. »Wir sehen uns das Feuer an.«

Sie gingen die Treppen nach oben, während der Mann einer älteren Frau mit Aktenkoffer unter dem Arm davon abriet, in der Lobby zu warten.

»Wo ist der Serverraum?«, fragte Jan.

»Im ersten Stock.«

»Beeilung. Gleich wird die echte Feuerwehr hier sein.«

Max zog seinen Laptop aus der Jacke und nahm die Karte aus der Tasche. »Das ist nicht in fünf Minuten erledigt.«

»Ich warte unten auf die Kollegen von der Brandbekämpfung und lotse sie nach oben in den fünften Stock«, sagte Jan. »Das wird sie eine Weile beschäftigen.« Er schlug seinem Freund auf die Schulter. »Viel Glück.«

* * *

Chandu war auf dem Weg nach Potsdam, Zoe in der Rechtsmedizin, Max bei sich zu Hause und Jan im Büro, aber trotzdem schafften sie es, sich um 19 Uhr in die Telefonkonferenz einzuwählen. Jan war dankbar, dass sich seine Freunde die Zeit nahmen, denn er brauchte ihre Ideen, um diesen Fall zu lösen und den Serienmörder zu fassen.

»Dank meines perfekten Plans ist es mir gelungen, die notwendigen Daten von dem Server herunterzuladen«, begann Max. »Und da GreyDef eine sehr detaillierte Kundendatei hat, habe ich Peer Ohst gleich gefunden.« Ein Tusch ertönte. »Die Infos von Damian Lande waren richtig. Ohst hat an einer Software zur Verbrechensbekämpfung gearbeitet und diese auch weit entwickelt. Der Testlauf wurde zusammen mit Angestellten von GreyDef durchgeführt. Und zwar am 23. Februar 2018.«

»Und was ist passiert?«, fragte Jan.

»Es ging alles schief, was schiefgehen konnte«, fuhr Max fort. »Am Ende waren vier Leute tot. Einer von GreyDef, zwei

Waffenhändler und ein unbeteiligter Mann namens Leon Behr. Dazu gab es noch zahlreiche Verletzte.«

»Du meinst die Schießerei in der Unterführung Skalitzer Straße?«, fragte Jan. »Das wurde offiziell als Bandenkrieg eingestuft.«

»Von dieser Schießerei habe selbst ich gehört«, sagte Chandu.

»Ich erinnere mich auch, weil ich zwei von den Toten auf der Bahre liegen hatte«, ergänzte Zoe. »Das ist aber schon etwas her, daher freue ich mich über eine Auffrischung.«

»An einem späten Freitagabend im Februar 2018 gab es einen Zwischenfall in einer Unterführung nahe des Görlitzer Parks«, begann Jan. »Zwei verfeindete Banden beschossen sich mit großkalibrigen Waffen. Eine Fraktion gehörte zu einem Waffenschmuggler namens Emil Tinz, der eine neue Lieferung Kalaschnikows aus russischen Armeebeständen erwartete. Dieser Deal wurde von vier Männern gestört und ist sofort eskaliert. Am Ende waren ein Unbekannter und zwei von Tinz' Bande erschossen. Leider erwischte es auch einen unbeteiligten Mann, der mit seiner Frau aus einem Restaurant gekommen war. Eine Kugel traf ihn in den Kopf. Er war sofort tot.«

»Das dürfte erklären, warum Ohst das Projekt abgebrochen hat«, sagte Chandu.

»Aus Sicht der Verbrechensbekämpfung war es erfolgreich, denn es hat den Waffendeal vorhergesehen«, erklärte Max.

»Aber die Wahl der Mittel war schlecht«, korrigierte Jan. »Auf der Seite der Waffenschmuggler waren vier Leute von Tinz und zwei Fahrer, welche die Kalaschnikows in einem SUV über die Grenze nach Deutschland gefahren haben. Auf der anderen Seite waren nur vier Sicherheitsleute.«

»Mit dem Moment der Überraschung hätte das genügen können«, sagte Chandu.

»Aber nur, wenn GreyDef die Schmuggler hätte töten wollen«, erklärte Jan. »Für einen Beweis der Softwareeffizienz hätten die vier Sicherheitsleute Tinz' Männer überwältigen und die Waffen sichern müssen. Schließlich sollte das Programm an Polizeistellen auf der ganzen Welt verkauft werden, nicht an Diktaturen, die jeden Feind sofort eliminieren.«

»Eine klassische Fehleinschätzung der Lage«, bemerkte Max.

»Um Tinz' Männer tut es mir nicht leid«, sagte Chandu. »Aber der Unbeteiligte ist tragisch.«

»Jetzt haben wir ein Mordmotiv«, sagte Zoe. »Rache für die Toten.«

»Aber wer ist die treibende Kraft?«, fragte Jan. »Wir haben Tinz und seine Männer, GreyDef, die einen Angestellten verloren haben, und die Hinterbliebenen des unbeteiligten Opfers. Also drei Parteien.«

»Wenn ich raten müsste, würde ich auf GreyDef tippen«, sagte Chandu. »Tinz ist zwar ein widerlicher, tückischer Bastard, aber die Sicherheitsfirma hat deutlich mehr Ressourcen.«

»Ist Tinz im Gefängnis?«, fragte Zoe.

»Er wurde nicht angetroffen und seine Männer haben dichtgehalten«, erklärte Jan. »Aber der Deal wäre niemals ohne Tinz' Beisein abgelaufen, daher war er sicherlich dort.«

»Ich habe keine Hinweise gefunden, dass GreyDef in diese Richtung aktiv ist«, sagte Max. »Das Projekt ist in deren Unterlagen abgeschlossen. Eine Zahlung von 100 000 Euro wurde von Ohst an die Firma im Vorhinein angewiesen. Es finden sich weder Notizen von GreyDef, dass sie den Fall weiterverfolgen, noch Beschwerden von Ohst.«

»Woher hatte er diese Summe?«, fragte Zoe.

»Habe ich noch nicht herausgefunden«, erklärte Max. »Das Geld kam von einem ausländischen Konto, das sich nicht nachverfolgen lässt.«

»Und wenn Ohst GreyDef erpresst hat und deren Beteiligung an die Polizei weitergeben wollte?«, fragte Chandu. »Das wäre ein Motiv.«

»Unwahrscheinlich, weil er selbst ins Visier der Ermittler geraten wäre«, sagte Max.

»Außerdem hätten die Männer der Sicherheitsfirma nur ihn ermordet und nicht seine Mitprogrammierer, von denen sie wahrscheinlich nicht einmal wussten«, ergänzte Jan.

»Dann bleiben nur noch die Angehörigen des unbeteiligten Opfers«, sagte Chandu.

»Da habe ich etwas recherchiert«, sagte Max. »Der verstorbene Leon Behr war Psychiater und seine Frau Alina ist Physiotherapeutin. Den Familienhintergrund checke ich noch, aber zu keinem gibt es eine Akte.«

»Dann müssen wir mit den Beteiligten von damals reden«, sagte Chandu.

»Das wird schwierig«, sagte Jan. »Die zwei Verletzten, die von der Polizei überwältigt wurden, gehörten zu Tinz und haben jede Aussage verweigert.«

»Beide sind ins Gefängnis marschiert«, ergänzte Max. »Einer ist bei einer Schlägerei die Treppen hinuntergestoßen worden und hat einen Schädelbruch erlitten, was seine Gedächtnisleistung extrem beeinträchtigt hat.«

»Was ist mit den GreyDef-Leuten?«, fragte Chandu.

»Ohne die Serverdaten wüssten wir nicht einmal, dass sie die gegnerische Partei waren«, sagte Jan.

»Nach dem Vorfall wurden die drei Überlebenden aus Berlin abgezogen«, sagte Max. »Die Männer stehen nur mit ihren Vornamen und dem ersten Buchstaben des Nachnamens in der Akte. Um mehr herauszufinden, müsste ich mich in die Buchhaltung von GreyDef einhacken.«

»Außerdem würden die Männer sowieso nicht mit uns reden«, sagte Chandu.

»Die Letzte im Bunde ist Alina Behr«, sagte Max. »Sie hat sich aber nach dem Vorfall nicht wieder erholt und ist noch immer in einer geschlossenen Psychiatrie.«

»Was für ein Irrsinn.« Chandu atmete hörbar aus. »Und das alles wegen des Testlaufs einer Software, die Verbrechen vorhersagen sollte.«

»Alina Behr können wir ausschließen und GreyDef hat den Fall abgehakt«, sagte Jan.

»Den größten Schaden hatte Emil Tinz«, sagte Max. »Er hat vier Leute verloren. Zwei sind tot, zwei sind einmarschiert. Außerdem wurden seine Waffen von der Polizei beschlagnahmt.« Er tippte etwas auf seinem Laptop. »Außer den Projektdaten und der Angestelltenliste von GreyDef habe ich mir noch Informationen vom Vermieter des Bürokomplexes heruntergeladen für den Fall, dass wir doch bei der Sicherheitsfirma einbrechen müssen.« Eine Liste mit Namen erschien auf dem Bildschirm. »Dort ist Emil Tinz aufgelistet.« Max deutete mit der Maus auf die Stelle. »Und zwar bei den Personen mit Zutrittsverbot.«

»Wieso hat Emil Tinz im Bürokomplex Zutrittsverbot?«, wunderte Jan sich.

»Es stehen keine Details dabei, aber der Eintrag ist vom 22. Mai 2018. Drei Monate nach der Schießerei.«

»Das kann kein Zufall sein«, bemerkte Chandu.

»Tinz hat irgendwie herausbekommen, dass GreyDef hinter dem Angriff gesteckt hat«, sagte Jan. »Kommst du an mehr Information über den Vorfall?«

»Schwierig, aber wir haben ja einen guten Draht zu einem Angestellten.«

»Ich umarme den Dicken mit dem schlechten Aftershave nicht noch einmal«, antwortete Zoe.

»Aber du hast seine Handynummer«, erwiderte Max. Man konnte sein Lächeln durch die Telefonleitung spüren.

»Um diese Zeit wird er nicht mehr abnehmen«, redete sie sich heraus.

»Einen Versuch wäre es wert«, sagte Jan.

Zoe stöhnte hörbar. Dann schien sie eine Nummer zu wählen und schaltete auf Lautsprecher. Jan konnte das Rufsignal durch die Leitung hören.

»Sebastian Fuhl«, meldete er sich nach dem zweiten Klingeln.

»Diana van Wijk«, sagte Zoe.

»Frau van Wijk.« Fuhls Stimme überschlug sich. »Ich bin so froh, dass Sie mich anrufen. Ich wollte mich vielmals bei Ihnen für den Feueralarm entschuldigen. Es gab wohl eine Fehlfunktion im System.«

»Für eine Fehlfunktion war auf unserem Stockwerk aber viel Rauch.«

»Also, ja, schon …«, stotterte Fuhl. »Es war nur ein kleines Paket, das Feuer gefangen hat. Irgendein schlechter Scherz. Es bestand zu keinem Zeitpunkt Gefahr für Leib und Leben. Niemand ist verletzt worden.«

»Das war keine vertrauensbildende Maßnahme.«

»Es tut mir leid«, sagte Fuhl untertänig. »Ich hätte mich gern persönlich bei Ihnen entschuldigt und hoffe, Sie geben mir noch eine Chance zur Wiedergutmachung.«

»Das ist noch nicht alles«, fuhr Zoe fort. »Ich habe heute Morgen mit einem Freund gefrühstückt, der mir von einem Vorfall in Ihrem Bürokomplex berichtet hat.«

»Einem Vorfall?«

»Er hat sich wohl auch für Büroräume in dem Gebäude interessiert und wurde am Empfang Zeuge einer unschönen Meinungsverschiedenheit, was ihn hat umdenken lassen.«

»Ich weiß nicht, wovon Sie …«

»Herr Fuhl«, unterbrach Zoe. »Erinnern Sie sich noch an den 22. Mai 2018?«

»Da müsste ich kurz in meinen Unterlagen nachsehen«, erwiderte Fuhl verunsichert.

»Ich bitte darum.«

Man hörte ihn umhergehen. Dann schien er etwas auf einer Tastatur zu tippen. Eine Minute später war er wieder am Telefon.

»An diesem Tag versuchte ein Mann, sich Zugang zu verschaffen, ohne sich bei unserem Empfang registrieren zu wollen«, erklärte er. »Es war aber keine große Sache.«

»Keine große Sache wie der Feueralarm?«, hakte Zoe nach. »Wo wollte der Mann hin?«

»Zu einer ansässigen Sicherheitsfirma.«

»Und Ihr Mitarbeiter hat ihn nicht durchgelassen?«

»Grundsätzlich dürfen Besucher nur mit einem Termin zu einem Mieter. Da sind wir sehr strikt. Außerdem muss sich jeder Besucher beim ersten Mal ausweisen. Das schien der Mann nicht zu wollen.«

»Das war alles?«

»Laut Eintrag des Mannes am Empfang kam es wohl noch zu einer kleinen Rangelei, aber als sein Kollege die Polizei gerufen hat, ist der Besucher wieder verschwunden.« Fuhl räusperte sich. »Auch hier bestand keine Gefahr für unsere Mieter. Ich würde mich freuen …«

Zoe legte auf. »Ich brauche was zu trinken.«

»Jetzt sind wir sicher, dass Tinz zu GreyDef wollte«, sagte Jan. »Vielleicht sollten wir ihn dazu befragen.«

»Dazu müssten wir wissen, wo er ist«, sagte Max.

»Wir haben einen alten Freund, den wir deswegen um Hilfe bitten können«, erwiderte Chandu. »Gegen etwas Kleingeld bekommen wir, was wir brauchen.«

* * *

Jan hatte die Hochhaussiedlung bereits während seiner Zeit als Streifenpolizist nicht gemocht. Sie war schon damals düster, abgerissen und wenig einladend gewesen. Seitdem hatte sich die Lage noch verschlimmert. Eine Wiese neben dem ersten Hochhaus war voll mit altem Sperrmüll, Paketen alter Werbezeitschriften und einer sich auflösenden Rigipsplatte. Die Kopfsteine vor dem Eingang waren schief gelegt und Vögel hatten zwei gelbe Säcke aufgerissen, sodass ein Teil des Inhalts auf dem Boden verstreut war. Die Hälfte der Straßenlampen am Gehweg war kaputt, was die Düsternis des wolkenverhangenen Abends noch verstärkte.

Jan und Chandu gingen auf dem Parkplatz umher, mit den Handys in der Hand, damit sie mit der Taschenlampenfunktion wenigstens etwas Licht machen konnten.

»Warum will sich Tim mit uns auf dem Parkplatz treffen?«, fragte Jan. »Nicht, dass seine Wohnung besonders einladend ist, aber bei dem Nieselwetter wäre mir selbst das Loch lieber.«

»Ich weiß nicht, was es mit dem Treffpunkt auf sich hat, aber Tim ist der einzige meiner Informanten, der Emil Tinz kennen könnte«, erklärte Chandu. »Daher muss ich mich nach seinen Wünschen richten.«

»Wir sind aber bereits fünf Minuten drüber«, erklärte Jan. »Gibt es hier noch andere Parkplätze, wo er sein könnte?«

»Er schrieb, der Parkplatz rechts von seiner Wohnung.« Irgendwo ertönte ein leises Klopfen. »Hast du das gehört?«

»Woher kommt das?«, fragte Jan und ging suchend umher.

Das Klopfen wiederholte sich. Es kam von einem alten Opel Ascona, dessen Scheiben eingeworfen waren. Der Lack wies jede Menge Kratzer auf und alle vier Reifen waren aufgeschlitzt. Außerdem hatte er kein Nummernschild.

Jan legte die Hand an seine Pistole und deutete auf den Kofferraum. Chandu näherte sich von der Seite, griff an den Öffnungsmechanismus und ließ die Klappe aufspringen. Darin lag Tim, eingewickelt in einen abgewetzten Schlafsack, eine Mütze auf dem Kopf und die Brille auf seiner Nase. Trotz der dicken Gläser kniff er die Augen zusammen, als könnte er Jan nicht gut erkennen.

»Was machst du im Kofferraum dieser Schrottkarre?«, fragte Chandu.

»Ich habe eine … Meinungsverschiedenheit mit einem Nachbarn.«

»Und wie schlimm ist diese Meinungsverschiedenheit auf einer Skala von 1 bis 10?«, fragte Jan.

»23.«

Chandu nickte anerkennend. »Du schaffst es immer wieder.«

»Das war nur ein Missverständnis«, rechtfertigte sich Tim.

»Was war es dieses Mal? Eine kaputte Whirlwanne, ein explodierender Akku?«

»Ein Mountainbike«, sagte Tim. »Kann ich doch nicht ahnen, dass die Bremsen versagen, wenn man mit fünfzig Sachen den Hügel runterfährt.«

»Erspar uns die Details.« Jan winkte ab. »Du weißt, warum wir hier sind?«

»Für eine Nacht in einem Hotel erzähle ich euch, was ihr wollt«, erwiderte Tim.

Jan gab ihm 50 Euro. »In der Gegend sind die Preise moderat«, ergänzte er lächelnd.

Tim griff mit seinen behandschuhten Fingern danach und steckte den Schein schnell in die Tasche. »Ihr wollt an Emil Tinz ran?«, fragte Tim. »Der ist nur ein mieser kleiner Schmuggler. Was hat er ausgefressen?«

»Falsche Zeit, falscher Ort«, erklärte Jan.

»Wie offiziell wird diese Überwachung?«

»Die Kollegen vom LKA 4 haben mit Clans, Rockerbanden und Drogendelikten genug zu tun«, sagte Jan. »Für besagten miesen Schmuggler bleibt momentan keine Zeit.«

»Lass es uns informell halten«, ergänzte Chandu.

Tim stieg aus seinem Schlafsack und setzte sich auf den Rand des Kofferraums. »Tinz hatte einen Schwager aus der Ukraine, der regelmäßig Zigaretten für ihn über die Grenze geschmuggelt hat«, begann er. »Das war ihm irgendwann nicht mehr lukrativ genug, also haben sie auf Waffen umgesattelt. Keine großen Mengen, nicht mehr als ein Kofferraum voll, damit sie den Großen keine Konkurrenz machten. Letztes Jahr ist bei einer Lieferung irgendwas schiefgegangen. Es kam zu einer Schießerei. Zwei von Tinz' Männern sind draufgegangen. Er hat die Beine in die Hand genommen, musste aber seine Lieferung zurücklassen. Die hat die Polizei eingesackt.« Tim kratzte sich unter der Mütze. »Was man so hört, ist Tinz seitdem pleite.«

»Weißt du, wo wir ihn finden?«, fragte Jan.

Tim schüttelte den Kopf. »Er scheint immer wieder den Schlafplatz zu wechseln.«

»Wie kommen wir an ihn ran?«

»Einer seiner Männer hat die Schießerei überlebt und ist nicht in den Knast gegangen. Der verscherbelt kleine Knarren an irgendwelche Kiddies und Möchtegerngangster.« Er kratzte sich an seinem Bart. »Der Typ heißt Ole Clemont, besser bekannt als Olé-Olé.«

»Und wo finden wir ihn?«

»Irgendwo im gelben Viertel in Hellersdorf.«

»Das sind eine Menge Wohnungen«, erklärte Chandu.

»Was man so hört, vertickt er seine Ware nicht weit davon. Im Park an der U-Bahn Cottbusser Platz und manchmal auch direkt an der Station.«

Tim sah auf die schlecht gefälschte Rolex an seinem Handgelenk. »Heute ist es vielleicht schon zu spät, aber er soll jeden Tag dort herumschleichen.«

»Dann lass uns doch morgen mit der U5 zum Park Hellwichstorp fahren und einen Spaziergang machen«, wandte sich Chandu an Jan. »Mal sehen, ob uns jemand eine Knarre verkaufen will.«

Kapitel 10

Auf dem Weg zum Park rief Max an.

»Morgen, Jan«, sagte er müde.

»Wieder eine lange Nacht gehabt?«

»Früh aufstehen ist nicht mein Ding«, antwortete Max. »Trotz der Müdigkeit habe ich Details zu Ole Clemont gefunden.« Er gähnte hörbar. »Ole war bei der Schießerei dabei, wurde aber beim ersten Schusswechsel in die Schulter getroffen und war damit außer Gefecht gesetzt. Auch fand man keine Schmauchspuren an seinen Händen, er hat also nicht mitgeschossen. Er war schon als Jugendlicher kriminell, aber in seiner Akte gibt es nur einen Eintrag wegen Körperverletzung bei einer Massenschlägerei an Silvester 2009. Aus diesem Grund ist seine achtzehnmonatige Haftstrafe zur Bewährung ausgesetzt worden.« Max tippte auf der Tastatur. »Beim Prozess hat er die Klappe gehalten und kein Wort über Tinz verloren. Ziemlich undankbar, wenn du mich fragst, denn hätte die Polizei die Schießerei nicht beendet, wäre er verblutet.«

»Sonst noch etwas?«

»Keine Verbindung zu den großen Hehlern und Waffenschiebern. Deine Kollegen vom LKA 4 haben keine weiteren Informationen über ihn.«

»Dann erst mal danke«, sagte Jan. »Chandu ist auch schon vor Ort.« Er winkte ihm und fuhr das Auto in eine Parklücke nahe der U-Bahn-Haltestelle. »Bis später, Max«, sagte er noch und beendete das Gespräch. Er stieg aus und umarmte den großen Mann. Dann machten sie sich auf den Weg.

Es dauerte eine halbe Stunde, bis sie Ole Clemont gefunden hatten. Er lungerte weder in der U-Bahn-Station herum, noch wartete er im Park. Stattdessen saß er in einem getunten Golf älteren Baujahres auf einem Parkplatz am Rande der Grünanlage, nicht weit von einem Spielplatz entfernt. Die Fahrertür war offen. Ole fläzte sich auf dem Sitz, die Beine herausgestreckt, seine linke Hand lag auf seinem Schritt und mit der Rechten tippte er auf seinem Handy. Auf der Konsole über dem Lenkrad stand eine leere Bierflasche eines Discounters. Während ihm die Haare an der Stirn schon ausgingen, hatte er sie hinten lang wachsen lassen. Er war unrasiert, ungekämmt und seine Jeansjacke von Motoröl schmutzig. Seine Augen waren gerötet, auf der Wange befand sich ein großer violetter Bluterguss und ein Pflaster klebte schief auf seiner Nase.

»Unser Ole ist ziemlich heruntergekommen«, sagte Chandu.

»Mein Mitleid hält sich in Grenzen«, antwortete Jan. »Wie wollen wir es angehen?«

»Ich zeige ihm meine Knarre und du fragst freundlich, ob er einen Moment Zeit hat.«

»Also Standardverfahren.«

Chandu nickte. »Wie willst du ihn befragen?«

»Die Kriponummer zieht hier nicht. Laut Max war unser Freund schon als Jugendlicher kriminell und hat einen Eintrag wegen Körperverletzung. Ich versuche, ihn zu provozieren, und vielleicht rutscht ihm was raus.«

Jan ging auf das Auto zu. Er gab sich alle Mühe, die Aufmerksamkeit von Ole auf sich zu ziehen, während sich Chandu in weitem Bogen von hinten näherte.

»Olé-Olé«, rief er und winkte ihm zu. »Hier bin ich.«

Der Mann legte das Handy zur Seite und betrachtete Jan. Dann stand er auf und stellte sich vor das Auto. Er war eine Handbreit größer als Jan und hatte kräftige Schultern. Einzig sein kleiner Bauch ließ ihn weniger gefährlich wirken.

»Wer bist du, Penner?«, fragte er und straffte sich.

»Wir sind verabredet.« Jan deutete auf seine Uhr.

»Einen Scheiß sind wir. Und wenn du deine dumme Fresse nicht sofort …«

»¡Buenos días, Olé-Olé!« Chandu drückte ihm seine Pistole in die Seite. »Nimm doch mal die Fingerchen hoch.« Er wollte sich umdrehen. »Augen nach vorne.«

Ole hob die Hände und ließ sich abtasten. »Eine Walther PPK«, sagte Chandu und zog eine schwarze Pistole aus dessen Jacke heraus. »Keine schlechte Wahl.«

»Wer seid ihr Vögel?«, fragte Ole. Er wirkte nicht eingeschüchtert.

»Du kannst die Hände wieder runternehmen. Nicht, dass sich ein Spaziergänger gestört fühlt.«

»Wir sind im Auftrag von Peer Ohst hier«, sagte Jan.

»Wer ist das?« Ole machte nicht den Eindruck, als würde er den Namen kennen.

»Jemand, der mit Tinz' Waffengeschäften nicht glücklich war.«

»Ist ja ganz was Neues.«

»Er hat letztes Jahr den Angriff auf euch geplant«, sagte Jan.

»Den auf der Skalitzer Straße, bei dem zwei deiner Kumpels draufgegangen sind und du umgeschossen wurdest«, ergänzte Chandu.

Jan deutete auf Oles Schulter. »Hat sicher lange gedauert, bis das wieder geflickt war. Tut es immer noch weh?«

»Habe ich längst vergessen«, antwortete er achselzuckend.

»Dabei ist auch euer Kumpel Gunnar Falz draufgegangen.« Jan zog ein Bild aus der Tasche. Es zeigte das Gesicht eines

Mannes auf einer chromfarbenen Trage. Das linke Auge war zerfetzt und darunter klaffte ein Loch. »Hab gehört, Gunnar und du wart Kinderfreunde aus Heimtagen.«

»Wo hast du das her?« Er deutete auf das Foto.

»Gute Beziehungen«, sagte Jan lächelnd. Er legte es auf die Motorhaube. »Für dein Poesiealbum.«

Ole ballte die Fäuste, bis die Knochen knackten. »Warum kommt der Wichser Ohst nicht selbst vorbei?«, fragte er. »Dann bedanke ich mich persönlich.«

»Jemand hat versucht, ihn zu killen«, sagte Chandu. »Und wir wollen wissen, wer.«

»Wenn ich von diesem Ohst gewusst hätte, hätte ich es gemacht«, sagte Ole. »Aber richtig. Der hätte euch nicht mehr schicken können.«

»Schau doch mal in den Spiegel«, begann Chandu. »Seit der Schießerei bist du fertig. Du sitzt in einer alten Schrottkarre und verkaufst Knarren an irgendwelche Penner.«

»Leg doch deine weg. Dann zeige ich dir, wie fertig ich bin.«

»Wer wollte unseren Auftraggeber töten?« Chandu stieß ihm die Pistole in die Seite.

»Ich höre den Namen Ohst heute zum ersten Mal«, sagte Ole. »Also geht mir nicht auf den Sack.«

»Wir glauben, dass es dein alter Kumpel Tinz war.«

»Glaub, was du willst.«

»Ich mach dir einen Vorschlag«, sagte Chandu. »Du gibst uns einen Tipp, wo wir Tinz finden, und wir lassen dich deine Geschäfte weitermachen.«

Ole spuckte auf den Boden. »Einen Scheiß mache ich. Ich verrate niemanden.«

»Auch niemanden, der dich bei einer Schießerei verrecken lassen hätte?«, fragte Chandu. »Was man so hört, wärst du beinahe verblutet.«

Ole presste die Lippen aufeinander.

»Ich mache es dir leicht.« Jan holte seine Kripomarke aus der Tasche und hielt sie ihm vor das Gesicht. »Tinz oder du. Wenn du uns sein Versteck nennst, gehen wir nach Hause und erzählen niemandem von deinen Geschäften im Park. Ansonsten nehme ich dich wegen unerlaubten Handels mit Waffen fest und sacke deine Ware ein.«

Ole blickte nochmals zu Chandu. Seine Weigerung schien zu bröckeln.

»Das Angebot gilt noch zehn Sekunden, dann gehst du in den Bau«, sagte Jan. »Dieses Mal wirklich.«

»Uns genügt auch eine Telefonnummer«, sagte Chandu.

»Hab ich nicht.«

»Schade um dein Geschäft.«

»Es gibt da eine abgerissene Kneipe in Kreuzberg. Dort soll Tinz in einem Zimmer im Hinterhof hocken.«

»Hat die Kneipe auch einen Namen?«

»Tankwart.«

»Wie idyllisch«, bemerkte Chandu.

»Wir kommen wieder, wenn das nicht stimmt«, drohte Jan. »Dann sind wir nicht mehr so nett.«

»Ich lüge nicht«, beharrte Ole. »Geht nach Kreuzberg und schaut selbst.«

Jan zog Handschellen aus seiner Jackentasche und legte sie Ole an.

»Ich dachte, wir haben einen Deal?«, beschwerte er sich.

»Du bist echt bescheuert«, sagte Chandu. »Glaubst du, wir lassen einen Typen laufen, der Waffen an Kiddies vertickt?«

Jan schritt zum Kofferraum des Golf, durchsuchte ihn und nahm eine große Sporttasche heraus, die er seinem Freund zeigte. »Schmeiß den Drecksack in mein Auto«, sagte er. »Ich bringe ihn samt Waffen zur Dienststelle. Dann kümmere ich mich mit Patrick um Tinz. Da er mit Haftbefehl gesucht wird, machen wir eine offizielle Sache daraus.«

* * *

Jan und Patrick saßen im Dienstfahrzeug und beobachteten die Umgebung der Kneipe. Vor dem Wirtshaus lagen blaue Mülltüten, in die Ratten schon Löcher gebissen hatten. Dahinter ein verdreckter Kühlschrank ohne Tür, ein Holzstuhl mit nur drei Beinen und eine durchgeweichte Matratze. Neben dem Eingang schlief ein junger Mann mit fettigen langen Haaren, Oberkörper und Kopf an die Wand gelehnt und eine Bierdose in der Hand.

»Tankwart ist ein irreführender Name«, sagte Patrick. »Ich würde es eher Drecksloch oder Müllkippe nennen.«

»Das kann ich auf den Bauplänen nicht erkennen«, klang Max' Stimme aus der Freisprechanlage. »Was ich aber sehen kann, ist eine Garage oder ein Anbau hinter der Kneipe.«

»Das könnte Tinz' Unterschlupf sein«, bemerkte Jan.

»Dazwischen liegen fünf Meter durch den Hof«, fuhr Max fort. »Der Anbau hat vorne ein Fenster, daher wird es schwer, sich anzuschleichen.«

»Wir versuchen erst mal die höfliche Variante«, sagte Patrick. »Hinlaufen und anklopfen.«

»Mit deinen Anzughosen und der kugelsicheren Weste über dem weißen Hemd fällst du in der Gegend kaum auf«, sagte Jan mit Blick auf Patricks Kleidung.

»Ich kann meinen Trenchcoat drüberziehen«, schlug sein Kollege vor.

»Wir sollten die Hand an der Pistole lassen, wenn wir anklopfen«, erwiderte Jan.

»Der Wirt ist ein unbeschriebenes Blatt«, sagte Max. »Mehr oder weniger.«

»Was heißt mehr oder weniger?«, fragte Jan.

»Zwei Anzeigen wegen Körperverletzung, weil er beim Rauswerfen von Gästen wohl etwas grob war. Außerdem ist der

Tankwart von den Behörden zweimal wegen eklatanter Hygienemängel geschlossen worden.«

»Sag bloß«, bemerkte Patrick. »Ich wollte gerade reingehen und nach der Speisekarte fragen.«

»Also wird uns der Wirt bei der Suche nach Tinz nicht behilflich sein.«

Ein Brauereilieferwagen hielt vor der Einfahrt. Der Fahrer stieg aus, öffnete das Tor zum Hof und begann Bierfässer abzuladen.

»Wir sollten die Gelegenheit der offenen Tür nutzen und hineingehen«, schlug Patrick vor. »Dann müssen wir niemanden um Einlass fragen.«

»Viel Glück.« Max beendete das Gespräch.

Jan überprüfte die Verschlüsse seiner kugelsicheren Weste, während er aus dem Auto stieg. Er zog seine Lederjacke darüber und ging mit Patrick am Lieferwagen vorbei in den Hof. Sie waren noch keine zwei Schritte drin, als Tinz aus dem Verschlag kam. Er trug ein kleines Paket unter dem linken Arm. Als er Jan und Patrick sah, erstarrte er.

Mit einem lauten Knall stellte der Lieferant ein Fass auf den Boden. Wie aus einer Trance erwacht, ließ Tinz das Paket fallen, zog eine Pistole aus dem Hosenbund und eröffnete sofort das Feuer. Das Projektil traf Jan in die Brust. Trotz der kugelsicheren Weste war der Aufprall schmerzhaft und ließ ihn zurücktaumeln. Er griff nach der Pistole, aber sein Kollege war schneller. In einer fließenden Bewegung zog Patrick seine Waffe, legte an und schoss. Die Kugel traf Tinz eine Handbreit über dem rechten Auge. Das Blut spritzte bis zur Wand des Verschlags. Die Pistole rutschte aus Tinz' Hand und er fiel zu Boden.

»Alles in Ordnung, Jan?«, wandte sich Patrick an ihn.

»So weit gut.« Jan hielt die Pistole nach unten und näherte sich Tinz. Blut lief aus dessen Hinterkopf. Die Kugel hatte ein großes Loch in die Stirn gerissen.

Jan steckte die Waffe wieder ein. »Zeit, die Kollegen zu rufen.« Er deutete auf die offene Tür des Verschlags. »Hoffen wir, dass Tinz uns einen Hinweis hinterlassen hat, denn ihn werden wir nicht mehr befragen können.«

* * *

Tinz' Leiche war abtransportiert, nur der Blutfleck im Hof erinnerte noch an die kurze Schießerei.

Jan rieb sich die schmerzende Brust und betrachtete das Versteck des Waffenschmugglers.

Der kleine Verschlag stank nach Schimmel, abgestandenem Bier und Urin. Der Boden war voller Flaschen, Plastikverpackungen, Kartons und Kleider. Auf einem Tisch standen Kerzenreste, Essensverpackungen und leere Raviolidosen. Daneben ein Feuerzeug, ein alter Metalllöffel und eine gebrauchte Spritze. Die Couch dahinter war zugemüllt mit schmutzigen Kleidungsstücken, einer löchrigen Decke und einem braunen Kissen. Es war mühsam für die Spurensicherung, sich durch den Unrat zu kämpfen, aber sie arbeitete gewissenhaft, ohne sich von dem Gestank beirren zu lassen.

Jan sah Bergman durch den Hof kommen. Er versuchte, nicht über einen leeren Bierkasten zu stolpern, und fing seinen Vorgesetzten an der Tür ab.

»Was für ein Schlamassel«, sagte Bergman.

»Wir waren noch nicht einmal in der Nähe, als Tinz das Feuer eröffnet hat«, erklärte Jan.

»Die Notwendigkeit des Schusses zweifle ich nicht an«, sagte der Kripochef. »Aber es wäre besser gewesen, wenn wir Tinz hätten befragen können. Von den bevorstehenden Ermittlungen gegen Patrick will ich gar nicht reden.«

»Vielleicht finden wir in diesem Müllhaufen neue Indizien.«

»Das sieht nicht wie der Unterschlupf eines cleveren Heckenschützen aus«, bemerkte Bergman.

»Bisher haben wir zwei Pistolen, ausreichend Munition, ein Messer und Einbruchswerkzeug gefunden.«

»Auch ein Gewehr?«

Jan schüttelte den Kopf. »Die Kollegen haben aber erst begonnen. Heute Abend wissen wir mehr. Bis dahin werde ich mit dem Mann reden, der Tinz den Unterschlupf verschafft hat.«

Bergman nickte Jan zu. »Halt mich auf dem Laufenden. Ich kümmere mich um Patrick. Es wird nur eine Frage der Zeit sein, bis irgendein Klugscheißer von Politiker wieder erklärt, dass ein Schuss ins Bein ausreichend gewesen wäre.«

Jan hob die Hand und ging zurück in den Verschlag. Er hoffte, dass sie den richtigen Mann erwischt hatten.

* * *

Charlie Jelic erfüllte einige Eigenschaften, die man landläufig mit einem Besitzer einer heruntergekommenen Kneipe in Verbindung brachte. Sein dicker Bauch war mit einer fettigen Schürze bedeckt, er hätte dringend eine Dusche gebraucht und seine Hände waren so schmutzig, als hätte er damit einen Garten umgegraben. Die wenigen Haare am Hinterkopf waren im Nacken mit einer Schnur zu einem Pferdeschwanz gebunden. Immer wieder wanderten Jelic' Augen zu dem Blutfleck auf dem Asphalt. Jan hatte als Ort der Befragung bewusst den Hof gewählt, denn der Anblick eines Tatorts verunsicherte viele Menschen und machte sie redseliger.

»Woher kannten Sie Emil Tinz?«, begann er und nahm seinen Notizblock aus der Tasche.

»Wir waren Freunde seit der Jugend«, antwortete Jelic. »Unsere Eltern und Lehrer haben sich einen Scheiß für uns interessiert, also haben wir die meiste Zeit draußen verbracht.«

Er deutete auf die Straße. »Ist keine schöne Gegend hier, daher war es gut, jemanden zu haben, der auf einen aufpasst.«

»Wussten Sie, dass Tinz mit Waffen handelte?«

»Die meisten aus unserer Gruppe sind entweder tot, im Knast oder auf Bewährung draußen. Tinz war auch nicht schlechter als die anderen.«

»Sie scheinen den Absprung aber geschafft zu haben.« Jan deutete auf die Kneipe.

»Ich mache das meiner Frau zuliebe, weil sie die Kinder schnappen und abhauen würde, wenn ich einfahre.« Er spuckte auf den Boden. »So wenig Kohle habe ich noch nie verdient.«

»Seit wann hat Tinz bei Ihnen gewohnt?«

»Seit der Schießerei in der Skalitzer. Da ist er durchgedreht.«

»Was meinen Sie?«

»Emil hat geglaubt, dass ihn jemand killen wollte«, sagte Jelic. »Ab da ist er nicht mehr in sein Viertel zurück und hat die Stammkneipen gemieden. Er hat kaum noch mit mir geredet und den Kontakt zu seiner Gang abgebrochen. Draußen hatte er immer eine Knarre dabei. Er wollte sogar die Tür mit 'ner Granate sichern.«

»Wollte er sich an den Angreifern rächen?«

»Natürlich. Er hat schließlich seine halbe Gang verloren und zwei seiner Kumpels sind erschossen worden. Außerdem haben die Bullen die Waffen eingesackt. Das hat ihm keine Ruhe gelassen.« Er fuhr sich nachdenklich über die Haare. »Manchmal war er tagelang weg, ist irgendwelchen Typen hinterhergeschlichen, die vielleicht was wissen konnten. Meist hat er was auf die Fresse bekommen, aber er hat nicht aufgegeben, wie ein Bluthund. Am Ende ist nichts dabei rumgekommen.«

»Er hatte keine Ahnung, wer hinter den Angriffen in der Skalitzer Straße gesteckt hat?«

Jelic schüttelte den Kopf. »Obwohl er wirklich versucht hat, es rauszufinden.«

»Und wenn er es gewusst hätte?«

»Hätte er jeden von denen umgelegt.« Er deutete auf den Unterschlupf. »Genug Knarren hatte er.«

»Besaß Tinz noch ein zweites Versteck?«

»Er hatte kaum Geld, um Essen einzukaufen. Das hätte er sich nicht leisten können.«

»Sagen Ihnen die Namen Peer Ohst oder Felix Hankel etwas?«

»Nein«, antwortete Jelic. »Wer sind die Typen?«

»Nicht wichtig.« Jan klappte seinen Notizblock zu. »Danke für Ihre Zeit.« Er verzichtete auf das Händeschütteln und ging zurück zu seinem Auto. Hoffentlich fanden die Kollegen noch etwas in dem Unterschlupf, sonst würden die Ermittlungen wieder ins Stocken geraten.

* * *

Als Chandu die große Schüssel auf den Tisch stellte, beugte sich Zoe misstrauisch darüber. »Was ist das für eine Pampe?« In dem Topf bildeten gelbe Nudeln mit weißem Frischkäse, grünen Blättern und roten Stückchen eine dicke Masse.

»Das sind Fusilli mit getrockneten Tomaten, frischem Babyspinat und etwas Granadilla-Sauvignon-Blanc«, erklärte Chandu. »Das Klebrige kommt von dem Ricotta, den ich untergehoben habe.«

Zoe griff nach einem Schöpflöffel, nahm etwas von den Nudeln und betrachtete das Ganze, als wäre sie unsicher, ob man es essen konnte.

»Na dann«, sagte sie schließlich und füllte sich den Teller.

»Auch wenn die Konsistenz etwas ungewohnt ist, schmeckt es hervorragend«, bemerkte Jan, als er davon probiert hatte.

Chandu nickte ihm dankend zu. »Wie geht es Patrick?«, fragte er, nachdem sie zu essen angefangen hatten.

»Das Prozedere in einem solchen Fall ist aufreibend.« Jan pickte zwei Nudeln auf die Gabel. »Die Staatsanwaltschaft Berlin hat standardmäßig ein Ermittlungsverfahren eingeleitet. Unsere Kollegen von der Mordkommission haben die Untersuchung übernommen und der Tatort wurde abgesperrt. Wenigstens hat sich der sozialpsychologische Dienst um Patrick gekümmert und wird ihn für die Dauer des Verfahrens weiter betreuen. Ich habe nur kurz mit ihm reden können, aber so weit scheint er es gut verkraftet zu haben, doch Patrick ist bezüglich seiner Gefühlswelt sehr verschlossen, daher kann ich es nicht mit Sicherheit sagen.« Jan seufzte und hörte für einen Moment auf zu essen. »Ich könnte seine Hilfe gut gebrauchen, aber für diesen Fall steht er nicht mehr zur Verfügung.«

Nach Jans Bericht war die Stimmung am Tisch gedrückter als sonst. Jeder sprach nur das Nötigste, und als sie fertig waren, begaben sie sich direkt zur Couch.

Max schaltete den Beamer ein. An der Wand erschien eine Luftaufnahme der Kneipe und des dahinter liegenden Unterschlupfs.

»Das war Tinz' Versteck in den letzten Monaten«, begann Jan. »Besitzer ist ein gewisser Charlie Jelic, ein Jugendfreund von Tinz. Angeblich wusste er nichts von dessen Plänen und kannte auch keines der Opfer, aber die Kollegen nehmen ihn noch genauer in die Mangel. Mein Bauchgefühl sagt mir, dass er mich nicht angelogen hat.«

Jan nickte Max zu, der ein Bild von Tinz' Verschlag einblendete.

»In Tinz' Messiebehausung haben wir Drogen, Pornos und sechs Schusswaffen mit Munition gefunden«, fuhr er fort. »Aber kein Gewehr, mit dem Fiona Denz und Felix Hankel erschossen wurden. Auch keine Kaliber-.308-Winchester-Munition.«

»Sein Handy ist so alt wie Methusalem«, ergänzte Max. »Einen Computer, Tablet oder etwas Ähnliches besaß er nicht.«

»Außerdem lag in einem Versteck professionelles Einbruchswerkzeug, das er für das Büro an der Friedrichstraße hätte benutzen können«, fuhr Jan fort. »Trotz genauer Untersuchung fanden die Kollegen vom KTI aber keinen Verweis auf Peer Ohst oder ein anderes Opfer.«

»Was nichts bedeuten muss«, sagte Chandu. »Tinz könnte noch ein zweites Versteck gehabt haben.«

»Durchaus möglich, auch wenn sein Vermieter anderer Meinung ist, aber Tinz ist nicht mehr in der Lage, auszusagen. Daher werden wir das nie erfahren, wenn wir nicht durch Zufall darauf stoßen.«

»Die Obduktion hat keine großen Überraschungen ergeben«, ergänzte Zoe. »Tinz hatte genug Alkohol im Blut für die Aufstiegsfeier einer Fußballmannschaft. Außerdem war er methsüchtig und litt an einer Leberzirrhose, die ihn in ein paar Monaten sowieso gekillt hätte. Da war der Abgang, den ihm Patrick verschafft hat, der bessere Weg.«

»Vor einer Stunde hat das KTI alle gefundenen Fingerabdrücke aus Tinz' Versteck durch die Datenbank gejagt«, sagte Max. »Die meisten stammten von ihm, vom Wirt des Tankwart und auch von Ole Clemont. Ein vierter Abdruck allerdings wurde einem gewissen Igor Malek zugeordnet.«

»Den Namen höre ich zum ersten Mal«, sagte Jan.

Max blendete das Bild eines stiernackigen Mannes um die dreißig ein. Er hatte einen kurzen Bürstenschnitt, Schweinsäuglein und eine Kartoffelnase. Er war eher fett als muskulös.

»Noch nie gesehen«, sagte Chandu.

»Keine große Nummer«, erklärte Max. »Eine Vorstrafe wegen Körperverletzung und Hausfriedensbruch.«

»Was hat er mit Tinz zu tun gehabt?«, fragte Jan.

»Weiß ich nicht, aber Igor Malek war fünf Monate bei GreyDef angestellt.«

»Jetzt wird es interessant«, sagte Chandu.

»Wieso nur fünf Monate?«, fragte Jan.

»Weil er Ende Januar dieses Jahres bei einem Autounfall ums Leben gekommen ist«, sagte Max. »Er ist auf der A10 von der Straße abgekommen und hat sich um einen Baum gewickelt.«

»Der wird uns nicht mehr viel sagen können«, bemerkte Zoe.

»Spannend ist der Zeitpunkt seines Eintretens bei GreyDef«, fuhr Max fort. »Nämlich zwei Monate nachdem sich Tinz im Bürokomplex danebenbenommen und Hausverbot erhalten hat.«

»Igor hat für Tinz spioniert«, vermutete Chandu.

Max nickte. »Wahrscheinlich.«

»Das ist auch der Grund, warum Tinz mit seinen Bemühungen, an GreyDef heranzukommen, so schnell aufgehört hat«, sagte Jan. »Er war als nachtragend und hartnäckig bekannt. Ein Fehlversuch beim Hineinkommen hätte ihn nicht davon abgehalten, es weiterhin zu probieren.«

»Da er von der Polizei gesucht worden ist, musste er einen unauffälligeren Weg finden«, ergänzte Chandu.

»Je nachdem, wie clever Igor war, ist Tinz über ihn an Informationen gekommen«, sagte Jan.

»Dann wusste er, dass Peer Ohst hinter allem steckte«, stimmte Max zu.

»Ich will euch ja nicht den Abend verderben, aber das bringt uns nicht weiter«, bemerkte Zoe. »Es gibt keinen Beweis, dass Tinz an einem der Tatorte war. Außerdem haben wir keine Mordwaffe, und wenn ich mir die heruntergekommene Wohnung ansehe, tue ich mich schwer, Tinz einen ausgeklügelten Plan zuzutrauen.«

Chandu brummte mürrisch. »Jetzt waren wir gerade im Flow.«

»Wenn Tinz clever war, hat er die Waffen nach der Tat entsorgt«, erwiderte Jan. »Vielleicht finden wir sie nie.«

»Ich kenne mich mit Gewehren nicht aus, aber die Dinger sind teuer, und wenn ich die Klamotten betrachte, die ich ihm auf dem Seziertisch heruntergeschnitten habe, hätte er jeden Euro gebrauchen können.«

»Trotzdem bleibt Tinz unser Hauptverdächtiger«, beharrte Jan. »Ich bitte die Kollegen, ihre Informanten anzugehen. Vielleicht wurde er irgendwo gesehen und wir finden einen zweiten Unterschlupf.« Er kratzte sich am Kopf. »Morgen gehe ich noch mal alle Fälle durch und suche nach Verweisen zu ihm. Vielleicht habe ich etwas übersehen.«

»Was ist mit seinen ehemaligen Partnern, die noch in Haft sind?«, fragte Max.

»Ich habe nichts, um sie unter Druck zu setzen.«

»Ich kann mich umhören, wer in der Nähe einsitzt«, sagte Chandu. »Vielleicht können die nachhelfen.«

»Vom Gefängnis aus lässt sich eine Mordserie nicht steuern. Da ist jemand anders im Spiel.«

»Wer bleibt noch übrig?«, fragte Zoe.

»Vielleicht kann uns die Frau des unbeteiligten Opfers helfen«, sagte Chandu.

»Die Physiotherapeutin in der Klapse?«, fragte Zoe.

»Alina Behr zähle ich nicht zu den Verdächtigen, auch wenn sie ein offensichtliches Motiv hat«, erklärte Jan.

»Nicht weil sie eine Verdächtige ist«, winkte Chandu ab. »Vielleicht hat Tinz versucht, mit ihr Kontakt aufzunehmen, oder Ohst war bei ihr und hat sich entschuldigt.«

»Wir sind in einer Sackgasse, daher wäre es einen Versuch wert«, sagte Jan nachdenklich. »Ich rufe morgen beim Klinikleiter an und frage nach. Vielleicht weiß sie wirklich etwas, was uns weiterbringt.«

Kapitel 11

Die Klinik am Rand von Berlin wirkte freundlich und einladend. Der Parkplatz und die Zufahrt waren von Bäumen umgeben. Das Gebäude war in einem dunklen Rot gehalten, mit einer Glasdachkonstruktion vor dem Eingang, der zu einer Vorhalle mit hellem Parkett führte. Der Empfang strahlte in Weiß, mit Blumen auf dem Tresen und einem Ständer mit Informationsmaterial über die unterschiedlichen Therapien, die das Haus anbot.

Ein seriös wirkender Mann in Anzug, blauer Krawatte und Brille wartete bereits auf Jans Ankunft.

»Tommen von der Kripo Berlin«, stellte er sich vor und zeigte seinen Kripoausweis. Der Mann betrachtete die Karte genau und machte eine Notiz im Computer.

»Herzlich willkommen in unserer Klinik«, begrüßte er Jan freundlich. »Darf ich Sie zu unserem Leiter bringen? Er erwartet Sie bereits.« Der Mann schritt um die Theke herum und führte Jan vorbei an einem Fahrstuhl durch einen verglasten Gang. Er hielt vor einer weißen Tür inne, klopfte kurz an und ging hinein.

»Herr Tommen von der Kripo«, stellte er Jan vor.

Hinter einem breiten beigen Schreibtisch saß ein Mann um die fünfzig mit dünnen schwarzen Haaren, die an den Seiten grau wurden. Er trug ein rosafarbenes Hemd, das nicht mit seinem weinroten Pullunder harmonierte. Die schmale Brille auf seiner Nase war an einem regenbogenfarbenen Band festgemacht. Er stand auf und schüttelte Jan die Hand. »Willibald Steegmann«, stellte er sich vor. »Bitte nehmen Sie Platz.« Er deutete auf einen gepolsterten Stuhl mit Armlehnen. »Darf ich Ihnen etwas zu trinken anbieten?«

Jan schüttelte den Kopf.

Steegmann nickte seinem Kollegen zu, der aus dem Büro ging und die Tür schloss. Der Raum war einfach eingerichtet. Nur zwei Landschaftsbilder an den Wänden, ein Regal mit Ordnern und eine kniehohe Kommode mit Fachbüchern. Dazu ein roter Läufer auf dem ebenfalls mit Parkett belegten Boden und eine kleine Ablage neben dem Schreibtisch.

»Vielen Dank, dass Sie so kurzfristig Zeit für mich haben«, begann Jan und zog seinen Notizblock aus der Tasche.

»Ich habe von dem Vorfall in der Friedrichstraße gelesen«, sagte Steegmann. »Ich helfe gern bei den Ermittlungen.«

»Wie schon am Telefon erwähnt, vermuten wir einen Zusammenhang mit dem Tod von Leon Behr, dessen Frau Sie hier in Behandlung haben.« Der Psychiater schlug die Beine übereinander und nahm eine bequeme Zuhörerposition ein, als wäre Jan einer seiner Patienten. »Für ein umfassendes Bild wäre ein Gespräch mit Frau Behr hilfreich.«

»Ich habe mit den behandelnden Ärzten und Pflegern geredet«, begann Steegmann. Dabei legte er die Fingerspitzen seiner Hände zusammen und sah zur Decke, als suchte er nach den richtigen Worten. »Bei unseren Patienten besteht bei solchen Befragungen natürlich das Risiko, dass es zu Rückschlägen im Heilungsprozess kommen kann, aber Frau Behrs Zustand hat sich in den letzten Monaten gebessert, daher habe ich mich heute Morgen mit ihr darüber unterhalten. Sie hat einem Gespräch zugestimmt.« Er legte die Arme auf den Schreibtisch und sah Jan in die Augen. »Wobei ich Sie bitten muss, behutsam vorzugehen. Lassen Sie Frau Behr den Vorfall nicht schildern und zeigen Sie ihr keine Bilder vom Tatort.«

»Werde ich nicht«, versprach Jan.

»Ich stelle Ihnen noch eine Pflegerin zur Seite, die bei Problemen jederzeit eingreifen kann«, fuhr er fort. »Frau Behr hat weiterhin erlaubt, dass ich Ihnen Details über ihre Krankheit und den Grund ihres Aufenthalts erläutern darf. Dies sind aber höchst intime Informationen, die Sie bitte nicht in einem Bericht oder Ähnlichem vermerken sollten. Schließlich ist Frau Behr keine Verdächtige in dem Mordfall.« Er sah eindringlich zu Jan, als wollte er ihn an die Vorschriften für eine solche Befragung erinnern und daran, welche Folgen eine Missachtung haben könnte.

»Machen Sie sich keine Sorgen. Alles wird vertraulich behandelt. Und nein, Frau Behr ist keine Verdächtige«, beruhigte er. »Seit wann ist Frau Behr denn Patientin in Ihrer Einrichtung?«

»Seit März letzten Jahres. Sie hatte eine akute Belastungsreaktion.«

»Sie meinen einen Nervenzusammenbruch?«

»Diese Bezeichnung ist unpräzise, aber man kann es auch so nennen.«

»Was ist passiert?«

»Die Nachbarn von Frau Behr haben sie eines Abends im strömenden Regen auf der Straße gesehen. In einem Nachthemd, unbeweglich auf dem Boden kniend. Sie war nicht ansprechbar und reagierte auf keine Reize, wie bei einem dissoziativen Stupor.«

»Ach.« Jan hatte keine Ahnung, wovon der Mann sprach, aber er machte sich eine Notiz, damit er später nachsehen konnte, was dieser Stupor war.

»Nachdem sie im Krankenhaus einen Spiegel zerschlagen und sich mit den Scherben die Pulsader des linken Arms aufgeschnitten hatte, wurde sie schließlich in unsere geschlossene Psychiatrie überwiesen.«

»Seitdem ist sie ununterbrochen hier?«

Steegmann nickte.

»Woher kommt ihr Zustand?«, fragte Jan. »Sind es die Erinnerungen an die Nacht der Schießerei?«

»Das ist ein Aspekt. Der schwerwiegendste Teil sind aber die Selbstvorwürfe, weil sie das Restaurant ausgewählt hatte. Wäre Frau Behr den Vorschlägen ihres Mannes gefolgt, hätten sie woanders gespeist und Leon wäre noch am Leben.« Er lehnte sich auf seinem Stuhl zurück. »Anfänglich hat sie nur selbstverletzendes Verhalten gezeigt. Das reichte vom Aufritzen der Haut an den Armen und Ausreißen von Haaren und ging weiter bis zur Einnahme schädlicher Substanzen und besagter suizidaler Absicht im Krankenhaus, was der Grund für ihr Hiersein ist.«

»Sie sprachen von einer Besserung.«

»Seit Dezember«, stimmte der Klinikleiter zu. »Es sind noch keine großen Durchbrüche, aber sie ist auf einem guten Weg.«

»Gab es in dieser Zeit etwas Besonderes?«, fragte Jan. »Hatte Sie vielleicht Kontakt zu einem Außenstehenden?«

Steegmann schüttelte den Kopf. »Wir haben weder ihre Therapie geändert, noch hat sich etwas in ihrem Umfeld getan«, erklärte er. »Frau Behr bekommt regelmäßig Besuch von ihrer Mutter und einer Freundin. Ab und zu war auch ihr Anwalt hier.«

»Ihr Anwalt?«

»Um den Nachlass ihres Mannes zu regeln. Das Ehepaar hatte ein gemeinsames Haus.«

Jan machte sich eine Notiz. »Hat sie Freundschaften innerhalb der Klinik geschlossen?«

»Nicht wirklich«, erklärte Steegmann. »Es gibt immer wieder Veranstaltungen, bei denen sich die Frauen näherkommen, aber ich kann ihnen keine Patientin nennen, mit der sie gut befreundet ist. Die meiste Zeit verbringt sie im Garten oder starrt aus dem Fenster. Manchmal liest sie Bücher oder malt.«

»Was malt Frau Behr?«

»Nichts Beunruhigendes. Einen Baum oder ein Tier. Meist in einer regnerischen Landschaft.«

»Weiß sie von dem Mord an der Frau in der Friedrichstraße?«

Steegmann schüttelte wieder den Kopf. »Wir sind bezüglich Nachrichten und Fernsehen sehr restriktiv.«

»Kommen wir zum Gespräch mit Frau Behr«, sagte Jan. »Ich werde sehr vorsichtig vorgehen und die Details der Tatnacht nicht erwähnen. Gibt es noch etwas, was ich beachten sollte?«

»Frau Behr fürchtet sich vor dunklen Räumen«, erklärte der Klinikleiter. »Sie zieht sich mit einbrechendem Abend in ihr Zimmer zurück und kann nur bei hellem Licht einschlafen.«

»Also Nachtangst?«

»Pavor nocturnus ist eigentlich eine Parasomnie, die vermehrt bei Kindern auftritt«, erklärte Steegmann fachmännisch. »Dabei werden die Patienten kurz nach dem Einschlafen wieder wach und sind nicht ansprechbar. In dieser Zeit haben sie große Angst. Die Furcht von Frau Behr ist anders und hängt wahrscheinlich damit zusammen, dass ihr Gatte abends den Tod fand.«

»Wie oft verlässt Frau Behr die Klinik?«

»Seit ihrer Einlieferung gar nicht«, erklärte Steegmann.

»Wirklich?«, fragte Jan.

»Wir haben nicht die Sicherheitsvorkehrungen einer forensischen Psychiatrie, aber die Patienten stehen unter ständiger Überwachung«, sagte Steegmann ungehalten. »Frau Behr müsste über eine personalisierte Chipkarte verfügen und selbst dann würde sie beim Verlassen des Gebäudes zumindest von unseren Kameras erfasst werden.« Er fuhr sich in einer schnellen Bewegung über die Haare. »Wir nehmen die Sicherheit sehr ernst und es gab in meiner Zeit noch keinen Vorfall.«

»Und die Mauern um den Garten?«

»Auch dieser Teil ist gesichert und ohne Hilfsmittel lassen sich die Mauern nicht überwinden.« Seine Stimme wurde wieder ruhiger. »Keine Sicherheitsvorkehrung ist allumfassend, aber Frau Behr ist eine Physiotherapeutin, die ein schreckliches Trauma erlitten hat, keine soziopathische Serienmörderin. Die einzige Gefahr, die von ihr ausgeht, richtet sich gegen ihre eigene Gesundheit.«

Er hob den Finger, nahm den Hörer vom Telefon und drückte einen Knopf. »Frau Gröber«, sagte er nach einem Moment. »Könnten Sie bitte in mein Büro kommen?«

Wenige Sekunden später klopfte es an der Tür. Eine Pflegerin um die vierzig trat ein. Sie trug einen langen schwarzen Rock und ein weißes T-Shirt, das sich über ihre großen Brüste spannte. Ihre dunkelbraunen Haare waren zu einem eleganten Sidecut geschnitten. Als wollte sie diesem modischen Style entgegenwirken, trug sie eine Nickelbrille, die Jans Großvater schon als zu spießig empfunden hätte.

Sie kam einen Schritt näher, stellte sich neben den Schreibtisch und nickte Jan zu, als wäre sie Steegmanns Adjutant bei einem Duell.

»Frau Gröber, das ist Hauptkommissar Tommen von der Kripo Berlin«, sagte er zu ihr. »Er ermittelt in einem Mordfall und möchte mehr über Frau Behr erfahren.« Er wandte sich an Jan. »Auch wenn ich die meisten Therapien selbst durchführe, so kennt niemand Alina Behr besser als sie.« Er deutete auf die Pflegekraft, welche die Bemerkung mit einem weiteren Nicken quittierte.

Er sah auf die Uhr. »Ich erwarte gleich einen Patienten, daher würde ich Sie an Frau Gröber verweisen, damit sie Ihnen mehr Details zu Alina Behr nennen kann. Natürlich im Rahmen des Zulässigen«, fügte er mit einem mahnenden Seitenblick auf die Pflegekraft hinzu. »Und Herr Tommen hat meine Zustimmung, Frau Behr zu diesem Fall befragen zu dürfen.«

Gröber kniff die Augen zusammen. Nur einen Moment, aber lange genug, dass Jan es bemerkte. »Darf ich Sie in unser Besprechungszimmer führen«, sagte sie mit ruhiger Stimme und deutete auf die Tür.

Jan stand auf, verabschiedete sich von Steegmann und folgte der Frau zwei Türen weiter. Sie betraten einen geräumigen Aufenthaltsraum, mit Fernseher, einem Blu-Ray-Player und einem Regal voller Gesellschaftsspiele. Bunte Bilder hingen an den Wänden. Gröber nahm an einem großen Tisch Platz und deutete auf den Stuhl gegenüber.

»Zuerst zum Grund meiner Befragung«, begann Jan, während er sich setzte. »Wir vermuten, dass ein neuer Fall mit der Schießerei auf der Skalitzer Straße aus dem Jahr 2018 zusammenhängt. Vielleicht hat Frau Behr Informationen, die uns weiterhelfen können.« Er legte seinen Notizblock auf den Tisch. »Professor Steegmann hat mir schon einiges über Alina Behr erzählt. Mich interessiert, ob sie Kontakt zu Außenstehenden hatte, außer zu ihrer Mutter und ihrer Freundin.«

»Kennen Sie den Arzneistoff Lorazepam?«, fragte sie.

»Ein Benzodiazepin, das als Beruhigungsmittel bei Panikattacken eingesetzt wird.«

»Es kommt auch bei epileptischen Anfällen oder Schlafstörung zum Einsatz, doch bei Frau Behr dient es der Angstlösung und der Beruhigung«, bestätigte Gröber. »Die Nebenwirkungen sind aber vermindertes Reaktionsvermögen und starke Müdigkeit«, fuhr sie fort. »Frau Behr ist mit diesem Medikament nur zu wenig in der Lage. Daher sind die Gespräche mit ihrer Mutter und ihrer Freundin kurz und oberflächlich.«

»Wird die Einnahme zeitweise abgesetzt?«

»Sie erhält es nicht ständig«, sagte Gröber. »Benzodiazepine reduzieren eine Angststörung auf ein Minimum. Aber die Patienten können davon abhängig werden, was wiederum die Fortschritte in der psychotherapeutischen Behandlung schmälert. Daher verabreichen wir es nur bei starken Phasen von Panikattacken.«

»Ich habe Erlebnisse mit Drogenabhängigen, bin aber mit Patienten der Psychiatrie völlig unerfahren. Wie muss ich mir eine Angststörung vorstellen?«

Gröber stand auf, ging zur Tür und sah auf den Gang hinaus. »Einen Moment.« Sie verließ das Zimmer und kehrte kurz darauf mit einem Laptop zurück. Sie schloss die Tür, setzte sich Jan wieder gegenüber und drehte das Gerät zu ihm. »Das muss unter uns bleiben«, sagte sie verschwörerisch und drückte eine Taste. Ein Video begann zu laufen. Es schien eine Art Therapiezimmer zu sein, mit hellen Teppichen, einer Couch und Grünpflanzen, die an Ketten von der Decke hingen.

Behr saß auf einem Stuhl. Sie trug eine Jogginghose und ein weites T-Shirt, das ihr bis zu den Knien reichte. Ihre Hände zitterten, ihr Gesicht war gerötet und Tränen liefen ihr die Wangen hinunter. Sie hatte die Lippen aufeinandergepresst, als versuchte sie, gegen aufkommende Panik zu kämpfen. Sie atmete hörbar durch die Nase, tief ein und lange wieder aus, aber auch das schien sie nicht zu beruhigen. Mit jedem Augenblick wurde das Zittern der Hände stärker, bis sie von einem Weinkrampf geschüttelt wurde.

Gröber kam ins Bild, redete beruhigend auf sie ein und strich ihr über die Schulter, aber Behr stieß die Hand weg, kauerte sich mehr zusammen, während das Zittern ihren ganzen Körper einnahm.

»Das war eine der harmlosen Panikattacken.« Gröber stoppte das Video.

»Mein Gott«, sagte Jan sichtlich erschüttert. »Ich kann mir nur schwer vorstellen, wie man so sein Leben bestreiten kann.«

»Es ist nicht leicht«, sagte sie. »Ich bringe Sie zu ihr. Dann können Sie sich selbst einen Eindruck machen.«

* * *

Nachdem Jan Jacke, Handy und seine Pistole samt Holster in einem abschließbaren Schrank hinterlegt hatte, führte ihn Gröber durch die Klinik. Er fühlte sich an ein Krankenhaus erinnert, nur weniger steril, mit schöneren Farben und sichtbar mit dem Bestreben gestaltet, eine angenehme Atmosphäre zu schaffen. Links und rechts von ihm waren Zimmer, alle mit geschlossenen Türen und mit einem Schloss versehen. Aus einem Raum drang das Schreien eines Mannes. »Lasst mich raus!«, rief er. »Macht die Tür auf!«

»Wir mussten ihn zwangsfixieren«, sagte Gröber sichtlich zerknirscht. »Eine Maßnahme, die wir nur sehr ungern anwenden. Wir tun alles, damit es nicht dazu kommen muss, aber der Patient ist sehr ambivalent. Manchmal arbeitet er mit den Ärzten zusammen, dann schwankt seine Stimmung und er will nach Hause. Wenn wir ihn nicht gehen lassen, beginnt er zu randalieren und greift das Personal an.«

»Warum ist er hier?«

»Er hat Psychosen«, antwortete die Frau.

»Welcher Art?«

Sie winkte ab. »Die Fixierung scheint das Klischee der Vorgehensweise in der geschlossenen Psychiatrie zu bestätigen, aber die meisten Patienten sind bewusst und freiwillig bei uns«, erklärte Gröber. »Diese Einrichtung gibt ihnen Struktur und Sicherheit, was ihnen bei der Genesung hilft.« Am Ende des Gangs öffnete sie eine Tür und deutete hinein.

Auch dieser Aufenthaltsraum war freundlich und mit viel Liebe zum Detail eingerichtet. Die Möbel harmonierten mit den glänzenden, hellen Bodendielen. Eine bis zur Decke reichende Yuccapalme stand zwischen einem Bücherregal und einer Malstaffelei, auf deren Ablage die Farben fein säuberlich aufgereiht waren. Zwei bodentiefe Fenster ließen viel Licht in den Raum. An der gegenüberliegenden Wand waren bunte Bilder mit Kreisen und anderen geometrischen Figuren befestigt, die Jan an Drucke von Kandinsky-Gemälden erinnerten, die Lan in ihrer Wohnung hängen hatte. Aus verborgenen Lautsprechern drang leise klassische Musik, ein Streichquartett, ruhig und besänftigend, immer wieder begleitet vom Klacken eines Balles auf einer Tischtennisplatte.

Neben der Tür stand ein Pfleger, groß, durchtrainiert, mit Vollbart und kurzen, lockigen Haaren. Er trug einen weißen Kittel über T-Shirt und Jeans, dazu schwarze Sneaker. Er musterte Jan interessiert, als dieser das Zimmer betrat. Gröber nickte dem Pfleger zu und er verließ wortlos den Raum.

Es waren vier Patienten anwesend. Eine Frau mit kurz geschorenen Haaren saß auf einem Sessel und las ein Buch. Eine andere versuchte sich an einem Kreuzworträtsel, während eine mit einer Schürze bekleidete ältere zehn Karten betrachtete, als überlegte sie, wie sie richtig zu sortieren waren. Dabei hingen ihre glatten grauen Haare bis auf die Tischplatte. In einer Ecke erkannte Jan eine kleine Kamera, verborgen neben einem LED-Strahler.

Gröber deutete auf die vierte Frau, die an einem der Fenster stand. Ihre langen hellblonden Haare fielen ihr strähnig über die Augen und verdeckten beinahe auch die zierliche Nase. Sie war blass und hager, fast ausgezehrt. Die weiße Bluse war zu groß für sie und reichte ihr weit über die Hüften. Darunter trug sie eine verwaschene graue Jogginghose und ausgetretene Birkenstock-Schlappen. Sie sah durch das Glas in den kleinen Garten, auf dessen Gras ein paar Tauben nach Futter suchten. Ihr Blick war abwesend, als weile ihr Geist nicht auf dieser Welt. Mit beiden Händen hielt sie eine Tasse mit Tee umklammert.

»Entschuldigung«, sagte Gröber behutsam, als müsste sie Behr aus einem Dämmerschlaf wecken.

Behr blinzelte, drehte sich dann zu der Pflegerin um und zeigte ein Lächeln, nur kurz, wie ein antrainierter Reflex. »Herr Tommen von der Kriminalpolizei ist hier.« Gröber deutete auf Jan.

Wortlos ging Behr an einen freien Tisch und setzte sich auf einen Stuhl. Dabei stellte sie die Teetasse vorsichtig auf die Platte, als wollte sie jegliches Geräusch vermeiden. Auf Gröbers Aufforderung hin nahm Jan Behr gegenüber Platz. Die Pflegerin stellte sich neben ihre Patientin, wie eine Anstandsdame, die aufpasste, dass alles seine Richtigkeit hatte.

»Danke, dass Sie Zeit für mich haben, Frau Behr«, begann Jan mit leiser Stimme. »Ich möchte zuerst einmal betonen, dass Sie keine Verdächtige sind, aber ich würde Ihnen gern ein paar Fragen stellen. Sollten diese unangenehm sein, müssen Sie nicht antworten.«

Sie nickte und deutete wieder ein Lächeln an. Dann starrte sie auf die Tischplatte, mit dem gleichen abwesenden Blick, mit dem sie auch in den Garten gesehen hatte.

»Der Grund meines Hierseins ist die Schießerei vom 23. Februar 2018, bei der Sie auf tragische Weise Ihren Mann Leon verloren haben.« Jan sah kurz zu der Pflegerin, die aber keine Regung zeigte, dass er etwas Falsches gesagt hatte. »Zwei der Beteiligten wurden gefasst und zu Haftstrafen verurteilt, aber in dem Durcheinander der Schießerei gelang mehreren Männern die Flucht. Genau diese suchen wir jetzt.« Das entsprach nicht völlig der Wahrheit, aber unter den Umständen war es ein akzeptabler Kompromiss.

»Sie brauchen sich keine Sorgen zu machen«, sagte Behr kaum vernehmbar. »Leon ist jetzt an einem besseren Ort.« Sie wischte sich eine Strähne aus der Stirn. »Trotzdem vermisse ich ihn.« Sie wandte den Kopf wieder zum Fenster, an dem sie vorher gestanden hatte. »An Tagen wie diesen sind wir immer spazieren gegangen, meist im Schlosspark. Kennen Sie den Schlosspark?«, wandte sie sich nun etwas lauter an Jan.

»Ich wohne nicht weit davon in Charlottenburg.«

»Wir standen meist am See, die geometrisch angelegten Gärten hinter uns, während feiner Niesel von der Brunnenfontäne zu uns herüberwehte.« Sie strich sich über das Gesicht. »Ein Hauch von Wasser, wie die Liebkosung eines Angebeteten.« Ihre Stimme war wieder leise, als würde sie sich in einem Traum bewegen. Dann drehte sie den Kopf erneut zum Fenster und murmelte etwas Unverständliches vor sich hin.

»Auch wenn seit dem Ereignis schon über ein Jahr vergangen ist«, nahm Jan neuen Anlauf. »Hat Sie in den letzten Wochen jemand darauf angesprochen?«

Sie schüttelte den Kopf. »Die Menschen hier sind sehr einfühlsam. Sie geben mir Zeit, alles zu verarbeiten, und zeigen mir einen Weg, mit dem Verlust meines Mannes zu leben.« Sie sah ihm interessiert in die Augen, wie ein Zoobesucher, der durch die Gitterstäbe ein Tier beobachtet.

»Warum sind Sie noch mal hier, Herr …?«

»Tommen«, sagte Jan. »Es kam zu einem weiteren Verbrechen, das vermutlich in Zusammenhang mit der Schießerei steht.«

»Einer der Schützen von dem Abend?«

»Die Person, die für das Aufeinandertreffen der beiden verfeindeten Gruppen verantwortlich sein könnte«, stimmte Jan zu.

»Mir wurde gesagt, dass es sich um die Streitigkeiten zweier Banden gehandelt hat.«

»Kennen Sie einen Peer Ohst?«

»War er Opfer des Verbrechens?«

Jan nickte.

»Ich höre den Namen heute zum ersten Mal.« Sie faltete die Hände auf dem Tisch. »Wollten Sie schon immer zur Polizei, Herr Tommen?«

Jan war über den Themenwechsel verwirrt. Bei einem richtigen Verhör hätte er die Frage ignoriert, aber er wollte Behr nicht verärgern. »Schon während meiner Schulzeit«, antwortete er wahrheitsgemäß. »Ich konnte mir nie etwas anderes vorstellen.«

»Was für ein Mann war dieser Ohst?«, kehrte sie zum Thema zurück und strich sich abwesend über die Haare. »Warum hat er diese Schießerei angestiftet?«

»Das versuche ich herauszufinden.«

»Leon war ein zufälliges Opfer. Wir kamen aus einem Restaurant und waren auf dem Weg zum Auto. Ich glaube nicht, dass ich Ihnen weiterhelfen kann.« Sie sagte das ruhig, ohne Emotionen. Dann wandte sie den Kopf zu Gröber, als suche sie nach der Bestätigung, aufstehen zu dürfen.

Die Pflegerin nickte. Behr erhob sich und ging wieder zu ihrem Platz am Fenster.

»Ich bringe Sie nach draußen«, sagte Gröber und deutete in Richtung des Gangs. »Es tut mir leid, dass Sie nicht mehr erfahren haben, aber Frau Behr hatte gestern wieder eine Panikattacke«, erklärte sie auf dem Weg zum Ausgang.

»Es war nur eine spontane Idee«, erwiderte Jan lächelnd und verabschiedete sich von der Frau. »Sie haben mir trotzdem geholfen.«

Wenige Minuten später war er auf der Fahrt zur Dienststelle. Behrs Worte gingen ihm durch den Kopf. Das war eines der seltsamsten Gespräche in seiner Laufbahn gewesen. Und er hatte noch immer keine Idee, wer die jungen Männer ermordet hatte.

* * *

Dass sein Kollege Andreas Emmert Veganer war, erwies sich heute als Vorteil. Gut unterrichtete Quellen hatten Jan erzählt, dass er kein Mittagessen dabei hatte, und rund um die Dienststelle gab es nur zwei Möglichkeiten für Veganer, sich etwas zu kaufen. Beide lagen in der gleichen Richtung.

Als Andreas an seinem Fenster vorbeigelaufen war, hatte sich Jan sofort auf den Weg zu einer engen Straßenkreuzung gemacht, die rund um die Uhr mit Autos zugeparkt war. Er duckte sich neben einen Altkleidercontainer und wartete.

Eine ältere Dame mit Rollator kam langsam des Wegs und beäugte ihn misstrauisch. Ihre grauen Haare bedeckte ein Kopftuch und auf ihrer Nase saß eine Brille mit dicken Gläsern. Sie trug ein knöchellanges Kleid, das schon vor Jans Geburt nicht mehr in Mode gewesen war. Darüber eine Schürze und eine graue Goretex-Jacke. Ihr Gehstock lag quer über dem Rollator.

»Hallo«, grüßte Jan sie freundlich.

Die Frau reagierte nicht und starrte ihn unverändert an. Aufmerksamkeit war das Letzte, was er jetzt gebrauchen konnte, daher zog er seinen Kripoausweis aus der Tasche und hielt ihn hoch. »Dies ist ein polizeilicher Einsatz. Bitte gehen Sie weiter.« Er deutete nach rechts den Gehweg entlang. »Hier gibt es nichts zu sehen.«

Die Frau brummte grantig, wandte sich aber von Jan ab und humpelte weiter.

Eine Minute später kam sein Kollege die Straße wieder herunter. Er hielt eine Pappschachtel in der Hand und fischte mit zwei Stäbchen ein Stück Karotte heraus.

»Andreas«, zischte Jan seinem Kollegen zu, als dieser den Altkleidercontainer passierte.

Der Angesprochene machte einen Satz in Richtung Straße und hätte beinahe sein Essen fallen gelassen. Er stellte die Verpackung auf die Motorhaube eines VW und drückte die frei gewordene Hand auf seine Brust.

»Mann, Tommen«, sagte er. »Was soll der Scheiß?«

»Nichts«, sagte Jan. »Ich war nur in der Nähe und verbringe meine Mittagspause im Freien.«

»Neben einem Altkleidercontainer?«

»Hier ist es ruhig. Niemand stört einen.«

Andreas nahm den Pappkarton wieder in die Hand und fischte zwei Mie-Nudeln heraus. »Die Ermittlungen sind nicht abgeschlossen«, sagte er kauend. »Vorher sage ich nichts.«

»Ich weiß nicht, was du meinst.«

Jans Kollege zog die Augenbrauen hoch.

»Komm schon. Es geht um Patrick.«

»Das weiß ich. Und deshalb halten wir uns streng an die Formalien. Und während der Ermittlung inoffiziell Beteiligten Auskünfte zu erteilen, gehört nicht dazu.«

»Ich muss nicht alles erfahren«, sagte Jan. »Nur eine Tendenz.«

Andreas sah den Gehweg entlang. »Tinz war ein vorbestrafter Waffenhändler und hatte nachweislich ein Problem mit der Aggressionsbewältigung«, begann er leise. »Er war an diesem Tag stark alkoholisiert und die Obduktion hat auch Crystal Meth in seinem Organismus nachgewiesen. Dazu haben wir noch die Aussage des Getränkelieferanten, der bestätigt hat, dass Tinz zuerst geschossen hat, und schließlich bist du auch getroffen worden.«

»Mehr wollte ich nicht wissen«, sagte Jan und schlug seinem Kollegen fröhlich auf die Schulter.

Auf dem Weg zurück zur Dienststelle atmete er erleichtert aus. Wenigstens eine gute Nachricht. Er wollte sich nicht vorstellen, dass Patrick angeklagt werden würde, weil er ihm das Leben gerettet hatte.

Und als Jan in seinem Büro ankam, hatte er auch schon eine Idee, wie er sich bedanken würde.

* * *

Am Abend leerte sich die Dienststelle. Die Kollegen gingen nach Hause zu ihren Familien, und eigentlich wartete Lan auf ihn, aber der Fall ließ Jan keine Ruhe. Nicht nur, dass sie nach wie vor keine Spur zum Mörder hatten, sie konnten auch nicht sicher sein, dass er nicht wieder zuschlagen würde. Bisher hatten sie drei Männer identifiziert, die in das Projekt zur Verbrechensvorhersage involviert gewesen waren. Felix Hankel und Peer Ohst waren tot. Nico Prehm hatte sich bei seiner Tante eingeschlossen und verließ kaum das Haus. Solange er es unterließ, donnerstags die Librairie Française in den Galeries Lafayette aufzusuchen, war er einigermaßen sicher.

Jans Diensttelefon klingelte.

Er legte seinen Stift zur Seite und nahm ab. »Tommen.«

»Guten Abend, Jan«, meldete sich eine Frau von der Vermittlungsstelle. »Ich habe jemanden in der Leitung, der explizit dich sprechen will. Es geht um einen aktuellen Fall.«

»Stell ihn durch.«

Es klickte in der Leitung. »Hauptkommissar Tommen?«, fragte ein Mann. Er hatte eine nasale, keuchende Stimme, als hätte er gerade einen Asthmaanfall gehabt.

»Am Apparat.«

»Können Sie mir Ihr Geburtsdatum sagen?«

»Was soll ich?«

»Ihr Geburtsdatum«, beharrte der Mann. »Und auch den Geburtsort. Ich will sichergehen, dass Sie der sind, der Sie vorgeben zu sein.«

Jan war für einen Moment sprachlos. Dann nannte er Datum und Ort.

»Korrekt«, sagte der Mann.

»Woher wissen Sie diese Details?«

»Ich kenne mich mit Computern aus.«

»In Ordnung«, sagte Jan. Er würde dem später nachgehen, aber zuerst musste er wissen, was der Anrufer wollte. »Und wer sind Sie?«

»Nennen Sie mich Hugin.«

»Hugin?«, wunderte sich Jan.

»Wie die Raben von Odin.«

»Ach.« Er hatte keine Ahnung, wovon der Mann redete.

»Kennen Sie nicht das Lied ›Grímnismál‹?«, fragte er verwundert. »Hugin und Munin müssen jeden Tag über die Erde fliegen«, zitierte er.

»Jetzt fällt es mir wieder ein«, log Jan, um die Diskussion abzuschließen. »Hugin ist also nicht Ihr richtiger Name?«

»Wo kämen wir denn hin?«, empörte sich der Anrufer. »Schließlich wird das Gespräch vom Telefonanbieter mitgeschnitten und direkt an die Geheimdienste dieser Welt weitergeleitet.«

»Na, dann.« Das Letzte, was er jetzt gebrauchen konnte, war ein verrückter Verschwörungstheoretiker, aber wegen der dünnen Beweislage und der fehlenden Spuren würde er dieses Spiel mitspielen. »Was ist der Grund für Ihren Anruf?«

»Zwei meiner ehemaligen Arbeitskollegen sind ermordet worden und ich würde mir dieses Schicksal gern ersparen.«

»Welche Kollegen?«

»Peer Ohst und Felix Hankel.«

Jan sog die Luft ein. »Wie sind Sie an diese Informationen gelangt? Keiner der Namen ist in der Öffentlichkeit bekannt.«

»Ich sagte doch, dass ich mich mit Computern auskenne.«

»Das genügt mir nicht«, fuhr Jan auf. »Ich will genau wissen, woher Sie diese Namen haben, sonst sind die Geheimdienste dieser Welt nicht Ihr einziges Problem.«

»Ich mag es nicht, erpresst zu werden.« Die zuvor noch asthmatische Stimme klang schärfer. »Immerhin könnte ich Ihnen wichtige Informationen zu dem Fall anbieten, daher sollten Sie höflicher sein.«

»Einen Scheiß bin ich, Rabenmann!«, brüllte Jan ins Telefon. »Wenn du ein Arbeitskollege von Ohst wie auch von Hankel warst und weißt, warum die beiden Männer getötet wurden, stehen die Chancen gut, dass du auch auf der Abschussliste des Killers stehst. Und da du kein verdammter Ninja bist, brauchst du den Schutz der Polizei, also rede oder ich lege auf.« Die aggressive, direkte Methode war nicht ohne Risiko. Sollte der Mann wirklich ein Computerfreak sein, würde sich der Anruf nur schwer zurückverfolgen lassen, und wenn dieser Hugin auflegen würde, hätten sie wieder nichts. Aber Jan war es leid, ständig Rückschläge einstecken zu müssen. Er hatte keine Lust mehr auf Spielchen und wollte endlich den Mörder fassen.

Der Mann schwieg einen Augenblick, bevor er weitersprach. »Das Sicherheitssystem der Kripo ist in den letzten Jahren besser geworden, aber es gibt immer noch kleine Lücken, die ein kluger Hacker mit entsprechender Software nutzen kann.« Seine Stimme war leise und er klang eingeschüchtert.

»Darüber reden wir später, ich will zuerst deinen richtigen Namen.« Jan fuhr die harte Linie weiter.

»Thomas Schart«, sagte er zögerlich.

»Also gut, Thomas«, erwiderte Jan ruhig. »Was hast du mit Peer Ohst und Felix Hankel zu tun gehabt?«

»Ich habe mit Peer an einer Software zur Verbrechensvorhersage gearbeitet. Genau genommen habe ich den Code integriert, den Felix gestohlen hat.«

»Gestohlen?«

»Das Projekt wäre zu groß für uns als Gruppe gewesen, auch wenn wir zu den Besten gehören«, erklärte Thomas. »Also haben wir uns bei schon bestehender Software bedient. Das reichte von INDECT aus der Schmiede der EU, den Klassifizierungsalgorithmen der neuseeländischen WEKA bis zu Deep-Learning-Ansätzen verschiedener Universitäten.«

»Waren Sie beim Testlauf mit GreyDef dabei?«

»Nein. Meiner Meinung nach war die Software noch nicht so weit.«

»Haben Sie das Peer Ohst gesagt?«

»Ja, aber er war nicht davon abzubringen. Wenn sich Peer etwas vorgenommen hatte, ließ er sich von nichts mehr aufhalten«, erklärte Thomas. »Da waren selbst logische Argumente nutzlos.«

»Aber es ging um Menschenleben«, sagte Jan.

»Peers Antrieb waren Ruhm und Geld. Er wollte nicht mehr der unbedeutende Computerfreak sein, der irgendwo in einem kleinen Büro verblödet und den die Frauen nur ansprechen, wenn ihr Handy nicht mehr funktioniert.« Er räusperte sich kurz. »Und jetzt hat er den Preis dafür bezahlt.«

»Wer will euch tot sehen?«

»Ich habe tagelang darüber nachgedacht und mir fällt niemand ein«, sagte Thomas. »Aber da Sie Peers Laptop nicht gefunden haben, weiß der Mörder alles über uns.«

»Das verstehe ich nicht.«

Thomas atmete hörbar aus. »Peer war ein totaler Kontrollfreak. Er hat jedem von uns Sender untergejubelt, mit deren Hilfe er unseren Alltag ausgespäht hat. Er wusste jederzeit, wo wir uns aufhielten und was wir gemacht haben. Unsere Arbeitslaptops hatte er mit einer Software ausgestattet, mit deren Hilfe er sich jederzeit unbemerkt aufloggen konnte.«

»Und das ist dir nicht aufgefallen?«

»Für ein zufälliges Drüberstolpern waren die Programme zu gut versteckt und aktiv habe ich nicht danach gesucht«, erklärte Thomas. »Kurz vor dem Testlauf hat Peer eines meiner Programme nachbearbeitet, obwohl die Version nur auf meinem Laptop gelegen hat. Erst da bin ich misstrauisch geworden.«

»Hast du Peer damit konfrontiert?«

»Sogar persönlich, aber zu dem Zeitpunkt war er schon von der Idee des Testlaufs besessen«, erklärte Thomas. »Er hat mir den Laptop aus der Hand gerissen und mir alle Zugänge zur Software in der Cloud gesperrt. Seitdem habe ich nichts mehr von ihm gehört.«

»Wie hast du von dieser Mordserie erfahren?«

»Der Tote am Kanonenplatz namens Felix H. – bei einem Raubüberfall wäre ich nicht darauf angesprungen, aber ein Heckenschütze, der Felix mittags erschießt, hat mich nervös gemacht. Da wollte ich mehr wissen und habe mich ins System der Kripo gehackt. Dort fand ich auch den Bericht über Peers Ermordung und den Fehlschuss auf Nico Prehm.«

»Kennst du Nico Prehm?«

»Dem Namen bin ich zum ersten Mal begegnet, aber das war typisch für den verrückten Peer. Er hat jedem nur das Nötigste erzählt. Wahrscheinlich hatte er Angst, dass wir uns gegen ihn verbünden oder ihm die Software stehlen könnten.«

»Gab es noch weitere Mitarbeiter?«

»Ich hatte nur mit Peer und Felix zu tun. Einmal habe ich Felix während seiner Mittagspause getroffen und einen Stick mit Daten abgeholt. Daher weiß ich den Zusammenhang mit dem Kanonenplatz. Sonst haben wir nur per Mail kommuniziert.«

»Hast du noch irgendetwas, was unseren Ermittlungen helfen könnte?«

»Ich habe eine Festplatte mit Quellcode«, sagte Thomas. »Darauf sind noch Ideen zum Marketing und drei von Peers Fortschrittsvideos.«

»Fortschrittsvideos?«, wunderte sich Jan.

»Kennen Sie ›Dr. Horrible's Sing-Along Blog‹?«

»Nie gehört.«

»Das ist eine amerikanische Miniserie«, erklärte Thomas. »Darin spielt Neil Patrick Harris die Hauptfigur Dr. Horrible. Besagter Doktor erklärt in seinem Videoblog, wie er in die böse Liga des Bösen aufgenommen werden will. Diese Comedy hat Peer so inspiriert, dass er mit jedem Projekterfolg Videoaufnahmen von sich gemacht hat, quasi als Zeitdokument für die Nachwelt.«

»Kannst du mir das zusenden?«, fragte Jan.

»Ich erstelle einen Ordner auf dem Kriposerver und schiebe es drauf«, sagte Thomas. »Ich habe noch Zugang.«

Jan seufzte. Er würde mit Max über die Sicherheitsvorkehrungen reden müssen. »Danke.«

»Wie sieht es mit Polizeischutz aus?«, fragte Thomas vorsichtig.

»Das ist nicht meine Baustelle, aber ich leite alles in die Wege«, sagte Jan. »Dazu brauche ich deine Anschrift,

Telefonnummer und das Versprechen, dass du da bleibst, wo du bist, sofern es kein Ort ist, den Peer kannte.«

»Ich bin seit drei Tagen bei einem Freund untergekommen, habe mich seitdem nicht mehr in meine Mails eingeloggt und sogar mein Handy ausgeschaltet«, erklärte Thomas. »Ich bezahle nichts per Kreditkarte und habe alle meine alltäglichen Gewohnheiten aufgegeben.«

»Und das solltest du nicht ändern, bis wir dir einen Beamten abgestellt haben«, sagte Jan. »Ich melde mich in spätestens einer Stunde wieder.«

»Vielen Dank, Hauptkommissar Tommen«, sagte er sichtlich erleichtert.

»Alles gut, mein Freund«, erwiderte er beruhigend. »Wir kriegen das hin.«

Jan beendete das Gespräch und ballte die Faust. Endlich waren sie schneller als der Serienmörder. Vielleicht würden die Videos von Peer Ohst ihnen sogar einen Hinweis liefern.

Kapitel 12

Patrick saß an seinem Esstisch und las die Zeitung. Auch wenn er heute nicht zur Arbeit musste, behielt er seinen Rhythmus bei, war um sechs Uhr aufgestanden, hatte sich eine ausgiebige Dusche gegönnt, sich rasiert und angezogen. Einzig den Anzug ließ er in der Garderobe hängen und schlüpfte in eine bequeme Stoffhose zu seinem weißen Hemd.

Nachdem er den Wirtschaftsteil gelesen hatte, erhob er sich, um mit dem Schneiden des Obstes anzufangen, als es an seiner Tür klingelte.

Verwundert sah er auf die Digitaluhr über dem Herd. Viertel vor sieben. Für die Post zu früh und auch die Paketzusteller kamen erst gegen Mittag.

Er ging zur Tür. Durch den Spion sah er einen Mann mit einer großen Kühlbox in der Hand. Er öffnete.

»Ja, bitte?«, fragte er verwundert.

»Sind Sie Herr Patrick Stein?«

»Bin ich. Was kann ich für Sie tun?«

»Ich habe eine große Frühstückslieferung für Sie.« Der Mann stellte das Paket ab und reichte ihm mehrere Schachteln mit Essen. Patrick erkannte drei Sorten Müsli, einen Becher

Obst, zwei Schinkenbrötchen, ebenso viele Croissants und eine große Flasche Orangensaft.

»Vielen Dank«, sagte er, als sich der Mann mit einem Nicken verabschiedete. Inmitten des Essens lag eine Karte.

Lieber Kollege,
wenn du nicht in die Dienststelle musst, kannst du die Zeit auch genießen.
Danke, dass du meinen Hintern gerettet hast.
Jan

PS: Vorsicht! Einiges von dem Essen ist ungesund. Dafür schmeckt es aber umso besser.

Patrick lachte. »Tommen, du Verrückter.« Grinsend trug er die Schachteln in seine Wohnung und stellte sie auf den Tisch. Der Schinken duftete verführerisch und die Croissants waren noch warm. Er ließ sich einen Kaffee aus der Maschine und packte ein Brötchen aus.

Ausnahmsweise würde er heute auf seinen Fruchtsmoothie mit frischem Spinat verzichten.

* * *

Als sich Jan in das Telefongespräch einwählte, machte Zoe die übliche Bemerkung über sein Zuspätkommen, Chandu begrüßte ihn freundlich und Max begann ohne Umschweife, zu reden.

»Die Dateien von Thomas Schart waren aufschlussreich, bringen uns dem Mörder aber nicht näher«, sagte er. »Die Quellcodes sind aus Programmierersicht interessant, aber nutzlos für die Ermittlungen, ebenso wie die Videoblogs.«

»Was hat Ohst damit bezweckt?«, fragte Chandu.

»Sich wichtigzumachen«, antwortete Max. »Aber seht selbst.« Ein Video begann zu laufen. Das Bild wurde vollständig von Ohst eingenommen. Sein rundliches Gesicht war blass, die Haut unter der Nase gerötet und sein rechtes Auge tränte. Der kränkliche Eindruck wurde durch fehlende Augenbrauen und Haare verstärkt.

»Heute gab es einen Durchbruch bei der mobilen Objektverfolgung«, begann Ohst. Seine Stimme war heiser, und er sprach schnell, als wollte er möglichst viele Worte in kurzer Zeit unterbringen. »Mein Zugriff auf zahllose Kameras der Stadt Berlin hilft mir, die Algorithmen zu verfeinern, aber das genügt noch nicht. Ich benötige private Kameras, jene von Banken, Behörden bis hin zu den Aufzügen der Hochhäuser.« Er wischte sich über die Nase. »Mir fehlen die Mittel, um eine Drohnenüberwachung zu etablieren, aber wenn ich den Prototyp der Software an den ersten Interessenten verkauft habe, werde ich diese Komponente noch integrieren.«

Max hielt das Video an. »So geht das noch zwanzig Minuten«, sagte er. »Ich weiß jetzt mehr über sein Projekt, als ich je erfahren wollte.«

»Hat er bei den Interessenten Namen genannt?«, fragte Jan. »Oder gibt es noch Hinweise auf andere Beteiligte?«

»Nichts davon«, sagte Max. »Wenn er über Hankel, Prehm oder Schart geredet hat, nannte er sie nur ›meine Programmierer‹.«

»Von wann ist das letzte Video?«

»Vom Oktober 2017. Gute vier Monate vor dem Testlauf.«

»Also müssen wir weiter auf Schart hoffen«, sagte Chandu.

»Falls er noch lebt«, ergänzte Zoe.

»Schart ist einsichtiger als Prehm«, sagte Jan. »Er bleibt die meiste Zeit bei seinem Freund versteckt und geht nur in Begleitung eines Beamten nach draußen. Dann trägt er immer eine Mütze, eine Brille und eine Winterjacke, die ihn dicker aussehen lässt. Außerdem hat er sich seinen Vollbart abrasiert.«

»Was es aber schwieriger macht, den Mörder herauszulocken.«

»Das Risiko ist mir zu hoch«, sagte Jan. »Wir können keinen Zivilisten als Lockvogel nehmen. Wäre der Mörder ein verrückter Würger, wäre das eine Option. Aber gegen einen Heckenschützen hilft nicht einmal eine kugelsichere Weste.«

»Es bleibt ein Restrisiko, dass es noch weitere Programmierer gegeben hat, von denen wir nichts wissen, über die aber der Mörder alle Details hat«, gab Zoe zu bedenken.

»Ein berechtigter Einwand, doch da es in den letzten Tagen keine weiteren Opfer gegeben hat, bin ich vorsichtig optimistisch, dass die vier die einzigen waren.«

»Ich habe noch eine interessante Sache zu Peer Ohst gefunden«, sagte Max. »Er war ein Pflegekind. Seine Pflegemutter starb an einer schweren Krankheit, als er zwölf war, und sein Vater wurde Opfer eines Raubüberfalls in Neukölln, kurz nach seiner Volljährigkeit.«

»Jetzt kennen wir den Grund für seine Besessenheit«, sagte Jan.

»Ansonsten gab sein Lebenslauf nicht mehr her.«

»Unser Ziel ist, Nico Prehm und Thomas Schart am Leben zu halten«, sagte Jan. »Über den Hintergrund von Ohst werden wir dem Mörder nicht näher kommen.«

Es klopfte an seiner Tür. Jan hob den Kopf und sah Andreas im Rahmen stehen. »Die Kollegen von der Polizei haben bei uns angerufen«, begann er. »In Kreuzberg wurde ein Mann von Anwohnern beobachtet, wie er eine Sporttasche mit einem Gewehr entsorgen wollte. Vielleicht ist das unsere Tatwaffe.«

* * *

Die Polizei hatte den Fundort mit Band abgesperrt und ihre Autos entlang der Straße geparkt, aber das Blaulicht hatte zahllose Neugierige angelockt. Die Balkone am gegenüberliegenden

Mehrfamilienhaus waren voller Leute, andere wiederum hatten sich um die Absperrung gestellt, ihr Handy in der Hand, darauf hoffend, etwas Spannendes aufnehmen zu können.

Bei dem Aufwand ging es um eine schwarze Sporttasche hinter einer breiten Eiche, zehn Meter von einem Sportplatz entfernt. Zwei Männer vom KTI durchsuchten die Tasche nach Sprengstoff und sicherten eine Fußspur mit schnell trocknendem Gips.

An einen Polizeiwagen gelehnt stand eine Frau um die vierzig, mit kurzen blonden Haaren, die mit Gel zur Seite gekämmt waren. Ihre Jeans lag hauteng an den Beinen und betonte unvorteilhaft ihren kräftigen Hintern. Die knallrote Jacke mit einem großen Kreuz aus Gold hätte eher zu einem Gangsta-Rapper gepasst. Neben ihr saß ein Jack-Russell-Terrier, der die Polizisten ohne Unterlass ankläffte und die Ermahnungen seiner Besitzerin ignorierte.

Jan ging zu ihr und zeigte seine Marke. »Tommen von der Kripo Berlin.« Er schüttelte ihr die Hand. Diese Zutraulichkeit gefiel dem Hund nicht und er widmete sein Gebell ausschließlich Jan.

»Still«, mahnte die Frau erneut. »Patricia Duhr«, stellte sie sich vor.

»Sie haben die Tasche gefunden?«

»Nicht gefunden«, korrigierte sie. »Ich war mit Attila spazieren, als mir dieser Mann entgegenkam. Er wirkte angespannt und schwitzte. Erst dachte ich, dass er vielleicht vom Training so fertig war, aber er drehte sich ständig um, als würde er verfolgt werden.« Sie kam etwas näher. »In den Nachrichtensendungen wurde dazu aufgerufen, aufmerksamer zu sein und alles Verdächtige zu melden.«

»Haben Sie ihn angesprochen?«

Sie verzog angewidert das Gesicht. »Er war groß und kräftig, außerdem unrasiert und ungepflegt. Solche Menschen machen mir Angst.«

»Haben Sie den Mann zuvor schon einmal gesehen?«

Sie schüttelte den Kopf. »Der wäre mir aufgefallen.«

»Was hat er gemacht?«

»Er wollte die Alexandrinenstraße überqueren, aber in diesem Moment fuhr ein Streifenwagen vorbei. Das ließ ihn sofort umdrehen. Er hastete zum Sportplatz, wo er die Tasche hinter einen Baum geworfen hat. Dann ist er in diese Richtung weggelaufen.« Sie deutete nach Norden.

»Haben Sie in die Tasche gesehen?«

»Nein, aber sein Verhalten hat mich geängstigt, also habe ich die Polizei gerufen.« Sie senkte ihre Stimme. »Heute sind die Terroristen ja überall«, flüsterte sie. »Das hätte eine Bombe sein können.«

»Wenn ich Ihnen einen Zeichner zur Seite stelle, könnten Sie den Mann beschreiben?«

»Ich glaube, ja«, sagte sie nachdenklich.

Jan winkte einen Kollegen zu sich. »Vielen Dank für Ihre Hilfe«, verabschiedete er sich und machte sich zum Fundort auf.

»Was ist in der Tasche?«, fragte er einen der Männer dort.

»Eine Oberland Arms 10«, antwortete der Kriminaltechniker. »Außerdem eine Schachtel Munition Kaliber .308 Winchester. Wir untersuchen das Gewehr noch nach Fingerabdrücken und DNS-Spuren, aber mit etwas Glück haben wir die Tatwaffe gefunden.«

* * *

Jan erschrak, als Bergman neben seinem Schreibtisch Platz nahm. Er war wieder tief in seine Ermittlungen versunken gewesen, sodass er die Ankunft des Kripochefs nicht bemerkt hatte. »Stimmt, wir haben heute Morgen einen Termin.« Er legte den schwarzen Textmarker auf den Halter des Whiteboards.

Bergman lächelte, faltete die Hände und lehnte sich auf dem Stuhl zurück. »Es gibt einen heißen Kandidaten für den Posten des Heckenschützen?«, fragte er.

»Die Chancen stehen nicht schlecht.« Jan räusperte sich. »Eine gewisse Patricia Duhr war gestern Nachmittag um 16.10 Uhr mit ihrem Hund spazieren.« Er deutete auf eine Karte an der Wand. »Dort bemerkte sie einen Mann, der nicht aus der Nachbarschaft stammte. Sein Äußeres war wenig vertrauenerweckend und er wirkte gehetzt. Auf dem Weg in Richtung Alexandrinenstraße geriet er wegen eines vorbeifahrenden Dienstwagens in Panik und hat daraufhin seine Sporttasche schnell versteckt. Dann ist er in nördliche Richtung davongelaufen.« Jan deutete auf das Bild eines Mannes an der Wand. »Unser Phantomzeichner hat eine erste Skizze des Verdächtigen angefertigt, aber uns fehlen noch Details für eine Suche in der Datenbank. Soweit wir wissen, war der Mann Kaukasier, um die vierzig, etwa 1,90 Meter groß und von dünner Gestalt. Er war unrasiert und hatte schulterlange schwarze Haare. Außerdem trug er eine blaue Regenjacke, zerrissene Jeans und verdreckte Militärstiefel einer unbekannten Marke.«

»Gibt es eine Verbindung von Patricia Duhr zu anderen Beteiligten?«

»Max hat eine erste Überprüfung durchgeführt und nichts gefunden«, antwortete Jan. »Duhr arbeitet halbtags bei einer Krankenkasse als Sachbearbeiterin und hat eine makellose Akte.«

»Wurde der Mann noch von anderen bemerkt?«, fragte Bergman.

Jan schüttelte den Kopf. »Auch den Kollegen aus dem Streifenwagen ist er nicht aufgefallen. Eine Befragung der Anwohner und der Mitglieder des nahen Sportvereins hat nichts ergeben.« Er deutete auf das Foto eines Gewehrs. »In der Sporttasche befand sich eine Oberland Arms 10 mit Munition, also jene

Waffenart, die beim Mord an Felix Hankel und Fiona Denz verwendet worden ist. Heute Morgen hat das KTI bestätigt, dass dieses Gewehr auch die Tatwaffe ist.« Er wandte sich Bergman zu. »Die schlechte Nachricht ist, dass nirgends Fingerabdrücke oder DNS zu finden waren.«

»Auch keine DNS?«, wunderte sich Bergman.

»Zumindest keine, die zu einer Probe in unserem System passt«, sagte Jan. »Die Waffe ist mit Bleiche abgewischt worden.«

»Also bleibt nur die Beschreibung des Mannes?«

»Das Beste kommt zum Schluss.« Jan deutete auf das Foto eines Stadtplans. »Im Seitenfach der Sporttasche haben wir den Ausschnitt einer Stadtkarte von Friedrichshain gefunden. Nur ein kleines Stück um die Bundesstraße 96a herum.«

»Was ist daran so besonders?«

»In diesem Kartenabschnitt befindet sich ein interessantes Haus«, fuhr Jan fort. »Darin ist ein Spieletreff, den Thomas Schart jeden zweiten Montag um 17 Uhr besucht.«

»Heute ist Montag.«

»Unter normalen Umständen würde sich Schart wieder mit Freunden treffen.« Jan zeigte ein breites Grinsen.

»Also wollte ihn unser Verdächtiger dort abpassen«, schloss Bergman.

»Möglichkeiten für einen Hinterhalt gibt es genug«, sagte Jan. »Und wenn unser Täter nicht weiß, dass Schart schon von uns bewacht wird, wird er möglicherweise dorthin gehen und versuchen, ihn zu töten.«

»Aber wir haben sein Gewehr«, gab Bergman zu bedenken.

»Das wird ihn hoffentlich nicht abhalten«, erwiderte Jan. »Ich würde es darauf ankommen lassen und ihm eine Falle stellen. Aus diesem Grund drehen wir bei der Fahndung noch nicht das große Rad.«

Bergman pochte mit den Fingern auf den Tisch. »Was für eine Falle?«

»Einen Moment.« Jan lief aus seinem Büro, ging zwei Zimmer weiter und kam kurz darauf mit einem Kollegen wieder zurück. »Dennis kennen Sie«, sagte Jan.

Bergman nickte dem Mann zu.

»Dennis hat die Statur und Größe von Thomas Schart. Außerdem ist er nur wenige Jahre älter.« Er deutete auf Scharts Bild an seiner Wand.

»Er hat aber eine andere Haarfarbe, eine kleinere Nase und grüne Augen.«

»Mit einer Perücke, einem künstlichen Nasenaufsatz und entsprechender Schminke bekommen wir eine Ähnlichkeit hin, die auf Distanz funktioniert.«

»Du willst Dennis als Lockvogel zum Spieletreff schicken?«, fragte Bergman.

Jan nickte.

»Das ist ein erhebliches Risiko«, gab der Kripochef zu bedenken.

»Wir überwachen die Gegend verdeckt und platzieren Kollegen an allen möglichen Stellen für einen Heckenschützen. Außerdem überprüfen wir die Autos und sehen uns jeden Spaziergänger mit der Lupe an.« Er deutete wieder auf die Karte. »Rund um den Spieletreff kommt nicht einmal eine Ratte aus der Kanalisation, ohne dass wir es merken. Wir starten die Aktion sofort, sodass wir den Schützen fassen werden, selbst wenn er sich mehrere Stunden zuvor auf die Lauer legen will. Außerdem etablieren wir eine verdeckte Überwachung mit Ferngläsern von den Dächern und bringen Drohnen zum Einsatz. Und das Ganze auf einer Länge von mehreren Hundert Metern.«

»Das erfordert viele Beamte.«

Jan nickte. »Mehr, als wir in der Kripo haben.«

»Wie fühlen Sie sich dabei?«, wandte sich der Kripochef an Dennis.

»Es gibt keine Alternativen«, sagte der junge Mann.

»Ich befehle Ihnen diesen riskanten Einsatz nicht«, sagte Bergman. »Und wenn Sie Nein sagen, dann ist das in Ordnung.«

»Danke für Ihre Unterstützung, aber wir ziehen Jans Plan durch«, sagte Dennis überzeugt. »Und wenn unser Verdächtiger nicht erscheint, beginnen wir mit der Fahndung.«

»Einen Versuch ist es wert«, sagte der Kripochef nach kurzem Überlegen.

»Denke ich auch«, erwiderte Jan lächelnd. »Und wenn unser Heckenschütze kommt, schlagen wir zu.«

* * *

Obwohl die Gegend seit sechs Stunden lückenlos überwacht wurde, war Jan noch immer angespannt. Sie hatten die Mordwaffe und eine Beschreibung des mutmaßlichen Täters, und doch war es noch zu wenig, um einen Durchbruch zu erzielen. Es war entscheidend, dass sie den Mann heute hier fassen würden. Mehr als vierzig Kollegen in Zivil waren im Einsatz. Max hatte Kameras auf jenen Dächern installiert, die als mögliche Schusspositionen infrage kamen, ebenso wie vor dem Eingang zum Spieletreff. Sofort nach Öffnung des Treffs hatten sich zwei Kollegen dort an einen der Tische gesetzt und vertrieben sich seitdem die Zeit mit einem komplexen Strategiespiel. Sie waren als Erste gekommen und würden als Letzte gehen.

Seit der Mittagszeit betrachtete Jan das Ganze von einem mexikanischen Imbiss aus. Er hatte dem Besitzer seine Kripomarke gezeigt, ihm etwas von einer verdeckten Überwachung erzählt und daraufhin einen guten Platz am Fenster bekommen. Es stank nach gebratenem Hackfleisch, und die Hitze vom Grill ließ Jan schwitzen, doch immerhin war es ruhig, trocken und die Toilette nicht weit. Jan hatte schon schlechtere Überwachungsbedingungen gehabt.

Der Feierabendverkehr setzte ein. Die Straßen und Gehwege wurden voller, aber es blieb noch übersichtlich genug, dass niemand unbemerkt an ihren unsichtbaren Kontrollpunkten vorbeischlüpfen konnte.

Die große Digitaluhr über der Kasse zeigte 16.54 Uhr. Dennis war mit dem Bus zur Kopernikusstraße gefahren und schlenderte den Gehweg auf der gegenüberliegenden Seite entlang. Hinter ihm ging eine Kollegin mit zwei Einkaufstaschen, bereit, sofort einzugreifen, sollte es notwendig sein. Der Lockvogel hielt einer genauen Überprüfung nicht stand, aber Größe und Statur stimmten – und darauf kam es an. Mit Perücke und Schal konnte man ihn auf die Entfernung für den Programmierer halten.

Sie hatten für die Zeit um 17 Uhr absolute Funkstille vereinbart. Jeder wusste, was zu tun war. Eigentlich war es unmöglich, dass sich ein Heckenschütze noch irgendwo ungesehen verbergen konnte, aber der Mörder war jedes Mal gut vorbereitet gewesen, Grund genug also für Jans Anspannung, die er zu bekämpfen suchte, indem er die Fäuste ballte. Dennis hatte zwar eine kugelsichere Weste an, die auch den Schuss einer Oberland Arms mit Kaliber .308 Winchester aushalten würde, sein Kopf dagegen war ungeschützt, daher war das Risiko nicht unerheblich.

Jan verfolgte jeden Schritt seines Kollegen. Der junge Mann ging zwischen zwei parkenden Autos hindurch, sah sich nach rechts und links um und spazierte dann über die Straße und weiter zum Spieletreff. Jan erhob sich von seinem Platz, ging nach draußen auf den Gehweg und beobachtete Dennis, bis er im Haus verschwunden war. Unbewusst wanderte die Hand an seinen Holster.

Er atmete erleichtert auf, als sich die Tür geschlossen hatte. Die Gesundheit seines Kollegen war das Wichtigste, aber gleichzeitig bedauerte er es, dass sich niemand gezeigt hatte.

Der Spieletreff war jedoch bis spätabends geöffnet, also war der Einsatz noch nicht vorbei. Es war aus Sicht des Mörders sinnvoller, zu warten, bis sich der Verkehr wieder beruhigt hatte und der Gehweg leerer war.

»Verdächtigen erblickt«, hörte er die Stimme einer Kollegin in seinem Ohrhörer. »Er läuft die Libauer Straße in Richtung Norden. In Höhe der Hausnummer 6.«

»Ich sehe ihn auch«, bestätigte ein anderer. »Er ähnelt der Phantomzeichnung. Er trägt eine Jeansjacke, schwarze Lederhosen und Turnschuhe.«

»Außerdem führt er eine große Tasche mit sich, in die ein Gewehr passen würde«, ergänzte die Frau. »Er ist in einer Minute an der Kreuzung zur Kopernikusstraße.«

»Dort warten zwei Kollegen.« Jan lief den Gehweg entlang. Er musste sich beherrschen, nicht loszurennen, denn er wollte keine Aufmerksamkeit erregen. »Noch Abstand halten. Überwältigt ihn, sobald er die Kreuzung erreicht hat, bevor er auf die Straße kommt.«

»Wir sehen ihn auch«, hörte er die Stimme eines anderen Mannes. Zwei Kollegen näherten sich von der gegenüberliegenden Seite der Kreuzung. Scheinbar unbeteiligt. Die Blicke auf ihre Handys gerichtet.

»Ich sehe keine Waffe, aber passt trotzdem auf«, warnte die Frau.

»Zugriff in drei Sekunden«, hörte Jan die Stimme des Kollegen. Er beschleunigte seine Schritte und gelangte an die Kreuzung, als der Mann schon auf dem Boden lag und Handschellen angelegt bekam. Er wehrte sich kurz, hatte jedoch keine Chance. Vier Beamte hielten ihn an Armen und Beinen fest, während ein fünfter ihn nach Waffen durchsuchte. Ein Streifenwagen kam mit Blaulicht angefahren. Der Verdächtige wurde hochgehoben und auf den Rücksitz gesetzt. Kaum war die Tür geschlossen, fuhr der Wagen mit Sirene und Blaulicht los.

Als das Auto außer Sicht war, lehnte sich Jan erleichtert an die Hauswand. Er atmete hörbar aus. Die Anspannung wich von ihm. Ein Kollege schlug ihm auf die Schulter.

»Gute Arbeit«, sagte Jan lächelnd und erwiderte die Geste. »Die erste Runde Tacos und Cerveza geht auf mich.«

* * *

Der Nebenraum des Verhörzimmers war voller Beamter. Jeder wollte einen Blick auf den mutmaßlichen Serienmörder werfen. Sein Äußeres entsprach der Beschreibung von Patricia Duhr, die ihn an dem Sportplatz in Kreuzberg gesehen hatte.

»Unser Verdächtiger ist ein gewisser Hannes Elrott. Nach seiner Akte kein Chorknabe.« Die Köpfe wandten sich Jan zu. »Die Waffe in der Sporttasche war wieder ein Oberland-Arms-Gewehr mit Kaliber-.308-Winchester-Munition.«

Jans Kollegen nickten zufrieden. Selbst Bergman zeigte ein seltenes Lächeln. Die Nachricht über diesen Fang hatte sich rasch auf der Dienststelle herumgesprochen.

»Und jetzt hören wir doch mal, was der gute Hannes zu sagen hat.« Jan drängte sich zwischen den Kollegen hindurch nach draußen. Er erhielt einen aufmunternden Klaps auf die Schulter.

»Mach ihn platt, Tommen!«, rief ein Mann vom KDD.

Als Jan den Verhörraum betrat, hob Elrott den Kopf. Sein Gesichtsausdruck war feindselig, und er zog an den Handschellen, mit denen er an den Tisch gefesselt war. Er roch unangenehm nach Schweiß, als hätte er sich schon tagelang nicht mehr gewaschen. »Wann komme ich hier raus?«, fragte er zornig.

»Wenn Sie gestehen«, sagte Jan.

»Schon mal was von Schweigerecht gehört?«

»Kenn ich nicht«, antwortete Jan und setzte sich ihm gegenüber. »Was ist das?«

»Ich halte meine Fresse.« Elrott hob den Mittelfinger seiner rechten Hand.

»Kooperation mit der Polizei kann Vorteile haben.«

»Sehe ich so bescheuert aus? Mit den Bullen kann man keinen Deal machen. Vielleicht mit dem Staatsanwalt, und das macht mein Strafverteidiger, wenn der mal kommt.« Er kratzte sich an seinem Bart.

»Wie ich sehe, haben Sie Erfahrung.«

»Man kommt rum.«

Jan öffnete eine Akte. »Hannes Elrott. Geboren 1981 in Ost-Berlin. Mehrere Anzeigen wegen Hehlerei und Schmuggels. Eine Bewährungsstrafe wegen Körperverletzung. Dazu noch Fahren ohne Führerschein und unter Drogeneinfluss«, las er vor. »Sie sind bestimmt der Stolz Ihrer Mami.«

»Wen interessiert die alte Nutte.«

»Bisher sind Sie gut davongekommen, aber bei dreifachem Mord und mindestens einem Mordversuch wird es schwer mit der Bewährungsstrafe.«

Elrott lachte kurz. »Ist das die neue Bullentaktik?«, fragte er belustigt. »Morde anhängen?«

»Das Gewehr in Ihrer Sporttasche war eine Oberland Arms 10, eine Waffe, wie sie bei mindestens zwei Morden verwendet worden ist«, erklärte Jan. »Von der Toten in der Friedrichstraße haben Sie sicherlich gehört.«

»Was juckt mich das?«, fragte Elrott ungerührt. »Die Tasche habe ich gefunden. Ich wollte sie ins Fundbüro bringen, als mich Ihre Kollegen umgehauen und in die Bullenkarre verfrachtet haben.«

»Und wo haben Sie die Tasche gefunden?«

»Am Spreeufer.«

Das KTI war noch an der Auswertung der Spuren, daher wusste Jan nicht, ob sich Fingerabdrücke von Elrott auf der Waffe befanden.

»Und was ist mit der Tasche, die Sie in Kreuzberg in der Nähe des Sportplatzes versteckt haben?«

»Alter, ich war schon Wochen nicht mehr in Kreuzberg«, antwortete Elrott.

»Eine Zeugin hat Sie dort gesehen.«

»Vielleicht war die Schlampe bekifft, ich jedenfalls war das nicht. Und Sport treibe ich auch nicht.« Er kratzte sich am Bart. »Ist mein Verteidiger jetzt endlich da?«

»Hoffentlich haben Sie einen guten, bei den Mordanklagen.«

»Was kommst du mir ständig mit Mordanklagen?«, erwiderte Elrott gereizt. »Ich habe eine Tasche gefunden, in der ein Gewehr war. Kann ich nicht riechen, was da drin ist. Ich habe die Knarre nicht mal angefasst.«

»Das potenziell dritte Opfer dieser Mordserie war zur selben Zeit in Friedrichshain, als Sie auch dort waren. Noch fünfzig Meter weiter, und Sie wären über ihn drübergestolpert, mit genau der Waffe, mit denen die Opfer erschossen worden sind«, sagte Jan. »Und außerdem haben wir an besagtem Sportplatz die Mordwaffe gefunden, in einer Sporttasche wie Ihrer. Schließlich haben wir eine glaubhafte Zeugin, die Sie beim Entsorgen dieses Gewehrs gesehen hat.« Er lehnte sich angriffslustig nach vorne. »Und jetzt sagt dir der Bulle hier mal was. Das sind eine Menge Hinweise, die auf dich hindeuten, Alter. Und egal, wer dein Strafverteidiger ist und wie lange du dich auf dein Schweigerecht berufst, du gehst in den Bau, bis deine Unschuld bewiesen ist, und das kann eine Weile dauern.«

Jan nahm die Akte, stand auf und ging zur Tür. Im Nebenzimmer war die Stimmung gedrückter als zuvor. »Selten so einen Scheiß gehört«, sagte er zu Bergman.

»Das war nicht sein erstes Verhör«, erwiderte der Kripochef. »Den zu knacken wird schwierig.«

»Wir brauchen mehr Beweise«, sagte Jan. »Ich warte die Untersuchung vom KTI ab. Vielleicht finden die Kollegen

Fingerabdrücke oder DNS von ihm an der Waffe. Dann funktioniert die Ausrede mit der gefundenen Tasche nicht mehr. Außerdem nimmt gerade ein anderes Team Elrotts Bude auseinander. Ich brauche noch einen unumstößlichen Beweis, dann nützt ihm auch sein Schweigen nichts mehr.«

Kapitel 13

Jan hatte kaum geschlafen. Die Eindrücke des Falls waren ihm die ganze Nacht durch den Kopf gegangen, ohne dass er zu einer befriedigenden Lösung gekommen war. Einiges sprach gegen Elrott, aber es konnte zu wenig sein, um ihn mit den Morden in Verbindung zu bringen. Es fehlte noch ein Zeuge, ein Fingerabdruck auf der Mordwaffe, ein Foto von ihm in der Nähe des Tatorts oder eine Verbindung zu der Schießerei in der Skalitzer Straße, die all diesen Wahnsinn ausgelöst hatte.

Sein Handy klingelte, als er durchs Treppenhaus von seiner Wohnung zu seinem Wagen ging. Das Display zeigte Bergmans Nummer.

»Guten Morgen«, sagte Jan und unterdrückte ein Gähnen.

»Es ist ausnahmsweise ein guter Morgen, denn die Kollegen vom KTI haben Elrotts Wohnung durchsucht und eine weitere Stadtkarte gefunden. Dieses Mal von Tegel. Und der Kanonenplatz ist sichtbar mit einem roten Stift markiert.«

»Jetzt haben wir den Drecksack«, sagte Jan begeistert.

»Elrott ist schon auf dem Weg von der U-Haft auf die Dienststelle«, sagte Bergman. »Dann darfst du dein Glück noch mal versuchen.«

Jan beendete das Gespräch und rannte den verbleibenden Weg zu seinem Auto. Die Müdigkeit war von ihm abgefallen und sein Jagdtrieb erwacht. Vor lauter Enthusiasmus hätte er auf der Fahrt beinahe eine rote Ampel übersehen.

Sein Telefon klingelte wieder. Er erkannte Max' Nummer.

»Du musst mal mit der Presseabteilung reden«, begann er.

»Was ist passiert?«, wunderte sich Jan.

»Die Info über die Verhaftung von Hannes Elrott ist heute Nacht durchgesickert. Für die Schlagzeilen der Abendzeitungen hat es nicht mehr gereicht, aber das holen die Internetportale gerade nach.« Max räusperte sich. »Eine überregionale Tageszeitung titelt: ›Heckenschütze von der Friedrichstraße endlich gefasst?‹«

»Darum soll sich Bergman kümmern. Ich bin auf dem Weg zur Dienststelle und werde Elrott noch mal in die Mangel nehmen. Wir haben endlich einen unumstößlichen Beweis.«

»Ich rufe nicht wegen der Presse an, aber die Nachricht hat auch Nico Prehm erreicht«, sagte Max. »Für ihn ist der Fall abgeschlossen, daher packt er seine Sachen und geht heute noch zu einem LARP. Das nur zur Info.«

»Zu einem was?«

»Ein Live Action Roleplaying. Dabei übernimmt jeder Teilnehmer eine Rolle, die er mehrere Tage lang spielt, wie bei einem extrem langen Theaterstück. Eben ein Rollenspiel, nur nicht am Tisch, sondern im Freien, mit Gewandung, Unterkünften, Waffen und einer Geschichte.«

»Wie auch immer. Könntest du Prehm über das Handy erreichen?«

»Bei unserem letzten Treffen hat er mir erzählt, dass bei dem LARP absolutes Handyverbot herrscht und nur die Spielleitung eines für Notfälle hat.«

»Ich halte seine Teilnahme für keine gute Idee.«

»Außer uns weiß es kaum jemand. Außerdem findet das LARP in einem Brandenburger Waldgebiet statt, und wenn er sein Handy zu Hause lässt, kann man ihn nicht tracken. Internet gibt es dort auch nicht.«

»Vielleicht hat sich der Fall tatsächlich erledigt«, sagte Jan.

»Dann viel Glück bei der Befragung«, erwiderte Max und legte auf.

Vor der Dienststelle angekommen, hatte er Nico Prehm schon wieder vergessen. Er joggte in das Gebäude, grüßte seine Kollegen und ließ sich einen Kaffee aus der Maschine, bevor er in seinem Büro den Computer startete. Der Bericht von der Durchsuchung war noch nicht fertig, aber das hatte noch Zeit. Ein Kollege vom KTI kam herein und legte ihm die Stadtkarte in einer Plastiktüte hin. Es war genau, wie Bergman sie beschrieben hatte. Der rote Kreis um den Kanonenplatz war deutlich sichtbar.

»Die lag offen auf Elrotts Couchtisch«, erklärte der Kollege. »Aber es sind keine Fingerabdrücke drauf.«

»Ist nicht schlimm«, erwiderte Jan lächelnd. »Der Zusammenhang zum Kanonenplatz genügt. Elrott hat das nicht eingekreist, weil er Angeln gehen wollte.« Er schlug seinem Kollegen freundlich auf die Schulter. »Danke, Leute.« Der Mann nickte und verließ das Büro.

Kurz darauf traf Elrott auf der Dienststelle ein und wurde in das Verhörzimmer gesetzt. Jan gönnte sich einen weiteren Kaffee, bevor er sich zu ihm aufmachte. Bergman wartete schon im Nebenzimmer und nickte ihm aufmunternd zu.

»Guten Morgen, guten Morgen, guten Morgen«, sagte Jan fröhlich, als er den Raum betrat. Er legte die Akten und das Beweisstück auf den Tisch und setzte sich Elrott gegenüber. »Wie war die Nacht hinter Gittern?«, fragte er grinsend. »Hab gehört, dass der Zimmerservice zu wünschen übrig lässt.«

»Weniger Wanzen als in meiner Bude.« Elrott streckte sich müde und gähnte laut. »Was soll der Scheiß wieder?«, fragte er. »Glaubst du, eine Nacht im Knast hat mich mürbe gemacht?«

»Ich wollte Ihnen nur das zeigen.« Jan nahm die Stadtkarte und knallte sie vor ihm auf den Tisch. »Haben wir in Ihrer Bude gefunden.« Er deutete auf das Stück Papier. »Das ist eine Karte von Tegel und darauf ist der Kanonenplatz deutlich markiert.«

»Schön für dich.«

»Raten Sie mal, wo unser letztes Opfer erschossen worden ist.«

»Im Puff?«

»Wir haben eine Zeugin, die Sie gesehen hat, wie Sie die Mordwaffe ablegten. Wir haben Sie auf dem Weg zum nächsten Opfer aufgegriffen und zwar mit einem Gewehr in der Tasche. Und jetzt noch die Stadtkarte, auf welcher ein Tatort angestrichen ist. Und die haben wir bei Ihnen zu Hause gefunden.« Er hob die Hände hoch und ballte die Fäuste. »Wenn Sie wieder aus dem Knast kommen, können Sie direkt Rente beantragen.«

»Das ist nicht meine Karte«, sagte Elrott.

»Hätte ich jetzt auch behauptet.«

»Ihr wollt mir was unterschieben«, fuhr er auf.

Jan strafte ihn mit einem verächtlichen Seitenblick.

»Ich habe niemanden abgeknallt.«

»Ich weiß, ich weiß.« Jan hob abwehrend die Hände. »Die Tasche haben Sie gefunden und der Kanonenplatz ist auf dem Stadtplan eingezeichnet, weil Sie wegen der schönen Aussicht dorthin wollten.« Jan stand auf. »Reden Sie mit Ihrem Verteidiger. Der wird Ihnen zu einem Geständnis raten.« Er nahm seine Unterlagen vom Tisch und wollte gehen.

»Da war so ein Typ«, sagte Elrott. »Der hat mir dreihundert gegeben, wenn ich die Tasche auf das Dach eines Hauses bringe.«

»Die dreihundert, die wir in Ihrer Hosentasche gefunden haben?«

Elrott nickte.

»Da waren nur Ihre Fingerabdrücke drauf.«

»Der Typ hatte Handschuhe an.«

»Natürlich«, murmelte Jan. Er setzte sich ihm wieder gegenüber. »Wo sollte die Waffe abgelegt werden?«

»Das Eckhaus an der 96 mit dem Bistro im Erdgeschoss.«

»Wozu?«

»Hat er nich' gesagt und ich hab nich' gefragt.«

»Wie sah der Mann aus?«

»Groß. Eins neunzig. Mit braunem Vollbart und kurzen Haaren. War kräftig gebaut, als würde er in die Muckibude gehen.«

»Hatte er einen Namen?«

Elrott schüttelte den Kopf.

»Sie nehmen ein Gewehr von einem Mann und transportieren es durch die Stadt, ohne seinen Namen zu kennen?«

»Der kannte einen Kumpel von mir«, rechtfertigte er sich. »Außerdem brauchte ich die Kohle.«

»Wo hat er Ihnen das Gewehr übergeben?«

»Wir haben uns vor drei Tagen im Tiergarten am Neuen See getroffen. Er hat mir die dreihundert bezahlt, die Tasche in die Hand gedrückt und gesagt, dass ich sie gestern gegen 17 Uhr auf das Dach legen soll. Dass da ein Gewehr drin ist, wusste ich nich'.«

»Die Geschichte könnte ich Ihnen noch abkaufen, aber was ist mit dem Gewehr in Kreuzberg?«

»Da war ich schon ewig nicht mehr, Alter«, rechtfertigte er sich. »Ich habe keine Waffe. Und wenn, hätte ich sie längst vertickt.«

»Und die Karte in Ihrer Wohnung?«

»Davon höre ich zum ersten Mal. Wenn ich wohin muss, nehme ich 'ne App aufm Handy.«

Jan zog die Augenbrauen hoch.

»Alter, das stimmt. Keine Ahnung, was hier los ist, aber ich hab weder die Tussi in der Friedrichstraße abgeknallt noch irgendjemand am Kanonenplatz. Und ich weiß auch nicht, welcher Spast gestern in der Kopernikusstraße rumgesprungen ist.«

»Glaube ich nicht«, sagte Jan.

»Dann sind wir hier fertig«, erwiderte Elrott. »Wenn du 'n Killer suchst, biste bei mir falsch.«

* * *

Nach dem Essen hatten die vier wieder ihre Plätze auf der Couch eingenommen. Ein Tablett mit vier Tiramisu im Glas stand auf dem Tisch und der Duft des soeben vollständig verspeisten Rinderlendenbratens mischte sich mit dem Rauch von Zoes Zigarette.

»Meine Damen und Herren, herzlich willkommen bei unserer gemeinsamen Vorab-Junggesellen-Abschiedsparty«, begann Chandu feierlich. »Der Bösewicht wurde gefasst und wir haben wieder Zeit, uns um das Wesentliche zu kümmern.«

»Aber, hallo.« Max nahm sich ein Glas mit Tiramisu vom Couchtisch.

»Das Motto des heutigen Abends lautet: ›Filmzitate raten‹«, fuhr Chandu fort. »Wer möchte anfangen?«

Zoe hob die Hand.

»Die Dame in der ersten Reihe.« Er deutete auf sie.

Zoe legte die Zigarette weg, steckte zwei Finger in den Mund und pfiff schrill. Das Geräusch war so laut, dass sich Max die Hände auf die Ohren hielt. Sie nahm die Finger wieder aus dem Mund und starrte ihre drei Freunde grinsend an.

»Das war's?«, wunderte sich Chandu.

Zoe nickte.

»Das ist aber ein komisches Zitat«, murmelte Jan.

»Ihr sollt raten«, sagte Zoe.

»›Jagd auf Roter Oktober‹?«, begann Max.

»Geben Sie mir ein Ping, Vasili. Und bitte nur ein einziges Ping!«, zitierte Chandu.

»Falsch.«

»›Im Westen nichts Neues‹«, riet Jan.

Zoe schüttelte den Kopf.

»Ich habe keine Ahnung, wer in welchem Film so pfeift«, gab Max zu.

»Das ist RT-L2«, sagte sie schließlich.

»Wer?«, fragte Chandu verwundert.

»Ich habe noch nie von einem Charakter gehört, der wie ein Fernsehsender heißt«, sagte Max.

»Dieser Roboter«, erklärte sie genervt.

»Welcher Roboter?«

»Der aussieht wie eine Biotonne, nur in Weiß.« Sie wedelte mit der Hand. »Aus ›Star Wars‹.«

»Du meinst R2-D2?«, fragte Max.

»Genau der.« Sie nahm ihre Zigarette aus dem Aschenbecher.

Max tauschte einen verwirrten Blick mit Chandu aus. »Da wäre ich in hundert Jahren nicht draufgekommen.«

»Also gut. Dann was Einfaches.« Zoe starrte Chandu in die Augen, ohne zu blinzeln. »Einer dieser Meinungsforscher wollte mich testen. Ich genoss seine Leber mit ein paar Fava-Bohnen, dazu einen ausgezeichneten Chianti.« Sie nahm das Glas vom Tisch und trank einen Schluck Rotwein.

»Hannibal Lecter in ›Das Schweigen der Lämmer‹«, sagte Max.

»Keine schlechte Performance.« Chandu applaudierte.

»Den hätte ich gern als Kollegen«, sagte sie seufzend und stellte das Glas ab. »Als Erstes würden wir uns die Leber meines Vorgesetzten vornehmen.«

»Jetzt ich.« Chandu stand auf, streckte seinen Bauch heraus und lief watschelnd am Couchtisch entlang. »Lass die Waffe liegen, nimm die Cannelloni«, sagte er mit rauchiger Stimme.

»Jamie Olivers Kochshow«, bemerkte Zoe.

»Hä?«, wunderte sich Chandu.

»Es geht hier um Filme«, erklärte Max. »Nicht um Fernsehshows.«

»Und hast du schon mal eine Kochsendung gesehen, in der jemand eine Knarre trägt?«, fügte Chandu hinzu.

»Ich schaue keine Kochshows«, antwortete Zoe.

Chandu stöhnte. »Das war ›Der Pate‹.«

»Wessen Pate?«, fragte sie.

»Wie wessen Pate?«

»Wessen Pate ist der Pate?«, fragte Zoe. »Ich bin Patin der kleinen Mathilda, der Tochter einer Studienkollegin, die ich …«

»Es geht nicht um einen Taufpaten, sondern um einen Mafiapaten«, erklärte er verzweifelt.

»Kein Grund, sich aufzuregen«, sagte Zoe. »Ich habe selbst einen in der Familie. Da sehe ich mir nicht noch solche Filme an.«

Chandu schlug die Hände vors Gesicht. »Wir sollten uns noch mal über die Grundregeln des Spiels unterhalten.«

»Was ist los?«, wandte sich Max an Jan, der lustlos in seinem Tiramisu herumstocherte.

»Der Staatsanwalt hat einen Haftbefehl gegen Elrott erlassen und wird bald Anklage erheben«, sagte Chandu. »Jetzt hast du Zeit für deine Hochzeit.«

»Ich weiß nicht.« Jan stellte sein Tiramisu-Glas auf den Tisch. »Trotz einiger Indizien gibt es zu viele Dinge, die nicht passen.«

»Waffen und Karten sind eindeutig«, sagte Zoe. »Und Elrotts Ausrede mit dem Auftrag, die Waffe in die Nähe des Spieletreffs zu bringen, ist lahm.«

»Die Kollegen haben Elrotts Wohnung auseinandergenommen«, sagte Jan. »Wo ist der Laptop von Ohst, mit dessen Hilfe er die Details über seine Opfer erfahren hat?«

»Er wurde dabei beobachtet, wie er die Mordwaffe entsorgen wollte. Das könnte er auch mit dem Laptop gemacht haben«, sagte sie.

»Ist trotzdem komisch«, murmelte Jan.

»Drehen wir es um«, sagte Chandu. »Angenommen, Elrott sagt die Wahrheit, wie ist es dann gelaufen?«

»Die Zeugin am Kreuzberger Sportplatz hat sich geirrt«, sagte Max. »Es war nicht Elrott, der aus Angst vor der Polizei die Tasche abgelegt hat. Er sieht dem eigentlichen Täter nur ähnlich.«

»Er wurde beauftragt, die Waffe an den Spieletreff zu bringen und genau zu der Zeit, in der Schart normalerweise hingeht«, sagte Zoe.

»Diese Information hatte nur der Mörder«, ergänzte Chandu. »Somit ist der unbekannte Auftraggeber der Täter, daher sollte man Elrotts Beschreibung ernst nehmen.«

»Dann ist der Unbekannte bei Elrott zu Hause eingebrochen und hat die Stadtkarte mit dem markierten Kanonenplatz so platziert, dass sie bei der Durchsuchung gefunden wurde.«

»Laut KTI war Elrotts Haustürschloss minderwertig«, sagte Jan. »Wer den Zugang zum Büro in der Friedrichstraße geknackt hat, hätte damit keine Probleme gehabt.«

»Das sind schon viele Wenns«, sagte Zoe. »Passt eher zu einer Verschwörungstheorie.«

»Zugegebenermaßen wäre das ein sehr komplexer Plan«, sagte Jan. »Aber es gibt noch andere Dinge, die für Elrotts Unschuld sprechen.« Er stand von der Couch auf. »Er hat keinen Bezug zu den Opfern und hat nicht für GreyDef gearbeitet. Vielleicht kannte er Tinz, aber diesbezüglich haben wir auch keinen Beweis.«

»Ein wackeliges Argument«, sagte Chandu. »Es ist immer noch unklar, wie viele Leute von Tinz wirklich bei der Schießerei an der Skalitzer Straße beteiligt gewesen sind. Es hätte auch einer mehr sein können.«

»Wie einflussreich ist Elrott in der Berliner Unterwelt?«, fragte Zoe.

»Die Hälfte meiner Kontakte kannte ihn nicht«, antwortete Chandu. »Er ist ein krimineller Drecksack, der in den Knast gehört, aber er hat keine militärische Ausbildung, bei der er ein guter Schütze geworden wäre. Er ist weder in einer Gang noch Clanmitglied.«

»Ich habe auch Schwierigkeiten mit der zurückgelassenen Tasche samt Waffe«, sagte Jan. »Ein Mehrfachmörder, der einen solch ausgeklügelten Plan ausarbeitet, verliert nicht die Nerven, wenn ein Polizeiauto an ihm vorbeifährt. Ich könnte mir vorstellen, dass er wegrennt, aber niemals lässt er die Tatwaffe in einer Gegend zurück, wo eine Minute später jemand darüber stolpert.«

»Wen hat die Spaziergängerin in Kreuzberg dann gesehen?«, fragte Max.

»Den eigentlichen Mörder«, sagte Jan. »Er hat die Waffe bewusst dort platziert. Daraufhin hat er sich einen Vorbestraften gesucht, der ihm ähnlich sieht, und hat ihn in die Falle am Spieletreff laufen lassen. Währenddessen ist er in Elrotts Wohnung eingebrochen, um den letzten Hinweis zu hinterlegen.« Jan zuckte mit den Schultern. »Fall erledigt.«

»Aber der Staatsanwalt hat schon den Finger auf Elrott«, sagte Zoe. »Er wird ihn aufgrund unserer Spekulationen nicht laufen lassen.«

»Deswegen tut es mir nicht leid«, sagte Jan. »Aber wir sollten uns mit dem Gedanken anfreunden, dass Elrott nicht unser Täter ist.«

»Ich kann mich etwas umhören«, schlug Chandu vor. »Dazu brauche ich aber einen Hinweis.«

»Ich kann dir noch heute Abend eine Liste der Leute erstellen, die mit Elrott angeklagt oder verhaftet worden sind«, warf Max ein.

»Das würde helfen.« Chandu sah auf seine Uhr. »Die Nacht ist noch jung.«

»Unabhängig davon lasse ich die Ermittlungen weiterlaufen«, sagte Jan. »Und ich behalte Thomas Schart unter Bewachung. Bergman wird mir bestimmt noch ein paar Tage genehmigen.«

»Elrott war unsere einzige Spur«, gab Zoe zu bedenken. »Wenn Chandu keine neuen Erkenntnisse liefert, bleibt nicht mehr viel.«

»Ich arbeite mich morgen noch mal durch die Berichte, vielleicht habe ich etwas übersehen«, sagte Jan. »Außerdem untersuche ich Thomas Scharts Wohnung, solange er bei einem Freund übernachtet. Wenn der Mörder ein guter Einbrecher ist, war er vielleicht auch dort.«

* * *

Als Max ihm die Liste möglicher Komplizen Elrotts gegeben hatte, war Chandu verwundert, wie klein Berlin war. Die Hälfte der Namen hatte er gehört, drei kannte er persönlich, und wiederum von zweien wusste er, wo sie sich herumtrieben. Einer der beiden wurde per Haftbefehl gesucht und hatte außerdem ein Faible für kleinkalibrige Waffen. Unter diesen Umständen war es keine gute Idee, ihn aufzusuchen, sodass im Grund nur eine Person übrig blieb.

Es war ein Uhr in der Nacht und der Klub im Prenzlauer Berg war berstend voll. Der Bass der Musik dröhnte durch die massiven Wände des roten Backsteingebäudes. Vor der Tür standen die Liebhaber des Dark Wave und Gothic in ihrer schwarzen Kleidung, viele mit Piercings und Tattoos, manche Männer mit geflochtenem Bart, andere mit Kajalstrich um die Augen. Das dumpfe Dröhnen setzte einen Moment aus. Eine Orgel ertönte und der Sänger schrie »See you in hell«, bevor der Bass wieder einsetzte.

Dann kam sie um die Ecke. Lucy hatte sich in den letzten Jahren nicht verändert. Ihre hellroten Haare stachen in dem düsteren Licht vor dem Klub ins Auge. Sie trug einen lila Kunstpelz über einem Unterhemd, durch das sich die Nippel ihrer kleinen Brüste abzeichneten. Die schwarzen Leggings und die knielangen Stiefel passten zum heutigen Publikum.

Energisch schob sie sich durch die Menge, rempelte sich den Weg frei, wo es eigentlich zu eng war, und bedachte jede Bemerkung mit einer unflätigen Geste ihres Mittelfingers. Zwei Schritte vor dem Klubeingang zog sie noch einmal an der Zigarette in ihrem Mundwinkel, bevor sie diese wegschnippte.

Chandu legte ihr die Hand auf die Schulter. »Hi, Lucy«, begrüßte er sie.

Die Frau fuhr blitzartig herum, ließ ein Messer aufklappen und wollte es Chandu an den Hals halten, aber er packte ihr Handgelenk und schob die Klinge von sich weg.

»Kein Grund zur Aufregung«, sagte er beschwichtigend und ließ sie wieder los.

»Ich kann es nicht leiden, wenn man mich betatscht!«, schrie sie.

Ein paar Leute drehten sich zu ihnen um, verloren aber schnell das Interesse. Eine Frau mit Messer war hier nicht ungewöhnlich.

Chandu hob die Hände. »Ich will nur reden.«

»Ich will saufen und tanzen«, sagte sie. »Und später lass ich mich noch von jemandem ficken, der keinen Schwanz hat.«

»Hört sich nach einer netten Abendunterhaltung an.«

Sie hob den Mittelfinger. »Verpiss dich, Chandu.«

»Heißt du deswegen Lucy, der Finger?«

»Das hat einen anderen Grund.« Sie nahm den Daumen in den Mund und lutschte ihn obszön ab.

»Du kennst mich. Ich brauche eine Info von dir, und erst wenn ich die habe, wirst du mich los.« Er zog einen Zwanzigeuroschein aus der Tasche. »Ich gebe auch eine Runde Bier aus.«

Sie verzog verächtlich das Gesicht. »Eine«, sagte sie schließlich. »Danach machst du den Abgang.«

Chandu nickte und ging mit ihr in den Klub. Die Musik war drinnen sehr viel lauter, aber als er zwei Bier gekauft hatte, verzog er sich mit Lucy hinter eine Säule, weg von der Tanzfläche.

»Wer ist Hannes Elrott?«

»Ein Penner und Loser.« Lucy trank einen Schluck Bier.

»Es geht mehr um seinen Charakter. Was für ein Typ ist er?«

»Skrupellos, egoistisch und immer bereit für ein krummes Ding. Aber es fehlt ihm an Ehrgeiz und Aggressivität, daher wird er immer ein kleines Licht bleiben.«

»Die Bullen haben dich mit ihm aufgegriffen«, sagte Chandu.

»Da war ich noch neu in der Stadt und kannte die Möglichkeiten nicht«, begann sie. »Ich habe Touris und alte Knacker um ihre Kreditkarten erleichtert. Elrott hat sie für mich verscherbelt. Damit haben wir ein paar Hunderter die Woche gemacht. Genug für ihn, um über die Runden zu kommen, aber ich wollte mehr und wurde unvorsichtig.« Sie trank einen weiteren Schluck Bier. »Elrott hat im Verhör gesungen wie 'ne Operndiva und hat mich mit reingezogen. Hat ihm aber nicht viel genützt. Die Bullen haben nicht geglaubt, dass er unschuldig war.« Sie spuckte auf den Boden. »Hat eine Weile gebraucht, bis ich ihn danach gefunden habe, aber der Schnitt auf seinem rechten Arm erinnert ihn jeden Tag an mich.«

»Was treibt er jetzt?«

»Keine Ahnung.« Sie trank einen Schluck Bier. »Elrott ist so dumm, der findet nicht mal seinen Schwanz. Der macht alles, mit dem er Kohle verdienen kann.«

»Auch jemanden umschießen?«

Lucy lachte. »Dazu fehlen dem Assi die Eier. Außerdem säuft er so viel, der kann mit einer Knarre kaum geradeaus schießen.«

»Er hat ein Alkoholproblem?«

»Ein ziemliches.«

»Also kann er nicht mit einem Gewehr umgehen?«

Sie hob die freie Hand und ließ sie stark zittern. »Wenn Elrott so was in die Finger bekommt, solltest du hinter ihm stehen.« Sie trank die Flasche aus und warf sie hinter sich, wo sie klirrend auf dem Boden zerbrach. »Genug gelabert. Jetzt ist Party.« Sie ging zur Tanzfläche, ohne sich noch einmal umzudrehen.

Offensichtlich ist das Gespräch vorbei, dachte Chandu und stellte seine Flasche auf den Boden. Auf dem Weg nach draußen nahm Chandu sein Handy und schrieb Jan eine SMS. Es war, wie sein Freund befürchtet hatte. Elrott war nicht der Heckenschütze.

* * *

Jan hatte den ganzen Tag Akten gewälzt, Berichte gelesen und Tatortfotos inspiziert, aber Hannes Elrott war ihre einzige Spur gewesen. Es gab keine Hinweise auf andere Beteiligte, und je mehr Informationen sie über ihn einholten, umso unwahrscheinlicher wurde seine Beteiligung.

Jan brauchte einen Tapetenwechsel, um den Kopf freizubekommen, also war er zu Thomas Scharts Wohnung gefahren, hatte sich vom Hausmeister die Schlüssel geben lassen und war vorsichtig hineingegangen. An der Tür war keine Bombe befestigt und nirgends fanden sich Anzeichen für einen Einbruch.

Die Wohnung erinnerte Jan an Max' Bleibe. Keine Pflanzen, stickige Luft und alle Räume voller Technik. Selbst in dem fensterlosen kleinen Bad stand ein Bildschirm. Die Wände waren mit Filmplakaten und Drachenpostern dekoriert. Dazwischen Figuren von Superhelden, Funko-Pops und ein lebensgroßer T-800-Terminator aus Plastik. Im Gegensatz zu Max' Wohnung war es hier aber ordentlich, die Kleidung aufgehängt, der Müll getrennt und die leeren Colaflaschen in einem Küchenschrank aufbewahrt.

Jan wusste nicht genau, was er hier suchte, aber manchmal stieß man auf Hinweise, an die sich Zeugen nicht mehr erinnerten oder die ihnen nicht wichtig vorkamen. Jan hatte bewusst die Rollläden hochgezogen und das Licht angemacht, um den Mörder anzulocken. Während er durch Scharts Wohnung ging, streiften zwei Kollegen in Zivil um das Haus und hielten Ausschau nach heimlichen Beobachtern.

Schart hatte versichert, dass es bei ihm keine geheimen Räume oder irgendwelche anderen Verstecke gab, also untersuchte Jan die Bücher im Regal, betrachtete Fotos auf dem Schreibtisch und glich den Kalender auf Scharts Computer mit der Datenbank der Kripo ab, doch nach drei Stunden hatte er noch immer keinen neuen Hinweis.

Er sah aus dem Fenster. Es war längst dunkel geworden und der Berufsverkehr begann sich zu legen. Jan fühlte sich energielos. Er war froh, dass zwei der vier möglichen Opfer noch lebten, aber er wollte den Mörder fassen und es gab nicht die kleinste Spur zu ihm. Vielleicht waren es Männer von GreyDef, die sich rächen wollten, vielleicht war es wirklich Tinz gewesen oder sogar jemand aus dem Umfeld des unbeteiligten Toten. Ohne einen weiteren Hinweis waren das jedoch nur Hirngespinste.

Das Vibrieren seines Handys riss ihn aus seinen Gedanken. Das Display zeigte Bergmans Nummer.

»Ja, bitte«, meldete sich Jan.

»Mach dich auf den Weg nach Moabit«, begann Bergman ohne Begrüßung. »Unser Killer hat Thomas Schart erschossen.«

* * *

Ohne das Blut auf dem Boden hätte man meinen können, dass Thomas Schart sich nur zum Schlafen hingelegt hätte. Seine linke Hand war angelegt, der Kopf zur Wand gerichtet, als wollte er einen Blick durch das vergitterte Kellerfenster riskieren. Seine Beine waren angewinkelt und die lockigen Haare quollen an den Seiten seiner schwarzen Mütze hervor. Um seine gelbe Winterjacke hatte sich eine dunkelrote Pfütze gebildet.

»Ein Schuss ins Herz«, sagte Zoe und zog sich ihre Handschuhe wieder aus. »Keine Ahnung, was das KTI herausfindet, aber der

Schütze wird auf einem Hausdach gewesen sein.« Sie zeigte auf das Blut an der Wand. »Die Kugel ist links in den Körper eingedrungen, also war das Opfer in westliche Richtung zur Kreuzung unterwegs.« Sie deutete dorthin und ging mit Jan hinter dem Sichtschutz hervor auf den Gehweg. Zehn Meter weiter in beide Richtungen war die Straße gesperrt. Selbst Anwohner wurden nicht durchgelassen, bis die Polizisten alle Häuser auf der gegenüberliegenden Seite durchsucht hatten. Schließlich konnte sich der Mörder immer noch dort verbergen.

Trotz des späten Abends stauten sich Autos bis zum Ende der Straße. Manche Fahrer hupten, andere standen sogar auf ihrer Motorhaube, um den Grund für die Sperrung sehen zu können.

Zoe zog ihr Etui mit Zigaretten aus der Tasche. »Die Kollegen packen die Leiche ein und ich mache mich gleich dran. Aber erwarte keine Überraschungen. Ich werde wieder eine Kugel Kaliber .308 Winchester aus ihm herausziehen.« Sie steckte sich eine Zigarette an, hob die Hand und verließ den Tatort.

Jan ging zu einem Dienstfahrzeug, das am Gehsteig geparkt war. Die Beifahrertür stand offen und ein Mann um die dreißig saß auf dem dunklen Autositz. Er hielt einen Plastikbecher mit Kaffee in der Hand. Jan kannte Ralf Ippers als furchtlosen, ernsthaften Polizisten, den nichts aus der Ruhe brachte und der auch vor einer Gruppe Hooligans mit Knüppeln nicht die Nerven verlor. Er hielt den Kopf zu Boden gesenkt, als wollte er seine Turnschuhe betrachten. Die Hand mit dem Kaffeebecher zitterte und er schien Mühe zu haben, die Tränen zurückzuhalten.

»Ralf.« Jan legte seinem Kollegen die Hand auf die Schulter.

»Scheiße, Jan«, sagte dieser. »Verfluchte Scheiße.«

»Was ist passiert?«

»Schart hat es in der Kammer bei seinem Freund nicht mehr ausgehalten«, begann er. »Er wollte raus und mit Elrotts

Verhaftung schien das Risiko geringer geworden zu sein. Ich habe ihn über die Gefahren unterrichtet, aber er versicherte mir, dass er hier noch nie gewesen ist und dass ihn niemand kennen würde.« Er wischte sich über das Gesicht. »Nach einer weiteren Ermahnung hat er mir versprochen, dass er sich nicht lange in dem Laden aufhalten würde, hat Mütze und Brille aufgezogen und dann sind wir los.«

»Was ist das für ein Ort?«

»Eine Spielebar«, erklärte Ralf. »Hier kann man bei einem Cocktail Brettspiele ausleihen, sich an einem Kicker austoben und E-Sports schauen.«

»Kein Platz, an dem man einen Heckenschützen erwartet.«

»Es gibt sicherere Orte als Moabit, aber die Besucher in der Kneipe waren harmlos«, fuhr Ralf fort. »Er hat ein paar Runden Mario Kart gespielt, Zombies bei Zombicide getötet, sich mit zwei langhaarigen Jungs über Sammelkarten unterhalten und E-Sport im Fernsehen angeschaut. Wir waren gerade mal drei Stunden in der Bar, dann sind wir wieder los.« Er trank einen Schluck Kaffee. »Ich wusste, dass der Täter seine Opfer mit einem Gewehr erschießt, also bin ich vor Schart gelaufen. Es war dunkel, die Beleuchtung des Gehwegs mäßig und außerdem bin ich einen Kopf größer als er. Es hätte nichts passieren dürfen, aber der Heckenschütze hat auf der anderen Straßenseite gewartet, bis Schart in sein Schussfeld gekommen ist.« Er schüttelte den Kopf. »Wie hat er das geschafft, Jan?«, fragte er verzweifelt. »Wie konnte er bei dem Licht erkennen, dass es Schart war? Woher wusste er, dass wir in dem Laden waren?«

»Vielleicht hat ihn jemand dort erkannt«, vermutete Jan.

»Glaube ich nicht«, widersprach Ralf. »Bei Mario Kart hat Schart einen anderen Namen angegeben. Er hatte immer seine Mütze auf und wurde von keinem der Besucher angesprochen.«

»Hat er vielleicht jemandem erzählt, dass er dort hingeht? Oder hat er irgendetwas gepostet?«

Ralf schüttelte den Kopf. »Heute Morgen hat er mir noch erzählt, wie sehr er die sozialen Medien verachtet. Facebook, Twitter und den ganzen Kram. Außerdem sind wir mit meinem Auto gefahren, daher kann seines nicht identifiziert worden sein, selbst wenn es verwanzt gewesen wäre.« Er sah dem Leichenwagen hinterher, der den Toten wegfuhr. »Thomas war ein netter Junge«, sagte er. »Ein wenig spinnert und vielleicht sogar ein Klugscheißer, aber das hat er nicht verdient.« Ralf hielt sich die Hand auf die Augen und schien wieder Mühe zu haben, nicht loszuweinen.

»Wir werden den Drecksack finden, der Schart das angetan hat«, versprach Jan. »Und wenn wir ihn haben, darfst du zusehen, wie er im Knast verrottet.«

* * *

Es fiel Jan schwer, Thomas Scharts Bild an der Wand zu betrachten. Er fühlte sich schuldig an seinem Tod, weil sie ihn nicht besser bewacht hatten, weil er den Mörder nicht vorher gefasst hatte und weil er ihm nicht einmal ansatzweise auf der Spur war.

Sie hatten richtig vermutet. Hannes Elrott war nur das vorgeschobene Bauernopfer gewesen. Er war nicht bei der Schießerei in der Skalitzer Straße dabei gewesen, kannte keinen der Beteiligten und würde sie nicht weiterbringen, egal wie oft Jan ihn noch befragen würde. Er war nur Zeitverschwendung.

Auf seinem Laptop öffnete sich ein Fenster und erinnerte ihn an die Telefonkonferenz mit seinen Freunden. Er setzte das Headset auf und startete den Videoanruf.

Chandu saß in seinem Wohnzimmer und nippte an einem Espresso. »Hi, Jan«, sagte er und stellte die Tasse ab. Einen Augenblick später wählte sich auch Zoe ein. Jan erkannte die Räume der Rechtsmedizin im Hintergrund. Trotzdem hatte sie eine Zigarette in der Hand und rauchte. Wahrscheinlich hatte sie wieder einmal den Rauchmelder über ihr mit einem Hammer kaputt geschlagen.

»Was ist mit unserem Nerd?«, fragte Zoe.

»Er hat mir vor einer Stunde eine SMS geschrieben, dass er sich später einwählt«, sagte Jan. »Er ist noch an einer Sache dran und wir sollen anfangen.«

»Ich habe nicht viel zu berichten«, begann Zoe. »Der Schuss ins Herz war die Todesursache und das KTI hat bestätigt, dass es sich bei der Kugel um ein Kaliber .308 Winchester handelt. Wir haben an seiner Kleidung keine Sender oder Ähnliches gefunden. Schart hat weder Drogen genommen, noch hatte er K.-o.-Tropfen in seinem Blut.«

»Die Befragung der Kneipenbesucher und der Nachbarn war ergebnislos«, ergänzte Jan. »Das Gebäude, von dem der Schütze mutmaßlich geschossen hat, ist ein großes Mehrfamilienhaus mit einem leicht zugänglichen Hof. Die Klappe zum Dach ist nicht alarmgesichert und war nur mit einem Vorhängeschloss versehen, das der Mörder geöffnet hat. Dabei wurde er nicht bemerkt und am Tatort fanden sich auch keine verwertbaren Spuren.«

»Da Elrott im Knast war, können wir ihn als Täter ausschließen«, sagte Chandu.

»Nicht, dass wir wirklich noch geglaubt haben, dass er unser Mann ist«, fügte Jan hinzu. »Wir haben wieder einen Toten, kennen die Hintergründe der Tat und die Motivation des Täters, aber am Ende sind wir kaum weiter als an dem Tag, an dem Fiona Denz in der Friedrichstraße erschossen wurde.«

»Woher wusste der Mörder von Scharts Ausflug?«, fragte Chandu. »Wenn Schart bei einem Freund untergekommen ist und nicht sein Auto gefahren hat, wie konnte der Mörder dann in Erfahrung gebracht haben, dass er zu dieser Zeit in der Spielebar war, die er außerdem noch nie zuvor besucht hat?«

»Vielleicht kannte der Täter Scharts Versteck?«, mutmaßte Zoe.

»Dann hätte er bei besagtem Freund einbrechen und Schart abknallen können«, sagte Chandu. »Sein Talent mit Schlössern hat er bewiesen.«

»Wir wissen es nicht«, gab Jan zu. »Selbst wenn er in der Spielebar erkannt worden wäre, müsste diese Information irgendwie zu dem Mörder gelangt sein. Dieser müsste daraufhin sein Gewehr genommen, sich dorthin begeben, das Dach als geeigneten Hinterhalt ausfindig gemacht und Schart beim Hinausgehen erschossen haben. Und das alles in sehr kurzer Zeit.«

»Vielleicht ein weiterer Computerfreak, der sich ins Kriposystem eingehackt hat«, schlug Zoe vor.

»Ausschließen kann man das nicht, aber Max hat sich vor zwei Tagen mit Schart über das Thema unterhalten und die Lücke geschlossen. Außerdem gibt es im System nur eine Notiz, dass Schart Polizeischutz hatte, nicht aber, dass und wo er sich versteckt hielt«, sagte Jan. »Schließlich ist der zuständige Beamte ein sehr erfahrener Mann. Er hätte eine Verfolgung bemerkt.«

Es knackte in der Leitung und jemand schrie: »Bähm!«

»Guten Abend, Max«, sagte Jan.

»Hast du wieder zu viel Ovomaltine in deine Cola gerührt?«, fragte Zoe.

»Es gibt einen Grund, warum ich zu spät und so gut gelaunt bin.«

»Geistige Degeneration?«, fragte Zoe.

»Computerkenntnisse«, antwortete Max. »Ich habe herausgefunden, wie unser Mörder Thomas Schart aufgespürt hat.« Ein Applaus erklang. »Schart hatte uns vor Peer Ohsts Paranoia gewarnt. Er hat jedem seiner Mitarbeiter misstraut und ihnen in Stasimanier nachgestellt. Dazu gehörten Spionagesoftware auf dem Laptop und ein Sender, um die alltäglichen Gewohnheiten herauszufinden. Ich habe mir vorhin Scharts Handy angesehen und eine Tracking-App darauf gefunden. Das Programm war sehr ausgeklügelt und keine Standardware. Hätte ich nicht bewusst danach gesucht, hätte ich es nicht entdeckt.«

»Ein Tracker auf dem Handy überrascht mich nicht«, sagte Chandu. »Das wäre das Erste, was ich jemandem unterschiebe, wenn ich ihn ausspionieren will.«

»Wäre es ein Geschäftshandy gewesen, dann ja«, sagte Max. »Es handelt sich aber um das private Telefon von Schart, auf das Ohst eigentlich keinen Zugriff hatte. Außerdem hatte Schart Sicherheits-Apps installiert, die es vor solcher Schadsoftware schützen sollte.«

»Wie hat Ohst das Programm dann auf Scharts Handy bekommen?«, fragte Jan.

»Das würde ich auch gern wissen«, gab Max zu. »Momentan habe ich keine Idee.«

»Und warum hat der Mörder Schart erschossen, während er unmittelbar unter Polizeischutz war?«, fragte Zoe. »Wäre es nicht einfacher gewesen, ihn in seinem Versteck zu töten?«

»Vielleicht ging es ihm um den Effekt, den ein Opfer eines Heckenschützen bewirkt«, sagte Jan.

»Du meinst, Angst und Schrecken zu erzeugen?«, fragte Chandu.

Jan brummte zustimmend.

»Der Grund ist einfacher«, erklärte Max. »Scharts Handy war dauerhaft ausgeschaltet, im Gegensatz zu Fionas Telefon bei Konny. Laut den Protokollen hat er es erst angeschaltet, als er im Auto zur Spielebar unterwegs war.«

»Warum ausgerechnet dann?«, fragte Jan.

»Schart hatte darauf Zugangsdaten, Rekorde und Spieltaktiken gespeichert. Auch Dinge wie Würfelprogramme, Zeichentools, Landkarten, Gebäudegrundrisse oder Zufallstabellen. Schließlich noch eine App für Zombicide. Die wird er an dem Abend gebraucht haben.«

»Als sich das Handy mit einem Telefonmast verbunden hat, ist auf Peer Ohsts Laptop eine Meldung aufgegangen, und der Mörder wusste, dass Schart unterwegs war«, sagte Chandu.

»Wenn er im Moment des Anschaltens gewusst hat, dass Schart unterwegs war, dann reichen die drei Stunden Aufenthalt in der Spielebar, um einen geeigneten Ort für den tödlichen Schuss zu finden«, sagte Jan. »Und da Schart das Handy bei sich getragen hat, hat ihm auch seine Verkleidung nichts genützt.«

»Die Spionage-App war sehr genau«, stimmte Max zu. »Schart hätte auch eine rote Warnleuchte auf dem Kopf tragen können.«

»Ohsts Laptop ist ein mächtiges Werkzeug, das der Mörder in seinen Händen hat«, sagte Chandu. »Wie willst du unter diesen Umständen weiter vorgehen?«

»Ohne Handy und Internet ist Nico Prehm auf dem LARP vor Ohsts Spionagesoftware sicher«, sagte Jan.

»Ansonsten bleibt nach wie vor zu hoffen, dass diese vier die einzigen Entwickler waren«, sagte Zoe. »Sonst gibt es bald den nächsten Toten und wir können nichts dagegen tun.«

* * *

Jan betrachtete die Anzeige, welche die Pressestelle der Kripo in der Tagespresse und in diversen Fachzeitschriften lanciert hatte. In dieser wurden alle Programmierer aufgefordert, sich bei einer Polizeidienststelle zu melden, sollten sie jemals mit Peer Ohst zusammengearbeitet haben.

Der Rücklauf war bescheiden. Vier Personen hatten angerufen. Zwei ehemalige Studienkollegen, die Ohst seit Jahren nicht mehr gesehen hatten, ein Installateur, der eine neue Heizung in Ohsts Wohnung eingebaut hatte, und Ohsts letzter Vorgesetzter, Volkmar Weckert, der nichts mit der Software zur Verbrechensvorhersage zu tun hatte.

Entweder gab es keinen weiteren beteiligten Kollegen, dann war Nico Prehm der letzte noch lebende. Oder das nächste mögliche Opfer hatte die Anzeige nicht gelesen.

Die Tür ging auf und Max kam hereingestürmt. Wie immer mit Laptop in der Rechten und einer Cola-Ovomaltine-Mischung in der Linken.

»Ich habe was«, flötete er fröhlich und schob seinen Computer auf Jans Schreibtisch. Dabei fielen zwei Stifte hinunter und nur Jans schnelle Reaktion verhinderte das Umschütten seines Kaffees. »Eine mögliche Spur.«

»Mir gefällt das ›möglich‹ nicht«, erwiderte Jan.

»Deine Kollegen der Mordkommission haben alle Schießplätze der Region überprüft, und zwar nicht nur von Berlin, sondern auch von Brandenburg.«

»Das sind einige«, sagte Jan. »Und viele mögliche Verdächtige.«

»Deswegen habe ich einen Algorithmus programmiert, der die identifizierten Personen mit allen Beteiligten im Fall verknüpft. Und zwar großflächig. Es genügt, wenn ein Schütze aus der Nachbarschaft kommt, wenn beide in einer Firma arbeiten oder wenn sie im selben Fußballverein sind.« Er tippte etwas auf der Tastatur. »Und es gab einen Treffer.« Ein lauter Tusch erklang. »Unser Gewinner ist Boris Wonsink.«

»Nie gehört«, sagte Jan.

»Aber vielleicht hast du ihn gesehen«, fuhr Max fort. »Denn er arbeitet in der Klinik, in der Alina Behr behandelt wird.«

»Ein schießwütiger Krankenpfleger?«

»Es wird noch besser. Boris Wonsink ist kein Krankenpfleger.«

»Sondern?«

»Ein Krimineller, dessen Karriere schon in der Jugend begonnen hat. Er saß sogar wegen Totschlags im Gefängnis und wurde erst vor sechzehn Monaten entlassen.«

»So jemand bekommt keine Anstellung in einer psychiatrischen Anstalt.«

»Genau das wundert mich auch. Denn in seinem Lebenslauf gibt es keine Einträge für eine Ausbildung oder irgendeine Kompetenz, die ihn zum Krankenpfleger befähigt.«

»Das ist mehr als eigenartig«, sagte Jan. »Wie hat er seine Stelle dort bekommen?«

»Weiß ich nicht. Ich bin nur der Computernerd.«

»Hast du Wonsinks Anschrift?«

Max nickte.

»Ich schalte die Kollegen vom SEK ein«, sagte Jan. »Die sollen unseren neuen Freund abholen. Wenn das erledigt ist, fahre ich in die Klinik und rede mit dem Leiter. Ich bin sehr gespannt, wie mir Steegmann das erklären will.«

Kapitel 14

Boris Wonsink saß in seinem kleinen Wohnzimmer auf dem Boden und reinigte seine Lieblingspistole. Nichts ging über eine Kaliber 44 Remington Magnum. Allein der Anblick dieser Waffe ließ die harten Jungs erzittern. Der Rückstoß war hart, den Knall konnte selbst der beste Schalldämpfer kaum lindern und die meisten kugelsicheren Westen waren nutzlos gegen die vier Zentimeter langen Patronen.

Der Sixpack Bier und eine Fernsehserie mit Zombies machten den Abend perfekt. Dazu noch der Gedanke an das viele Geld, das er bald ausgeben konnte, wenn seine Arbeit hier getan war, das alles ließ ihn zufrieden pfeifen.

Er bemerkte seinen Fehler zu spät. Der Fernseher war zu laut gewesen und das Bier auf den leeren Magen hatte ihn träge gemacht. Als er das Trampeln der schweren Stiefel im Treppenhaus hörte, war es zu spät zur Flucht. Er hob die Pistole ins Licht und betrachtete sie abwägend. Ein oder zwei Männer würde er damit töten können, aber wegen seiner Vergangenheit würden sie keine Kripobeamten schicken und gegen das SEK konnte er nicht gewinnen.

Mit einem lauten Knall brach die Tür aus den Angeln.

Bevor die Männer in seinem Wohnzimmer waren, küsste er seine Magnum und legte sie zärtlich vor sich auf das Laminat. Dann erhob er sich mit den Händen auf dem Nacken.

Als sie ihn zu Boden warfen und fesselten, grinste er immer noch. Und die gute Laune verging ihm selbst im Polizeiauto nicht.

* * *

Es fiel Jan schwer, seine Professionalität zu wahren, als er die Klinik betrat und wieder von dem freundlich lächelnden Mann am Empfang begrüßt wurde. Er hatte keine Ahnung, wie ein Schwerkrimineller in einer solchen Anstalt einen Job bekommen konnte, aber er würde es gleich herausfinden.

»Herzlich willkommen zurück, Herr Tommen«, begrüßte er Jan wie einen alten Bekannten. Der Mann trug denselben Anzug wie das letzte Mal, nur hatte er heute eine dunkelgelbe Krawatte gewählt. »Wie kann ich Ihnen helfen?«

»Einer Ihrer Angestellten ist ein vorbestrafter Ex-Häftling, der mutmaßlich für drei Morde verantwortlich ist«, begann Jan. »Ich will sofort den Klinikleiter sprechen, und mit sofort meine ich sofort und nicht später, sonst bitte ich den Staatsanwalt, jeden hier Tätigen wegen Beihilfe anzuklagen, und dann könnt ihr euch einen Zellentrakt in Moabit teilen.«

Nur mit Mühe gelang es dem Mann, sein Lächeln beizubehalten. Er sah sich hilfesuchend um. Dann stand er auf und kam zu Jan. »Ich führe Sie zu Herrn Steegmann.«

»Ich bitte darum.«

Am Büro des Klinikleiters angekommen, hob der Mann den Finger zum Anklopfen, aber Jan ging an ihm vorbei und trat ein. Steegmann saß an seinem Schreibtisch über eine Akte gebeugt.

»Ja, bitte?«, fragte er überrascht.

»Danke«, wandte sich Jan an den Mann vom Empfang und deutete auf die Tür. Er setzte sich auf den Stuhl vor Steegmanns Schreibtisch, noch bevor diese wieder geschlossen war. »Kennen Sie Boris Wonsink?«, fragte er den Klinikleiter.

»Den Namen höre ich zum ersten Mal.«

»Glauben Sie allen Ernstes, damit durchzukommen?« Jan zog ein Foto des Verdächtigen aus der Tasche und knallte es auf den Schreibtisch.

Steegmann zuckte vor Schreck zusammen. »Das ist Herr Versen«, sagte er eingeschüchtert. »Boris Versen. Was ist mit ihm?«

»Er ist ein vorbestrafter Krimineller und ein mutmaßlicher Serienmörder.«

»Das ist unmöglich. Wir überprüfen die Angaben und Unterlagen jedes Bewerbers akribisch, bevor …«

»Dann solltet ihr vielleicht an eurem Verfahren arbeiten«, sagte Jan. »Boris Wonsink alias Versen wurde vor einer Stunde vom SEK überwältigt, und was wir in seiner Wohnung gefunden haben, passt nicht zu einer harmlosen Pflegekraft in einer Klinik.« Er deutete mit Zeigefinger und Daumen eine Pistole an.

Steegmann wischte sich nervös die Haare aus der Stirn. »Ich weiß nicht, wie …«

»Wer hat Boris Wonsink eingestellt?«

»Es gibt einen genau vorgeschriebenen Ablauf …«

»Wer hat die Entscheidung getroffen?«, unterbrach Jan.

»Das Bewerbungsgespräch wurde von Frau Gröber geführt, aber ich habe den Arbeitsvertrag …«

»Und Ihnen ist nichts ungewöhnlich vorgekommen?«

»Wir haben einen Heilerziehungspfleger gesucht«, erklärte Steegmann. »Herr Versen hat eine abgeschlossene Ausbildung und Zusatzqualifikationen, die wir überprüft haben.«

»Es ist niemandem aufgefallen, dass er über keine Kompetenz verfügte?«

»Es gab keine Beschwerden.«

Jan stöhnte. Anscheinend waren die Voraussetzungen für Heilerziehungspfleger nicht sehr anspruchsvoll. »Seit wann ist er hier in der Klinik angestellt?«

»Seit Dezember letzten Jahres.«

»Hatte er mit Alina Behr Kontakt?«

»Boris hat oft die Aufsicht im Aufenthaltsraum, in dem sich Frau Behr gern aufhält. Darüber hinaus ist mir nicht bekannt …«

»Haben Sie ihn mit Frau Behr länger sprechen sehen?«

»Kaum. Aber ich bin nicht oft im …«

»Wo ist Frau Behr jetzt?«

»Da muss ich nachfragen.« Steegmann griff zum Telefon.

»Nicht nachfragen.« Jan legte die Hand auf seine. »Wir gehen direkt zu ihr.«

»Vielleicht ist sie in einer Sitzung …«

»Mir egal.« Er winkte Steegmann zu sich. »Aufstehen und los.«

Der Klinikleiter senkte den Kopf und kam um den Schreibtisch herumgeschlichen, als hätte er Angst, geschlagen zu werden. Jan öffnete die Tür und deutete ungeduldig in den Gang. Eine Minute später waren sie in dem Aufenthaltsraum, in dem Jan Alina Behr getroffen hatte. Es waren dieselben vier Personen anwesend wie beim letzten Mal. Die Frau mit den kurz geschorenen Haaren saß über ein Buch gebeugt, die zweite schien immer noch an dem Kreuzworträtsel zu feilen, während die ältere Dame mit der Schürze wie gehabt ausgelegte Karten studierte. Auch Alina Behr stand wieder am Fenster, sah in den Garten und war allem Anschein nach in die Betrachtung eines Baumes versunken.

Jan stellte sich neben sie. »Er kommt heute nicht.«

»Ich weiß, dass mein Mann verstorben ist«, antwortete sie leise. »Er ist …

»… an einem besseren Platz.« Jan winkte ab. »Ich meine Ihren Freund Boris.«

»Wen?«

»Den angeblichen Pfleger.«

»Ein netter Mann, aber als Freund würde ich ihn nicht bezeichnen. Was ist mit ihm?«

»Wir haben ihn verhaftet.«

»Was hat er getan?«

»Hören Sie mit dem Schmierentheater auf«, sagte Jan zornig. Die Frau mit den kurz geschorenen Haaren klappte ihr Buch zu, stand auf und lief aus dem Raum. Die andere ließ den Stift fallen und versteckte sich unter dem Tisch. Einzig die ältere Dame schien Jans Zornesausbruch nicht mitbekommen zu haben und legte eine weitere Karte auf den Tisch.

Behr wandte ihm den Kopf zu und lächelte. Es war ein freundliches, unschuldiges Lächeln, das etwas debil wirkte, passend zu einer Frau, die psychische Probleme hatte und starke Medikamente bekam.

»Ich weiß nicht, wie Sie die Morde von hier gelenkt haben«, fuhr Jan fort, »aber wenn ich es herausfinde, verlege ich Sie in eine geschlossene Anstalt, ohne Fernsehen, Spieleabend oder Kaffeeklatsch. Und statt in einen Garten blicken Sie auf die kahle Wand Ihrer Einzelzelle.«

»Welche Morde?«

»An Fiona Denz, Peer Ohst, Felix Hankel und Thomas Schart.«

»Diese Menschen soll ich getötet haben?« Sie deutete auf die Kamera in der Ecke. »Ich komme hier nicht einmal vor die Tür.«

»Dafür haben Sie Boris Wonsink engagiert.«

»Dieses Gespräch ermüdet mich«, sagte Behr und wandte den Kopf wieder zum Fenster. Sie schloss die Augen, und ein seliges Lächeln erschien auf ihrem Gesicht, als hätte sie sich in ihre eigene Welt zurückgezogen.

»Was ist hier los?« Gröber war in den Raum gekommen. Sie roch nach Zigarettenrauch und hatte eine Jacke an.

»Nicht einmischen.« Jan deutete mit dem Finger auf sie. Sie hielt erschrocken inne. »Wir sprechen uns noch wegen der Einstellung von Boris.« Sie wich eingeschüchtert von ihm zurück. Dann kümmerte sie sich um die Frau unter dem Tisch, die zu weinen angefangen hatte, und sprach beruhigend auf sie ein.

Jan drehte sich zu Steegmann. »Und Sie zeigen mir jetzt die Sicherheitsvorkehrungen für diesen Laden. Und wenn ich eine Lücke finde, durch die man schlüpfen kann, knallt es hier richtig.«

* * *

Es passte zu dem schlechten Tag, dass Jan auf der Rückfahrt von der Klinik in einen Stau geriet, während der Himmel seine Schleusen öffnete und der Regen laut auf das Dach seines Wagens prasselte. Glücklicherweise hatte er eine App auf seinem Handy installiert, mit der er sich auch unterwegs in die Telefonkonferenz mit seinen Freunden einloggen konnte.

»Max hier«, hörte er die Stimme des Freundes über die Freisprechanlage. Auch Chandu und Zoe meldeten sich.

»Danke für eure Zeit an diesem Scheißtag«, sagte Jan frustriert. »Die gute Nachricht ist, dass wir Boris Wonsink zu Hause erwischt haben. Alleine die Pistolen unter seiner Couch genügen für eine erneute Verurteilung. Dann hört es aber schon auf, denn nichts in seiner Wohnung hat einen Bezug zu den Taten oder einem Opfer. Kein Laptop. Kein weiteres Gewehr. Keine Munition Kaliber .308 Winchester.«

»Was ist mit dem Schießplatz?«, fragte Chandu.

»Wir haben nur eine Aufnahme von ihm und die Aussage des Besitzers, dass Wonsink dort mit einem Oberland-Arms-10-Gewehr trainiert hat.«

»Welches die Tatwaffe ist.«

»Außerdem hatte er in der Klinik ausgiebig Kontakt zu einer Frau mit einem Mordmotiv«, ergänzte Max.

»Und das war's«, sagte Jan. »Im Verhör hat Wonsink nicht einmal seinen Namen gesagt.«

»Was für einen anderen Grund sollte er sonst haben, sich unter falschen Voraussetzungen in die Klinik einzuschleusen, als den, sich mit Behr zu treffen?«, fragte Zoe. »Sicher nicht wegen der Bezahlung eines Krankenpflegers.«

»Vielleicht hat er Leute erpresst, Drogen vertickt oder irgendetwas anderes gemacht«, erwiderte Jan.

»Auch wenn eine geschlossene Psychiatrie nicht die Sicherheitsstandards einer forensischen hat, kommt man dort nicht ohne Weiteres raus«, sagte Zoe. »Sollte Behr dahinterstecken, stellen sich die Fragen, wie sie von dort drinnen an Wonsink herangekommen ist und wie sie ihn dazu gebracht hat, ihr zu helfen.«

»Der Klinikleiter hat mir die Sicherheitsvorkehrungen gezeigt«, sagte Jan. »An jedem Ausgang gibt es eine kameraüberwachte Schleuse, für die man eine Karte oder einen Schlüssel benötigt. Selbst wenn Behr eine Zugangskarte geklaut hätte, wäre sie bei ihrer Flucht aufgenommen worden. Und an den Mordtagen war sie nicht darauf zu sehen.«

»Gibt es keine andere Möglichkeit, hinauszugelangen?«, fragte Chandu.

»Über Türen nicht«, sagte Jan. »Es gibt Kameraschatten bei den Fenstern, aber die Fenster sind schwer zu öffnen, teilweise alarmgesichert, und auch dazu hätte sie eine Zugangskarte benötigt. Außerdem hätte das System eine solche Unregelmäßigkeit registriert.«

»Vielleicht hat Behr die Sicherheitsleute bestochen«, sagte Chandu.

»Dann wäre sie aus der Klinik geflohen«, widersprach Zoe. »Rauszugehen und wieder zurückzukommen ergibt keinen Sinn.«

»Die Klinik gibt ihr ein perfektes Alibi«, sagte Chandu.

»Das würde sie nur benötigen, wenn sie die Männer selbst erschossen hätte«, sagte Jan. »Dazu fehlen ihr die Fertigkeiten.«

»Wir brauchen einen unumstößlichen Beweis, dass Behr Wonsink engagiert hat«, sagte Jan.

»Wie hoch sind die Chancen, dass Wonsink in weiteren Verhören einknickt?«, fragte Chandu.

»Null«, sagte Jan. »Er ist ein harter Hund. Die Strafe für die Waffen in seiner Wohnung sitzt er ab. Die Fälschung seiner Zeugnisse und Ausbildungsnachweise können wir vernachlässigen.«

»Ziemlich mager«, sagte Chandu.

»Was ist mit Elrott?«, fragte Zoe. »Seine Beschreibung passt zu Wonsink. Wenn er ihm die Tasche mit der Waffe gegeben hat, haben wir den Bezug zu den Opfern, schließlich war das Gewehr ein Oberland Arms 10.«

»Elrott ist kein glaubhafter Zeuge, aber wir können versuchen, das gegen Wonsink zu verwenden.«

»Ich habe eine Idee, wie Behr ihn bezahlt haben könnte«, begann Max. »Sie hat vor Jahren mit ihrem Mann ein Reihenhaus gekauft, das auf sie beide eingetragen war. Ich habe mich gefragt, was damit passiert ist, nachdem sie in die Psychiatrie eingeliefert worden ist. Mithilfe des Grundbuchamtes konnte ich feststellen, dass das Haus einen neuen Eigentümer hat, einen harmlosen Familienvater. Aber auf Behrs Konto ist kein Geldeingang verzeichnet.«

»Trotzdem wird sie die Kaufsumme nicht bar ausgezahlt bekommen haben. Wahrscheinlich ist das Geld auf einem ausländischen Konto gelandet«, sagte Chandu.

»Der Wert eines Reihenhauses genügt, um einen Mann wie Wonsink zu engagieren«, schloss Jan.

»Aber auch hier sind wir wieder im Spekulativen«, ließ Max verlauten. »Wenn ich nicht irgendwo eine Zahlung zwischen Behr und Wonsink nachweisen kann, haben wir keinen Beweis für eine Zusammenarbeit.«

»In seiner Wohnung fand man kein Bargeld, nur Knarren, aber kein OA10-Gewehr«, sagte Jan. »Möglicherweise stoßen wir noch auf ein Versteck oder vielleicht wurde er mit Behr irgendwo gesehen.« Jan fluchte kurz, als der Regen stärker wurde und er kaum noch etwas sehen konnte. »Und morgen besuche ich den Schießplatz. Ich bin gespannt, was mir der Besitzer zu unserem Hauptverdächtigen sagen kann.«

* * *

Das Navi war in dieser Gegend Brandenburgs unzuverlässig und der einsetzende Abend machte die Suche nicht leichter, aber schließlich fand Jan die Schießanlage. Sie lag in einem Waldstück, einen Kilometer von der nächsten Ansiedlung entfernt. Von außen erinnerte das Gebäude an einen Bunker, ein lang gezogener Betonklotz ohne Fenster, nur mit einem kleinen Anbau davor. Innen wirkte dieser karg, mit einer Empfangstheke, ein paar Tischen und Stühlen und einem Kühlschrank mit gläserner Front, in dem alkoholfreie Getränke lagen.

Ein Mann um die fünfzig stand hinter einem Tresen, groß, kräftig gebaut, mit dunklem Vollbart und einer Mütze der San Francisco 49ers. Er betrachtete Jan, als überlegte er, ob er ihn kannte.

»Tommen von der Kripo«, kam Jan einer Frage zuvor und legte seine Marke auf den Tresen.

Der Mann hob eine Augenbraue und sah aus, als wäre er über den Besuch nicht glücklich. Er wirkte aber auch nicht überrascht. »Was kann ich für Sie tun?«, fragte er.

»Sind Sie der Besitzer dieser Schießanlage?«

Er nickte. »Milo Zierau.«

»Haben Sie meinen Kollegen die Bilder Ihrer Besucher weitergeleitet?«

Ein weiteres Nicken. »Eigentlich wäre dafür ein formeller Beschluss notwendig gewesen, aber wir Betreiber solcher Anlagen haben einen schlechten Ruf, daher habe ich freiwillig mitgearbeitet.« Er kratzte sich am Bart. »Unsere Kunden wissen das auch.«

»Was können Sie mir über Boris Wonsink sagen?«

»Ein Besucher wie viele andere«, erwiderte er. »Nicht aggressiv oder auffällig. Kein Mann, der auf Leute schießt.«

»Haben Sie mit ihm geredet?«

»Ich habe beim Justieren und Nachladen geholfen«, antwortete Zierau. »Sonst haben wir kaum geplaudert. Er wollte seine Ruhe.«

»Wie oft war er hier?«

»Zwei- bis dreimal in der Woche.«

»Und er hat mit den Oberland-Arms-Gewehren trainiert?«

Der Mann nickte wieder. »Er war ein guter Schütze.«

»Sie wissen, dass er mit dieser Waffe mehrere Unschuldige erschossen hat?«

»Von mir hat er sie nicht«, rechtfertigte sich Zierau. »Ihre Kollegen haben sich meine Unterlagen mit dem Mikroskop angesehen. Wenn es Unregelmäßigkeiten gegeben hätte, würde ich nicht hier stehen.«

»Woher hatte er die Waffe sonst?«

Zierau gab ein abfälliges Geräusch von sich. »Wir sind hier vor den Toren Berlins. Mit Verbindungen kriegen Sie alles, auch eine Oberland Arms.«

»Hat sich Wonsink mit jemandem getroffen oder länger unterhalten?«

»Da war eine Frau«, sagte Zierau nach einem Moment des Überlegens. »Mit der hat er ab und zu geplaudert.«

»Kam die Frau mit Wonsink zusammen in die Anlage?«

»Weiß ich nicht mehr.« Er kratzte sich am Kopf. »Aber sie war nicht jedes Mal dabei.«

»War es eine blonde, zierliche Frau? 1,65 Meter groß? Mit langen Haaren?«

»Die Größe stimmt. Aber sie hatte kurze schwarze Haare, trug eine Brille und war normal schlank.«

»Ihr Name?«

»Weiß ich nicht auswendig. Das muss ich erst nachsehen.«

»Ist Ihnen etwas an der Frau aufgefallen?«

»Sie könnte mal ihre Vorderzähne richten lassen«, antwortete er. »Und ihre Nase war seltsam.«

»Seltsam?«

Er drückte auf seine Nase. »Irgendwie schief, aber seltsam schief, verstehen Sie?«

Jan hatte keine Ahnung, wie eine seltsam schiefe Nase sich von einer normal schiefen unterschied, aber das war nicht das entscheidende Detail. »Können Sie mir eine Aufnahme von ihr zeigen?«

»Die habe ich Ihren Kollegen mit den anderen Fotos schon mitgegeben.«

»Ich habe keine Zeit, alle durchzusehen«, sagte Jan ungeduldig. »Suchen Sie das Bild heraus.« Jan nahm seinen Block und notierte etwas. »Und schicken Sie es sofort an diese E-Mail-Adresse.« Er legte den Zettel auf den Tresen.

»Das dauert zwei Minuten.« Der Mann ging an einen Computer und tippte etwas auf der Tastatur.

Jan wandte sich ab, zog sein Handy aus der Tasche und wählte Max' Nummer.

»Yo, Jan?«, meldete sich dieser nach dem zweiten Klingeln.

»Du bekommst gleich ein Foto von einer Frau zugeschickt, die mit unserem Verdächtigen auf dem Schießplatz geredet hat.«

»Wir haben alle gecheckt«, sagte Max. »Nur bei Wonsink hat das System angeschlagen. Bei den Frauen war nichts.«

»Betrachte die Frau unter dem Aspekt, dass sie eine künstliche Nase hat oder sich irgendwie sonst verändert hat. Kannst du das korrigieren?«

»Mit Photoshop geht alles«, sagte Max. »Wen vermutest du?«

»Noch niemand«, antwortete Jan. »Aber mein Gefühl sagt mir, dass wir die Frau kennen werden.«

* * *

Max rührte zwei Löffel Ovomaltine in seine Cola und leerte das Glas in einem Zug. Die Musik in seinem Kopfhörer dröhnte laut, aber nur so konnte er in diesen Nachtstunden seine Konzentration aufrechterhalten.

Auf den ersten Blick sah die Frau echt aus, mit schwarzen Haaren, den vorstehenden Vorderzähnen und der leicht schiefen Nase, aber die Auflösung der Aufnahme reichte nicht aus, um Schminkränder oder Ähnliches sichtbar machen zu können. Also wählte Max den klassischen Ansatz.

Er kopierte das Bild mehrfach und erstellte jedes Mal eine neue Ebene, die er exakt über die andere legte. Zuerst veränderte er die Haarfarbe, ein helles Blond, dann Dunkelblond, Rot, Hellbraun und schließlich ein Dunkelbraun. Diese Bilder kopierte er erneut und verlängerte die Haare über die Schultern. Immer wieder machte er von seinen neuen Entwürfen Kopien, veränderte die Nase, ließ die Zähne weniger hervorstehen, retuschierte die Brille heraus und passte die Augenfarbe an. Am Ende hatte er Hunderte Bilder in allen vorstellbaren Versionen.

Er trank den Rest Cola aus seiner Flasche, während er eines nach der anderen durchsah und sich die am Fall beteiligten Frauen ins Gedächtnis rief.

Bei Bild Nummer 207 blieb er hängen. »Verdammt, Jan hatte recht.« Max setzte den Kopfhörer ab und griff nach seinem Handy.

* * *

Obwohl Jan kaum geschlafen hatte, fühlte er sich an diesem Morgen voller Energie. Nach Max' Anruf war er in zwei Minuten angezogen gewesen. Ein Kaffee hatte ihm als Frühstück gereicht. Wegen des Berufsverkehrs hatte er das Blaulicht angeschaltet und war erfreulich schnell in der Klinik gewesen. Er stellte seinen Wagen direkt vor dem Eingang ab und nahm sich nicht einmal die Zeit, zu winken, als er am Empfang vorbei zu Steegmanns Büro lief. Irgendjemand rief ihm etwas hinterher, aber er riss die Tür auf und stürmte hinein. Trotz der frühen Stunde saß der Klinikleiter wieder über einer Akte, bekleidet mit dem langweiligen weinroten Pullunder, den er schon bei Jans erstem Besuch angehabt hatte. Er schreckte hoch, ließ seinen Stift fallen und starrte Jan mit weit aufgerissenen Augen an.

»Was ist …?«, stammelte er.

»Wie konnte Alina Behr aus dieser Klinik hinauskommen?« Jan schlug auf den Tisch. »Hat sie von Ihnen Freigang erhalten?«

»Nein. Natürlich nicht«, rechtfertigte sich Steegmann.

»Behr wurde mehrfach in einer Schießanlage gesehen, wie sie gleichzeitig mit dem mutmaßlichen Serienmörder Boris Wonsink an einer Waffe trainiert hat«, sagte er. »Erklären Sie mir das.«

»Es muss sich um …«

»Nein, es ist kein Irrtum!«, schrie Jan.

Steegmann fuhr sich mit zitternden Fingern über die Haare. »Wir können das sicherlich klären.«

»Und zwar jetzt.« Jan winkte Steegmann zu sich. »Wir gehen zu Behr, und wenn sich irgendein Pfleger einmischt, verhafte ich ihn wegen Behinderung der Ermittlungsarbeiten.« Er deutete auf die Tür.

Auf dem Weg zum Aufenthaltsraum trieb Jan Steegmann zur Eile an, während sich auf dessen Hemd schon nach wenigen Schritten dunkle Schweißflecken an den Achseln ausbreiteten. Behr stand wie üblich am Fenster, gekleidet in einen Jogginganzug, Turnschuhe und einen dunkelblauen Bademantel.

»Was ist hier los?«, fragte Gröber, die als einzige weitere Person im Raum an einem der Tische saß. »Ich wurde nicht informiert …«

»Nicht einmischen«, schnitt ihr Jan das Wort ab und hob mahnend den Finger. Er durchschritt das Zimmer und stellte sich vor Behr.

»Herr Tommen«, begrüßte sie ihn, ohne den Blick vom Garten zu wenden.

»Ich weiß es«, sagte Jan. »Ich habe einen unumstößlichen Beweis, dass sie mit Boris Wonsink auf einer Schießanlage in Brandenburg waren.«

»Es ist nicht verboten, sich auf einer Schießanlage mit Leuten zu unterhalten«, sagte sie mit ruhiger Stimme.

»Damit kommen Sie nicht durch«, erwiderte Jan. »Irgendwo gibt es eine Verbindung zwischen Ihnen, Wonsink und den Morden. Und die finde ich.« Er trat einen Schritt näher. »Als Erstes lasse ich die Sicherheitsanlage vom KTI und unseren Computercracks der Kripo überprüfen. Die finden die Lücke, durch die Sie ungesehen die Klinik verlassen konnten.«

»Das ist leicht.« Behr wandte sich ihm zu. »Ich habe den Klinikleiter gefickt und er hat mich in seinem Auto mitgenommen.«

Steegmann sah beschämt zu Boden. Einen Augenblick fehlten Jan die Worte. »Sie dummes, ignorantes Arschloch. Wissen Sie, was Sie angerichtet haben?«

»Keine fünf Minuten und er lag auf mir drauf und hat mich gerammelt wie ein Karnickel«, fuhr sie fort. »Und schon hatte ich alles. Ein schöneres Zimmer, einen Fernseher und jederzeit Ausgang, ohne von einer Kamera aufgenommen zu werden.« Sie lächelte. »Die Kamera in der Tiefgarage ist nur am Eingang auf die Autos gerichtet. Wenn man sich verbirgt oder in den Kofferraum schlüpft, sieht es niemand.«

»Wir unterhalten uns auf der Dienststelle darüber.«

»Ich denke, nicht.« Sie sah träumerisch zur Decke.

»Das war keine Bitte.«

»Nein!«, schrie Behr hysterisch. Sie griff unter ihr Sweatshirt, zog eine Pistole hervor und richtete sie auf Jan. »Ich bin noch nicht fertig.«

Jan hob die Hände und wich einen Schritt zurück. »Machen Sie keinen Blödsinn«, sagte er. »Lassen Sie uns darüber reden.« Sie hatte eine Smith & Wesson M 360 mit Kunststoffgriff in der Hand. Klein, handlich, leicht zu verstecken und auf kurze Distanz tödlich.

»Jetzt sind Sie wieder höflich«, sagte sie. »Das ging aber schnell. Und das nur wegen dieses Dinges.« Sie betrachtete die Waffe in ihrer Hand, als würde sie diese das erste Mal sehen. »So viel Kraft in einem kleinen Stück Stahl. Es macht den Bauern zum König, den Diener zum Herrn und verschafft einer kleinen, schwachen Frau alle Macht, die sie braucht.«

»Leute zu erschießen bringt Ihnen keinen Frieden«, sagte Jan.

»Bisher hat es sich gut angefühlt.« Behr hielt die Waffe vor sein Gesicht. »Zu sehen, wie Felix Hankel von einer Kugel getroffen wurde, hatte etwas sehr Befriedigendes.«

»Verwechseln Sie Rache nicht mit Gerechtigkeit.«

»Erzählen Sie mir nichts von Gerechtigkeit«, empörte sie sich. »Mein Mann wurde erschossen und was ist geschehen?«

»Zwei Männer wurden im Rahmen der Ermittlungen verhaftet.«

»Das ist nichts«, widersprach sie. »Dieser Abschaum verlässt in ein paar Jahren das Gefängnis, aber mein Mann bleibt tot und mein Leben zerstört.«

»Ihre vier Opfer waren an dem Abend nicht in der Skalitzer Straße«, sagte Jan.

»Aber ohne sie wäre mein Leon noch hier. Wir würden in unserem Haus wohnen, über die Zukunft reden, und ich wüsste nicht, wie es in einer Psychiatrie aussieht.« Sie wischte sich eine Träne aus den Augen. »Es ist gerecht, dass sie sterben mussten.«

»Aber die Menschen in dieser Klinik sind unschuldig.«

»Glauben Sie?«, fragte sie. »Nehmen wir doch Willibald.« Sie blickte an Steegmann hinunter. »Ein kleines Würstchen im immer gleichen Pullunder, mit einem billigen Aftershave und lächerlichem intellektuellem Gehabe, mit dem er seine Umwelt zu beeindrucken versucht. Aber er ist der Klinikleiter, daher bestimmt er über die Therapie, die Medikation, kleine Annehmlichkeiten und den Zeitpunkt der Entlassung.« Sie richtete die Pistole auf Steegmann. »Aber jetzt habe ich diese Waffe und alles ist anders.« Der Klinikleiter hob ängstlich die Hände und wich wimmernd zurück. »Erbärmlich, oder?« Sie ging zur Couch, nahm ein dickes Kissen und presste es Steegmann ins Gesicht. Ein dumpfer Knall ertönte, als sie die Pistole abfeuerte. Blut spritzte bis zur Decke und der Klinikleiter sank zu Boden. Gröber schlug die Hand vors Gesicht und wandte den Kopf ab.

»Nein!« Jan wollte zu ihm hinlaufen, aber Behr stellte sich ihm in den Weg.

»Keiner bewegt sich«, befahl sie mit erhobener Waffe. Das zerfetzte Kissen war auf Steegmanns Gesicht liegen geblieben, der helle Stoff färbte sich bereits rot.

Jan wich zurück und hob wieder die Hände. »Handy, Autoschlüssel und Waffe«, sagte sie.

Jan zog alles aus seiner Tasche und legte es auf den Boden. Behr winkte ihn weg und nahm alles an sich.

»Ich habe noch etwas zu erledigen«, begann sie.

»Sie werden Nico Prehm nicht finden.«

»Sie haben mir verraten, wo er sich aufhält«, erwiderte sie lächelnd.

»Unmöglich«, sagte Jan ungläubig. »Ich habe das in keinem unserer Gespräche erwähnt.«

»In keinem Gespräch mit *mir*«, erwiderte sie und ging rückwärts zu Steegmann. »Ich brauche nur etwas Vorsprung.« Sie schob das Kissen von seinem Gesicht und riss dem Klinikleiter mit einem Ruck die Sicherheitskarte von seinem Halsband. »Hier gibt es einen Raum, aus dem könnten Sie nicht einmal mit einer Pistole entkommen. Da können Sie sich ausruhen, während ich es zu Ende bringe.«

»Nico Prehm war nur ein Handlanger von Peer Ohst. Er wusste nicht, was er da machte.«

»Das ändert nichts.«

»Und was kommt danach? Wenn alle diese Menschen tot sind?«

»Das spielt keine Rolle mehr.«

Jan schüttelte zornig den Kopf.

»Hatten Sie nie das Bedürfnis, einen Menschen leiden zu sehen?«, fragte sie. »Irgendeinen dreckigen Zuhälter, der junge Mädchen in die Zwangsprostitution drängt, oder einen kranken Pädophilen, der sich an Kindern vergreift?«

»Sie zu verprügeln macht es nicht besser.«

»Das glaube ich Ihnen nicht«, sagte Behr, »wenn Sie nach wochenlangen Ermittlungen wissen, dass Sie den Richtigen haben, und genau dieser Mann spaziert aus dem Gefängnis, mit einem Lächeln auf dem Gesicht, in Vorfreude auf die nächste Prostituierte, die er zusammenschlagen kann, oder das nächste Kind, das er missbrauchen wird.«

»Es ist nur eine kurze Befriedigung, auf die Reue folgt.«

»Meine Reue ist mit Leon gestorben«, sagte Behr verbittert. Sie winkte ihn mit dem Lauf der Pistole zu einem Zimmer neben dem Aufenthaltsraum.

Jan hob die Hände und ging in diese Richtung. Behr würde ihn nicht ewig darin gefangen halten können. Schließlich hatte auch Gröber mitbekommen, was geschehen war, sie würde ihn hoffentlich bald befreien, denn Behr würde eine Stunde Vorsprung für ihr Vorhaben möglicherweise ausreichen, wenn sie wusste, wo sich Prehm aufhielt.

Sie ging zwei Schritte hinter Jan. Der Versuch, sie zu entwaffnen, wäre zu riskant gewesen, weil er in der Schusslinie war.

Der Gang war zu lang, um davonzurennen, und außer einem Medikamentenwagen gab es keine Möglichkeit zur Deckung. Gegenüber dem Zimmer war ein Raum für die Angestellten. Jan erkannte eine Kaffeemaschine unter einem Meisterplakat der Eisbären Berlin, einen Tisch mit vier Stühlen und ein Regal mit Tassen. Das Fenster hatte einen Vorhang und schien nicht so stark gesichert wie jene der Patientenräume.

Behr hielt die Pistole in Höhe seiner Schultern. Er hätte flach in den Raum springen müssen, da sie bei einem Fluchtversuch reflexartig den Abzug drücken würde. Er wünschte, er hätte seine kugelsichere Weste angezogen, aber dass Behr mit einer Pistole auf ihn warten würde, hatte er nicht ahnen können.

Vor dem Raum angekommen, legte er sein Gewicht auf den linken Fuß und drückte sich mit aller Kraft nach rechts ab. Er hechtete in das Zimmer wie ein Footballspieler vor der Endzone. Der Schuss knallte laut, aber das Geschoss verfehlte Jan. Er rollte weiter und gab der Tür einen Tritt.

Behr fluchte und feuerte einen weiteren Schuss ab. Holz splitterte, aber Jan war aus der Flugbahn und stellte sich lauernd neben den Rahmen. Wie er vermutet hatte, stieß Behr die Tür auf und wollte hereinstürmen, aber Jan rammte mit aller Kraft seine Schulter dagegen. Es knallte, als das Holz ihren Kopf traf. Behr wurde in den Gang zurückgeschleudert und schrie, mehr aus Frust als aus Schmerz. Jan zog das Einlegebrett des Wandregals heraus. Die Tassen fielen klirrend zu Boden. Noch bevor sich Behr wieder erhoben hatte, hatte er die Tür geschlossen, rammte das Brett in den Schlitz darunter und trat zweimal darauf, bis es sich verkantet hatte.

Behr schlug und drückte von außen, aber die Tür bewegte sich nicht. Jan hob den Tisch an und schleuderte ihn gegen das Fenster. Das Glas bekam Sprünge, hielt aber stand. Jan packte den Tisch fester und stieß ihn ein weiteres Mal dagegen. Der Fensterrahmen brach ein Stück heraus, aber er konnte noch immer nicht durch.

Jemand trat gegen die Tür und eine andere Frau schrie im Schmerz.

»Kommen Sie raus, Tommen«, brüllte Behr. »Oder ich knalle die Schlampe ab.« Es klatschte laut, als hätte sie jemanden geohrfeigt.

»Bitte, Kommissar«, flehte Gröber. »Ich will nicht sterben.«

»In Ordnung«, sagte Jan. »Nicht mehr schießen.«

Er versuchte, das Brett unter der Tür hervorzuziehen, aber es hatte sich nachhaltig verklemmt.

»Rauskommen!«

»Ich versuche es.« Jan stemmte sich mit einem Fuß gegen die Tür und zog aufs Neue.

»Noch drei Sekunden und sie stirbt!«, schrie Behr.

Die Frau schien völlig durchgedreht zu sein. Ihr war alles zuzutrauen, also spannte Jan die Muskeln an und riss mit all seiner Kraft an dem Brett. Es knackte kurz, dann rutschte es heraus.

Jan öffnete schnell die Tür und trat mit erhobenen Armen hinaus.

Behr hielt in einer Hand die Pistole, die andere hatte sie in Gröbers Haare gekrallt und hielt die Pflegerin vor sich wie einen Schild. »In den Fixierraum«, befahl sie. »Auf das Bett legen«, sagte sie zu Jan. »Und du fesselst ihn«, wandte sie sich an Gröber und gab ihr einen Stoß.

Die Pflegerin nickte weinend. »Es tut mir leid«, flüsterte sie, als sie Jan die Lederschlaufen um die Handgelenke zog.

Jan spannte die Muskeln an, aber er merkte schnell, dass er nicht aus der Fixierung entkommen konnte. Hoffentlich hatte irgendjemand die Schüsse gehört.

Als Jan auch an den Füßen gefesselt war, packte Behr Gröber wieder an den Haaren und zog sie mit sich. »Schöne Träume«, wünschte sie Jan. Dann schloss sie die Tür und er war alleine.

Kapitel 15

Jan war vom Schreien heiser, als endlich ein Pfleger in den Raum kam. Er trug einen blauen Kittel, Hosen gleicher Farbe und weiße Clogs. Eigentlich hatte Jan Dagmar Gröber erwartete, aber er war froh, dass er endlich hier herauskommen würde.

»Was ist hier los?« Das bartlose Gesicht des Mannes war bleich. »Im Aufenthaltsraum liegt Dr. Steegmann in einer Blutlache«, sagte er sichtlich verstört. Seine Hand zitterte, als er nach draußen deutete. »Ich muss sofort die Polizei rufen …«

»Ich bin die Polizei! Die Patientin Alina Behr hat Dr. Steegmann erschossen«, sagte Jan. »Mein Name ist Tommen von der Kripo Berlin. Ich war hier, um Behr zu verhaften.«

»Und warum sind Sie fixiert?«

»Keine Zeit, das zu erklären«, sagte Jan. »In meiner rechten Jackentasche ist mein Ausweis. Schauen Sie nach und machen Sie mich endlich los.«

Der Pfleger kam vorsichtig näher und betrachtete ihn misstrauisch.

»Ich bin kein Patient oder haben Sie mich hier schon mal gesehen?«

»Ich komme aus einer anderen Abteilung …«

»Überprüfen Sie mich«, unterbrach Jan. Er hatte Mühe, ruhig zu bleiben, aber Schreien hätte den jungen Mann noch mehr erschreckt.

Schließlich griff der Pfleger in die Jackentasche und zog das Mäppchen mit dem Ausweis hervor. »Hauptkommissar Jan Tommen«, las er und betrachtete das Bild.

»Und jetzt losmachen!«, schrie Jan dann doch vor Ungeduld.

Der Mann erschrak, steckte rasch das Mäppchen zurück und löste endlich die Fesseln an Armen und Beinen.

»Wo ist Dagmar Gröber?«, fragte Jan.

»Ich weiß es nicht«, antwortete der Pfleger, den Tränen nahe.

Jan ließ den Mann stehen und rannte zum Ausgang. Er fluchte, als er auf seine Uhr sah. Behr hatte fünfundvierzig Minuten Vorsprung. Er durfte ihn nicht größer werden lassen. Sein Auto stand noch am selben Ort, aber ohne Schlüssel war der Wagen nutzlos. Daneben lag sein Handy, mit gebrochenem Display und kaputtem Akku, als wäre jemand in großer Wut draufgetreten.

Er sprintete in Richtung Parkplatz. Heute Morgen hatten dort noch zwei Taxis gestanden. Der Regen prasselte in sein Gesicht und durchnässte seine Kleidung. Ein Taxi war weggefahren. Er sprang in das verbleibende und zeigte seine Kripomarke. »Ich muss zur Pankstraße«, sagte Jan. Der Fahrer hätte beinahe seinen Kaffee fallen lassen und presste seine freie Hand an die Brust. »Außerdem brauche ich Ihr Handy.« Jan nahm das Gerät von der Halterung über dem Radio.

Als der Mann immer noch keine Anstalten machte, loszufahren, rief Jan: »Jetzt sofort!« Eingeschüchtert stellte der Fahrer den Kaffee in den Halter und startete den Motor. Er trat aufs Gas und fuhr in halsbrecherischem Tempo vom Parkplatz. Dabei schnitt er einen Radfahrer und zwang einen Smart zur Vollbremsung, aber er fuhr schneller durch den dichten Verkehr, als Jan es gekonnt hätte. Binnen zwei Minuten hatte er gegen mehr Verkehrsregeln verstoßen, als die StVO kannte.

»Sie sind wirklich von der Kripo?«, vergewisserte er sich.

Jan nickte und wählte die Nummer der Dienststelle.

Mit einem Grinsen riss der Fahrer das Lenkrad herum und fuhr ein Stück durch eine Einbahnstraße, was ihm eine unflätige Geste einer älteren Dame mit Rollator einbrachte, die gerade einen Zebrastreifen überqueren wollte.

»Tommen hier«, sagte Jan. »Bitte gebt eine Fahndung nach Alina Behr heraus«, erklärte er dem Kollegen. »Sie ist bewaffnet und daher ist höchste Vorsicht geboten.«

»Wo ist sie?«, fragte der Mann.

»Mit einem Auto nach Brandenburg unterwegs, wird aber Berlin schon verlassen haben. Wahrscheinlich in westliche Richtung auf der A10.«

»Nummernschild und Fahrzeugtyp?«

»Weiß ich nicht«, sagte Jan frustriert. »Alina Behrs Foto ist in unserer Datenbank. Und zwar in Zusammenhang mit der Schießerei Skalitzer Straße vom Februar 2018. Seitdem hat sich ihr Äußeres nicht verändert.«

»Alles klar, Tommen«, sagte der Kollege. »Fahndung geht gleich raus.«

»Schicke bitte noch die Kollegen vom K1 in die Klinik«, fuhr Jan fort. »Dr. Steegmann wurde von Alina Behr in einem der Aufenthaltsräume erschossen.«

»Wird gemacht.«

»Danke.« Jan legte auf. Glücklicherweise kannte er Max' Nummer auswendig.

»Hallo?«, meldete sich dieser.

»Hier ist Jan«, sagte er. »Behr hat den Klinikleiter erschossen und ist auf der Flucht.«

»Das ist … scheiße«, sagte Max.

»Wo ist Nico Prehm?«

»Bei einem LARP in Brandenburg.«

»Weiß ich, aber wo genau in Brandenburg?«

»Das sage ich dir in einer Minute.« Die Tasten von Max' Laptop klapperten so laut, dass Jan es am Telefon hören konnte.

»Ich bin gleich in der Dienststelle und schnappe mir ein Fahrzeug.«

»Was ist mit deinem?«

»Behr hat meine Schlüssel mitgenommen«, sagte Jan. »Sonst wäre ich längst auf dem Weg nach Brandenburg.«

»Da sind wir im Vorteil. Behr weiß nicht, wo Prehm ist.«

»Doch«, sagte Jan.

»Woher?«

»Sie muss mein Auto verwanzt haben.«

»Wie soll sie das geschafft haben?«, wunderte sich Max.

»Wonsink war nicht der einzige Helfer. Behr hat den Klinikleiter erpresst und wahrscheinlich auch andere«, erklärte Jan. »Bei den ersten beiden Besuchen habe ich meine Jacke und meine Waffe in ein Spind gelegt. In der Jacke waren auch meine Autoschlüssel.«

»Dazu müsste sie Überwachungsequipment in der Klinik haben«, bemerkte Max. »Und das als Patientin?«

»Das ist alles spekulativ«, sagte Jan. »Informiere das KTI über die Situation. Sie sollen mein Auto aufbrechen und nachsehen. Es steht vor der Klinik. Wenn die Kollegen keine Wanze finden, ist es okay. So lange gehe ich davon aus, dass Behr nicht geblufft hat.«

Der Taxifahrer bog scharf in eine Kurve, sodass Jan ans Fenster gedrückt wurde.

»Informiere noch die Kollegen in Brandenburg über die Fahndung«, sagte Jan. »Sie sollen mögliche Wege von Berlin zum LARP kontrollieren. Aber es könnte bereits zu spät sein.«

»Okay.«

»Und dann gib die Adresse an Chandu weiter. Ich werde seine Hilfe brauchen.« Das laute Hupen eines Sattelschleppers ertönte hinter ihnen. »Er soll mich in fünfzehn Minuten anrufen. Ich nehme mein altes Handy mit. Die Nummer hast du noch.«

»Bis gleich.« Max legte auf.

An der Dienststelle angekommen, bremste das Taxi, dass die Reifen quietschten. »Was bin ich schuldig?«, fragte Jan.

»Es war mir eine Freude, zu helfen«, antwortete der Fahrer grinsend.

Jan gab ihm das Handy zurück. »Vielen Dank.« Er sprang aus dem Auto und rannte in sein Büro. Sie mussten Nico Prehm vor Behr erreichen, sonst wäre der junge Mann das nächste Opfer.

* * *

Der Regen wurde mit jeder Minute schlimmer. Der Himmel hatte sich vollkommen zugezogen und es war finster wie in der Nacht. Obwohl die Scheibenwischer auf höchster Leistungsstufe arbeiteten, konnte Jan durch die dichte Wasserwand kaum etwas erkennen. Mehrere Unfälle hatten den Verkehr auf der A10 quasi zum Erliegen gebracht. Ohne sein Blaulicht hätte er noch Stunden stehen müssen, aber selbst mit dem Signal gelangte er nur mühsam zwischen den Autos hindurch.

An einer Ausfahrt zu einem Rasthof stand ein Lkw. Die Fahrerkabine war auf den Standstreifen gerutscht und der Anhänger lag umgefallen auf der Zufahrt. Silberfarbene Fässer waren bis zur Tankstelle gerollt. Aus etlichen Löchern spritzte der Inhalt in dünnen Strahlen heraus und vermischte sich mit dem Regen.

Sein Handy klingelte. Er erkannte Chandus Nummer. Jan legte das Telefon auf den Schoß, nahm das Gespräch an und schaltete auf den Freisprecher.

»Hörst du mich?«, fragte sein Freund. Der Regen trommelte immer noch lautstark auf das Dach.

»Gut, dass du dich meldest«, sagte Jan.

»Max hat bei mir angerufen, mir diese Nummer gegeben und mich gebeten, mich sofort in Richtung Schorfheide aufzumachen.«

»Du bist hoffentlich nicht auf der A10.«

»Die ist wegen mehrerer Unfälle dicht«, erwiderte Chandu. »Mein Navi leitet mich über die 111. Was ist passiert?«

Jan gab ihm eine schnelle Zusammenfassung.

»Das ist grob«, erwiderte Chandu. »Hast du deine Kollegen in Brandenburg informiert?«

»Habe ich. Aber wegen des schlechten Wetters können sie keinen Hubschrauber starten. Behr hat zu viel Vorsprung, als dass sich eine Straßensperre lohnen würde. Außerdem wissen wir nicht, mit welchem Auto sie unterwegs ist. Schließlich hat sie noch eine Geisel genommen, sodass wir vorsichtig vorgehen müssen.«

Jans Handy piepste.

»Max hat uns eine SMS geschrieben«, sagte Chandu. »Darin sind GPS-Koordinaten.«

Jan nahm das Telefon in die Hand und gab die Zahlen in das Navi ein. »Hoffentlich führt uns das direkt zu Nico Prehm. Sonst nimmt das Rollenspiel einen blutigen Ausgang.«

* * *

Als Jan in Schorfheide ankam, sah er einen weißen AMG Mercedes mit glänzenden Felgen, einem stufigen Heckspoiler und zwei schwarzen Streifen an den Seiten, die an Blitze erinnerten. Der Fahrer hielt nicht viel von Tempolimits. Er fuhr deutlich schneller als mit den erlaubten 50 Stundenkilometern durch die Ortschaft.

Jan nahm sein Handy und wählte Chandus Nummer.

»Was gibt's?«, fragte sein Freund.

»Bist du das in dem Zuhälter-Mercedes, der wie eine Wildsau durchs Dorf rast?«

»Zuhälter-Mercedes«, empörte er sich. »Das ist ein ganz normales Auto, das … verbessert wurde.«

»Geh mal vom Gas runter, mit dem alten VW komm ich da nicht mit.« Die Bremslichter des AMG leuchteten. Jan schloss auf und setzte sich vor ihn.

»Wir sind noch zwei Kilometer von Max' Koordinaten entfernt«, sagte er. Sie fuhren auf einer schmalen Straße in den Wald, vorbei an einem Reiterhof, bis die Fahrbahn in einen matschigen Weg überging. Der Regen prasselte unverändert auf seine Windschutzscheibe.

»Die verdammte Welt geht unter«, murmelte Chandu.

Die Straße war gerade breit genug für ein Auto. »Hoffentlich hat sich Max nicht geirrt«, sagte Jan. »Hier kommen wir nie wieder raus.« Der Wind wehte kleine Äste und Tannenzapfen auf die Motorhaube. Sie fuhren einen Kilometer weiter, dann endete der Weg vor einer großen Eiche.

»Siehst du jemanden?«, fragte Jan.

»Links scheint es weiterzugehen«, antwortete Chandu. Jan wandte sich um. Ein abgerissener Ast lag auf dem Boden, dahinter war eine Lichtung. Jan fuhr über den Ast, der krachend brach, und kam auf einen unbefestigten Parkplatz, der rund fünfzig Meter lang war. Vier Autos und zwei Kleintransporter standen am Rand. Es war nicht viel Platz, gerade genug, damit Jan und Chandu daran vorbeifahren konnten. Der Boden war eine große, matschige Pfütze.

Ein neongelber Škoda mit einem Aufkleber der Eisbären Berlin stand schräg in einer Parklücke. »Das Auto kenne ich«, sagte Jan. »Der Octavia ist mir wegen des Aufklebers und des Kennzeichens im Gedächtnis geblieben.«

»B-GB 123.«

»Im Paragrafen 123 im BGB geht es um die Anfechtbarkeit wegen Täuschung oder Drohung«, sagte Jan. »Das musste ich für eine Prüfung lernen. Außerdem fand ich die schrille Lackierung des Škoda fürchterlich.«

»Also hat sich Behr dieses Auto genommen.«

»Im Zimmer für die Angestellten hängt auch ein großes Poster mit Autogrammen der Eishockeyspieler. Das passt zum Aufkleber auf dem Heck.« Jan parkte sein Auto hinter dem neongelben. »Verfluchter Regen. Ich kann nicht erkennen, ob noch jemand drinnen sitzt.«

»Lass uns nachschauen.« Chandu stellte seinen Mercedes direkt hinter Jans Dienstwagen.

Jan war kaum einen Schritt draußen, als ihn der Regen mit voller Wucht traf. Es fühlte sich an wie eine Dusche unter einem Wasserfall. Seine Lederjacke hielt den Oberkörper trocken, aber Jeans und Haare waren sofort durchnässt. Er sank bis zu den Knöcheln in den Matsch ein, während er seine Waffe zog. Den Kopf gesenkt, stapfte er los, die Waffe eng an seinen Bauch gepresst.

Neben ihm verfluchte Chandu das Wetter. Er schirmte mit der Linken sein Gesicht gegen den Regen ab, während er rechts mit ausgestrecktem Arm die Pistole vor sich hielt, den Blick auf das Auto gerichtet. Jan ging auf die Beifahrerseite und sah durch die Scheibe. Sein Freund blieb am Kofferraum stehen. Schließlich schüttelte Jan den Kopf. »Es ist niemand drin.« Er wollte zu seinem Auto zurückgehen, als er ein Klopfen vernahm.

»Hast du das gehört?«, fragte Chandu.

Jan nickte und deutete auf das Heck. Sein Freund streckte die Arme durch und hielt seine Pistole auf den Kofferraum gerichtet, während Jan diesen öffnete. Die Klappe sprang auf. Vor ihnen lag Dagmar Gröber, ein Tuch im Mund, Hand- und Fußgelenke mit Klebeband fixiert. Jetzt wusste Jan, warum sie ihn in der Psychiatrie nicht aus den Fesseln befreit hatte.

»Danke«, sagte sie erleichtert, als Jan den Knebel herausgenommen hatte.

»Geht es Ihnen gut?«

»Nur ein paar blaue Flecken von der Fahrt.« Sie schob sich mit den zusammengebundenen Händen die nassen Haare aus dem Gesicht.

»Wo ist Alina Behr?«, fragte Jan.

»Ich habe keine Ahnung.« Sie sah sich um. »Ich weiß nicht einmal, wo wir hier sind.«

Chandu zog ein Klappmesser aus seiner Tasche und schnitt ihr die Fesseln auf.

Gröber setzte sich auf die Fahrzeugkante. Der Regen schien ihr nichts auszumachen. Sie ließ ihre schlammverspritzten Schuhe über den Rand des Kofferraums baumeln und streckte die Arme nach oben.

»Bleiben Sie hier. Ich rufe eine Streife«, sagte Jan zu Gröber. Er eilte zu seinem Auto, öffnete die Tür und griff nach seinem Handy.

»Willst du sie alleine lassen?«, fragte Chandu, der ihm gefolgt war, flüsternd. »Vielleicht wartet Behr hinter der nächsten Hecke.«

»Das Risiko muss ich eingehen«, antwortete Jan ebenso leise. »Ihr Ziel ist Prehm, nicht Gröber. Außerdem ist Behrs Vorsprung zu groß. Wir müssen ihr sofort hinterher.« Er begann die Nummer anzuwählen, hielt aber inne. »Wenn Gröber die Fahrt über im Kofferraum gelegen hat, warum sind ihre Schuhe voller Matsch und ihre Haare nass?«

Sie drehten sich gleichzeitig zu ihr um, aber es war zu spät. Gröber hatte schon eine Pistole gezogen und richtete die Waffe auf sie.

Kapitel 16

Jan hechtete zur Seite und landete platschend in einer Pfütze. Die Kugel zischte knapp neben ihm vorbei und schlug in die Karosserie des Dienstwagens ein. Hastig rappelte er sich auf und kroch hinter das Auto, wo Chandu schon Schutz gesucht hatte.

Er zog und entsperrte seine Waffe. »Sie schießt mit *meiner* Pistole auf mich«, fluchte er. Ein weiterer Schuss ertönte und die Kugel durchschlug die Seitenscheibe des Dienstwagens.

»Was ist mit Ihnen los?«, schrie Jan über den prasselnden Regen hinweg. »Hat Alina Behr Ihnen so den Kopf verdreht, dass Sie Ihr Leben für sie wegwerfen? Nach allem, was sie getan hat.«

»Ich mache das für Leon.« Gröbers Stimme überschlug sich vor Zorn. »Er war ein guter Mensch. Hilfsbereit, freundlich und aufopferungsvoll. Er hatte diesen Tod nicht verdient.« Sie feuerte wieder einen Schuss ab, der diesmal in einen Baum einschlug. »Und Alina hat dieses Leben nicht verdient.«

»Menschen zu töten macht es nicht besser.«

»Ich will Sie beide nicht töten«, antwortete Gröber. »Ich verschaffe Alina nur Zeit, damit sie es zu Ende bringen kann, aber wenn Sie aus der Deckung kommen, werden Sie sehen, dass ich mit der Waffe umgehen kann.«

»Wenn du dich unten hältst, kann sie dich nicht treffen.« Chandu deutete in den Wald hinein. »Nach fünfzig Metern sind die Bäume dicht genug, dass du parallel zum Parkplatz laufen kannst. Dann bist du bei den Koordinaten, die Max uns geschickt hat.« Er deutete auf Gröber. »Ich beschäftige die Verrückte, bis deine Kollegen eintreffen.«

Jan schlug seinem Freund auf die Schulter. »Dann mal los.« Er ging geduckt vom Auto weg bis zu einer großen Kiefer. Hinter sich hörte er das Knallen von Chandus Pistole, mit der er Gröber in Deckung zwang. Der Boden war auch hier glitschig vom Regen, und er rutschte mehr vorwärts, als er lief, aber nach etwa fünfzig Schritten bog Jan nach links ab und rannte los. 200 Meter weiter kam er an eine Lichtung, auf der eine große runde Jurte stand. Der Regen rauschte in Strömen auf und über das Dach, aber der Innenbereich schien trocken zu sein. Der Vorhang zum Eingang war hochgeschlagen und ein über die ganze Breite reichender Tisch hingestellt. Darüber hing ein Schild mit der Aufschrift »Spielleitung«. Dahinter saß ein junger Mann mit Vollbart, der eine grobe Lederweste trug und einen Fellumhang über die Schultern. Er drückte sich ein Taschentuch an die Stirn und sah ängstlich auf die Pistole, die Jan mit ausgestreckten Armen von sich hielt. Vorsichtig legte der junge Mann das Taschentuch auf den Tisch und hob die Hände. Jan bemerkte eine große Beule an seinem Kopf.

»Keine Sorge«, beruhigte Jan ihn. »Ich bin von der Polizei.«

»Suchen Sie die verrückte Blonde?«

Jan nickte. »Wo ist sie hin?«

»Nordwestlich in den Wald.« Der Mann drückte das Taschentuch wieder an die Stirn. »Wie lange ist das her?«

»Vielleicht zehn Minuten.«

»Und woher kommt die Beule?«

»Sie hat mir eins mit der Pistole übergezogen, weil ich nicht wusste, wo Nico ist.«

»Nico Prehm?«

»Hier ist er Vatheran, der Einsiedler. Und wie der Name schon sagt, lebt er abgeschieden.«

»Sie wissen nicht, wo?«

»Das ist Teil des Spiels. Wer Vatheran findet und eine Aufgabe löst, bekommt eine Ampulle mit einem Heiltrank. Aber der Weg zu ihm ist ein Rätsel und selbst ich kenne die Lösung nicht.«

»Was für ein Rätsel?«

Der Mann reichte Jan eine Rolle Papier. »Als ich das der Frau gegeben habe, hat sie losgeschrien und das Papier zerknüllt. Dann hat sie mir eine verpasst und ist losgelaufen.«

Ein Schuss ertönte und der Mann fuhr vor Schreck hoch. »Wer schießt da draußen ständig?«, fragte er ängstlich.

»Keine Sorge, das sind meine Kollegen.« *Hoffentlich hat Chandu die Lage im Griff*, dachte er, während er das Papier aufrollte und die Zeilen überflog. »O Gott«, fluchte er nach einem Augenblick. Er hatte keine Ahnung, was darin stand. »Kennen Sie die Lösung wirklich nicht?«, fragte er den Mann, der nur den Kopf schüttelte. »Rätseln ist nicht meins.«

Jan nahm sein Telefon aus der Tasche und wählte Max' Nummer.

»Seid ihr angekommen?«, wollte Max sofort wissen.

»Ja, aber es gibt Probleme«, sagte Jan. »Eines davon ist ein Rätsel, das den Weg zu Nico Prehm weist. Und von der Sache verstehe ich nichts.«

»Lies es vor«, sagte Max.

Jan räusperte sich. »Vom Telperion zum Ringgeister Stundenzeiger, gehe Elronds Geburt in Schritten und weiter in Richtung des Meisterrings. Nach vier Ent-Schritten findest du den badenden Baum. Dort werde ich warten.«

»Frag die Spielleitung, ob in der Nähe ein silberner Baum ist«, sagte Max. »Wenn ja, lauf dorthin.«

»Gibt es hier einen silberfarbenen Baum?«, fragte Jan den jungen Mann.

»Fünfzig Meter nach Norden.« Er deutete hinter sich.

»Ich bin unterwegs«, sprach Jan in das Telefon.

»Telperion ist ein Lichtbaum, dessen Blätter von unten silbrig glänzten und dessen Tau silbern glitzerte«, erklärte Max. »Das stammt aus Tolkiens ›Silmarillion‹.«

»Was immer das ist«, murmelte Jan. Nach kurzem Dauerlauf durch den Regen stand er vor einem Baum mit silbern gefärbten Ästen. »Ich bin da.«

»Weiter nach Westen«, sagte Max. »Da der Baum im Norden steht, nach links. Und zwar 532 Schritte.«

»Wie kommst du darauf?«, fragte Jan, während er weiterjoggte.

»In ›Herr der Ringe‹ gibt es neun Ringgeister. Das sind die von Sauron verführten Menschenkönige. Bei neun Uhr zeigt der Stundenzeiger nach links, also nach Westen.« Er schien etwas zu trinken. »Elrond ist ein Charakter aus Tolkiens Werken. Er wurde im Jahr 532 des ersten Zeitalters geboren, daraus ergibt sich die Schrittanzahl.«

»Wer denkt sich so was aus?«

»Du musst mehr Fantasy-Rollenspiele spielen.«

»Wenn ich Behr erwische, bevor sie Nico erschießen kann, mache ich das.« Der Regen hatte zwischenzeitlich abgenommen, und Jan war dankbar, dass ein kleiner Trampelpfad durch den Wald führte, der ihm das Laufen erleichterte. Ab und zu hörte er noch einen Schuss durch den Wald hallen, aber er konzentrierte sich aufs Zählen und versuchte, nicht auszurutschen.

Als er um eine Biegung kam, sah er ein Mädchen am Boden liegen. Fünfzehn, höchstens sechzehn Jahre alt. Sie trug einen weiten Umhang, ein Baumwollhemd und helle Lederhosen. Die rechte Hand hielt sie auf ein Auge gepresst. An ihren Fingern klebte Blut.

»Ist alles in Ordnung?«, fragte Jan und kniete sich neben sie. »Ich bin von der Polizei«, fügte er hinzu, um die Waffe zu erklären.

»Ich war auf dem Weg zum Lager, als mich eine Frau angesprochen und nach dem Einsiedler gefragt hat.« Sie nahm die Hand vom Auge. Ihre Braue war aufgeplatzt. »Als ich sie auf das Rätsel hingewiesen habe, hat sie eine Waffe gezogen und mir ins Gesicht geschlagen.«

Jan half ihr hoch. »Haben Sie ihr den Weg erklärt?«

»Was hätte ich tun sollen«, rechtfertigte sie sich und deutete nach Westen.

Das Mädchen war noch wackelig auf den Beinen, wirkte aber nicht orientierungslos. »Schaffen Sie es ohne Hilfe zum Spielleiter?«, fragte er hastig. Sie musste hier weg. Behr war unberechenbar.

Das Mädchen nickte. »Mein Kopf schmerzt, aber gehen kann ich.«

»Die Polizei ist unterwegs und auch ein Rettungswagen«, sagte Jan. »Lassen Sie den Notarzt die Wunde ansehen.«

Sie fasste sich wieder an die blutende Augenbraue und ging dann langsam nach Osten.

»327.« Jan begann schneller zu laufen. Er wäre am liebsten losgerannt, aber er wusste nicht, was ihn bei Schritt 532 erwartete. Vielleicht war es nur ein kleiner Trampelpfad in den Wald, den er bei zu großer Eile verpassen würde. Daher konzentrierte er sich wieder auf das Zählen.

»532«, sagte er zwei Minuten später und atmete hörbar aus.

»Jetzt in Richtung ein Uhr«, sagte Max. »Es gibt nur einen Meisterring.«

Vor ihm war ein dichter Kiefernwald. »Wie weit?«

»Vier Schritte eines Ent«, sagte Max. »Die Baumhirten in ›Herr der Ringe‹ sind groß. Ich schätze mal, du musst vierzig Meter weit gehen.«

Jan schlug sich durch die Äste und kam an einen Tümpel. »Da ist ein kleiner See.«

»Perfekt«, sagte Max. »Darin müsste ein Baum sein.«

Links von ihm lag eine Kastanie im Wasser. Ihr großer Wurzelballen ragte zur Hälfte aus dem Erdreich, ein Sturm schien sie umgerissen zu haben.

Jan sprang über den Baumstamm. Dahinter bemerkte er ein schmales Zelt, verborgen unter abgerissenen Ästen. Nico Prehm kniete davor, die Hände hinter dem Nacken. Neben ihm stand Alina Behr und hielt ihm eine Waffe an die Schläfe. Sie schrie ihn an und ihr Gesicht war zorngerötet.

Noch im Sprung versuchte Jan, seine Pistole anzulegen, doch Behr war schneller. Sie hob ihre Waffe und schoss.

* * *

Der Schuss zischte so knapp an Jans Ohr vorbei, dass er den Luftzug spürte. Er fiel klatschend in eine Matschpfütze und erwiderte das Feuer. Das Projektil traf Behr über der linken Hüfte in die Rippen. Sie taumelte zurück und ließ sich hinter Prehm auf den Boden fallen, sodass sie den jungen Mann als Deckung nutzen konnte.

»Waffe weg!«, schrie sie und drückte Prehm die Pistole in ihrer Rechten an den Hinterkopf. Sie würgte und presste ihre linke Hand auf die Schusswunde. Blut sickerte zwischen ihren Fingern hindurch.

Jan überlegte, ob er einen Schuss auf Behrs Kopf riskieren sollte, aber als hätte sie seine Gedanken gelesen, ging sie hinter dem jungen Mann in die Knie und verbarg sich noch mehr.

»In den Teich!«, befahl sie.

Der Griff seiner Pistole war glitschig und es regnete noch. Das Risiko eines finalen Schusses war zu groß, also warf Jan die Waffe ins Wasser.

»Wir haben Boris Wonsink und Ihr vermeintliches Entführungsopfer Dagmar Gröber gefasst«, sagte Jan. »Außerdem ist die Brandenburger Polizei auf dem Weg hierher. Was immer Ihr Plan war, es ist vorbei.«

»Das ist es«, presste sie zwischen den Zähnen hervor. »Er ist der Letzte der Mörder. Was danach passiert, ist mir egal.«

»Warum tun Sie das?«, fragte Prehm weinend. »Ich bin kein Mörder.«

»Du hast meinen Mann getötet«, erwiderte sie wütend.

»Habe ich nicht«, antwortete er ebenso laut. »Ich habe noch nie eine Waffe in der Hand gehabt. Ich habe nur ein Programm geschrieben, das bei der Verbrechensbekämpfung helfen soll. Was ist daran falsch?«

»Dieses verfluchte Programm ist für Leons Tod verantwortlich.«

»Ist es nicht«, widersprach Prehm. »Die Waffenhändler sind für Leons Tod verantwortlich. Vielleicht auch die Männer von GreyDef, aber nichts von dem, was ich programmiert habe, hat einen Schuss abgefeuert.«

»Ihr Computerfreaks glaubt, euch gehört die Welt«, sagte Behr. »Ihr versucht, alle Probleme wegzuprogrammieren, als handelte es sich nur um ein Spiel. Dabei wisst ihr nicht, wie das Leben da draußen ist.« Sie hustete Blut.

»Ich bin kein Freak«, sagte Prehm. »Schon als kleines Kind war ich nicht wie die anderen meines Alters. Ich interessierte mich nicht für Fußball, konnte beim Rennen nicht mithalten und habe lieber ein Buch gelesen, als Sport zu treiben. Ich war klein, schüchtern und zurückhaltend, was meine Klassenkameraden zum Anlass genommen haben, mich zu schikanieren. Sie haben mich geschlagen, getreten, meinen Rucksack in den Matsch geworfen und mein Pausenbrot hinterher. Und das jeden Tag, nur weil ich anders war. Jeden verdammten Tag.« Prehm wischte sich eine Träne von der Wange. »Ich hätte gern

Freunde gehabt, wäre gern auf einen Geburtstag eingeladen worden oder hätte beim Schulfest lieber nicht in der letzten Reihe gestanden, aber dem war nicht so, also fand ich meinen Frieden bei den Computern. Wenigstens darin war ich besser als meine Klassenkameraden. Und als wir die KrimPro-Software zum Laufen gebracht hatten, kamen wildfremde Menschen zu mir, schlugen mir freundlich auf die Schulter und beglückwünschten mich. Man lud uns zu einem Empfang ein, und die Polizisten unterhielten sich mit mir, als wäre ich einer von ihnen, kein autistischer Freak, der außer seinem Computer keine Freunde hat.« Er wandte den Blick zu Behr. »Das hat sich gut angefühlt. Und als Peer mich gefragt hat, ob ich an einer verbesserten Version von KrimPro mitarbeiten will, habe ich sofort Ja gesagt.« Er senkte den Blick. »Es tut mir leid um Ihren Mann. Ich würde alles tun, um das rückgängig zu machen, aber woher sollte ich wissen, dass so etwas passieren würde.«

Behrs linke Hand war rot von Blut und sie atmete schwer. Sie hielt unverändert die Pistole an Prehms Schläfe und schwieg, als würde sie überlegen, ob sie abdrücken sollte. Dann richtete sie die Augen zum Himmel.

»Leon hat den Regen geliebt«, sagte sie. »Bei den warmen Sommergewittern sind wir nach draußen und haben getanzt, bis wir vollkommen durchnässt waren. Dabei hat er mich in den Arm genommen, hat mich hochgehoben und geküsst, leidenschaftlich. Wir waren zwei Liebende, deren Zuneigung unendlich schien. Und wenn wir wieder im Wohnzimmer waren, haben wir uns unter die große Decke am Kamin gekuschelt und über unsere Zukunft gesprochen, über Kinder, welche Namen wir ihnen geben und wie wir ihre Zimmer einrichten würden.« Ein dünner Faden Blut lief ihr aus dem Mund über das Kinn und tropfte auf den Boden. »Es wäre ein gutes Leben gewesen, ein glückliches Leben, aber all das ist nur noch eine Erinnerung, die mit jedem Tag mehr verblasst, wie ein Foto in einem Poesiealbum.« Sie ließ die Pistole sinken. »Leon«, flüsterte sie. »Mein Leon.« Dann sackte ihr Kopf nach vorne und die Waffe fiel aus ihrer Hand.

* * *

Drei Tage nach Alina Behrs Tod war der Fall immer noch in den Zeitungen, aber die Anfragen in der Pressestelle waren weniger geworden und die Mordserie verschwand von den Titelseiten. Jan war froh um die Ruhe.

Wie immer war jeder Tisch bei seinem Lieblingsitaliener belegt, aber glücklicherweise hatte er rechtzeitig reserviert. In den letzten Wochen hatte sich Chandu so viel um sie gekümmert, dass er zum Abschluss des Falls endlich etwas für seinen Freund tun wollte. Auch Max und Zoe hatten sich etwas Besonderes verdient.

Während Max die Tortellini unter einer dicken Schicht Käse aus der Auflaufform zog, schien Chandu die Lasagne zu genießen, was bei seinen hohen Ansprüchen nicht selbstverständlich war. Zoe verschlang ihre Partypizza Bombastic mit Salami, Schinken, Artischocken, Champignons, Paprika, Oliven, Peperoni und Spinat. Jan beneidete seine Freunde, musste er doch auf seine Linie achten und hatte sich daher nur einen gemischten Salat bestellt. Sie hatten bereits die zweite Flasche Rotwein geöffnet und die Entspannung nach diesen verrückten Wochen war ihnen anzumerken. Es wurde ausgiebig gelacht, gescherzt und über Belangloses geredet.

»Haben die Leute vom KTI wirklich eine Wanze in deinem Auto gefunden?«, fragte Max kauend.

»Das war ja noch harmlos«, erwiderte Jan. »Viel irrer war die Ausrüstung in Behrs Schrank. Da wäre Q vom MI6 neidisch geworden. Darunter fand sich auch Peer Ohsts Laptop, was es der Staatsanwaltschaft erleichtern wird, Wonsink und Gröber ins Gefängnis zu schicken.«

»Den Zusammenhang zwischen Wonsink, Gröber und Behr habe ich noch nicht verstanden«, sagte Chandu.

»Dagmar Gröber war jahrelang Leon Behrs Patientin«, erklärte Jan. »Sie litt an Depressionen und Burn-out, was nicht nur an ihrer anstrengenden Arbeit in der Klinik lag, sondern auch an den sexuellen Belästigungen vonseiten Steegmanns.«

»Dann ist es nicht schade, dass Behr ihn erschossen hat«, bemerkte Zoe.

»Aus Dankbarkeit für Leons Behandlung hat sich Gröber aufopferungsvoll um Alina gekümmert. Als die dann den Wunsch nach Rache für Leons Tod hegte, war sie sofort dabei.« Er spießte ein Stück Gurke mit seiner Gabel auf. »Die ersten Pläne haben sie im Dezember letzten Jahres ausgeheckt, was zu Alinas beginnender Genesung geführt hat. Ihre Selbstmordgedanken waren ebenso verschwunden wie ihre Panikattacken. Und um das perfekte Alibi zu bekommen, hat Alina den Klinikleiter verführt. Von diesem … Akt haben wir auf Gröbers Handy eindeutige Fotos gefunden, welche die Frauen zur Erpressung genutzt haben werden.«

»Und wie kommt Boris Wonsink ins Spiel?«, fragte Chandu.

»Vor ihrer Zeit in der Klinik war Gröber in der JVA Moabit Sozialarbeiterin im Strafvollzug. Von dort wird sie ihn gekannt haben. Aber das prüft die Staatsanwaltschaft noch.«

»Glücklicherweise war Gröber keine erfahrene Schützin, was es mir und deinen Kollegen leicht gemacht hat, sie zu überwältigen«, sagte Chandu. »Aber die Worte, die sie während ihrer Verhaftung gesagt hat, waren nicht jugendfrei. Sie wird von der Richtigkeit ihrer Taten überzeugt bleiben.«

»Gröber wird wegen mehrfacher Beihilfe zum Mord und versuchten Mords angeklagt werden«, sagte Jan. »Sie wird für lange Zeit ins Gefängnis gehen.«

»Als wir wussten, nach wem wir suchten, haben wir Wonsink auf zwei Überwachungsaufnahmen aus der Friedrichstraße entdeckt«, sagte Max. »Und zwar zeitlich passend zu Fiona Denz' Tod. Da er darauf dieselbe Tasche in der Hand hat, die wir in Kreuzberg mit der Mordwaffe gefunden haben, wird Wonsink eine Zelle mit unbefristetem Wohnrecht bekommen.«

»Außerdem hat sich noch ein Zeuge gemeldet, der ihn bei einem Bootsverleih nahe des Kanonenplatzes gesehen hat, und zwar genau an Felix Hankels Todestag«, ergänzte Jan. »Damit können wir ihn mindestens mit zwei Mordfällen in Verbindung bringen.« Er aß ein Stück Tomate. »Was wir nicht gefunden haben, ist das Gewehr mit dem Thomas Schart erschossen worden ist. Und das Geld, mit dem Behr Wonsink bezahlt hat.«

»Hat sie ihn bezahlt?«, fragte Zoe.

»Irgendwo muss der Erlös des verkauften Reihenhauses hingekommen sein«, sagte Jan. »Wonsink wird Behr nicht aus Nächstenliebe geholfen haben. Aber die Ermittlungen sind ja noch nicht abgeschlossen.«

»Warum war Behr mit ihm auf der Schießanlage?«, fragte Zoe. »Das Risiko war nicht unerheblich.«

»Nach Aussagen des Anlagenbesitzers hat auch Behr mit der Oberland Arms trainiert. Vielleicht ist sie für den Tod eines der Opfer verantwortlich, oder sie war eine Art Back-up, falls Wonsink ausfällt.«

»Wie geht es Nico Prehm?«, fragte Zoe.

»Nicht gut«, sagte Jan bedauernd. »Die Erlebnisse im Wald haben tiefe Narben auf seiner Seele hinterlassen. Er hat Albträume, leidet unter Panikattacken und will nie mehr einen Computer anfassen. Obwohl er niemanden verloren hat, ist er in der gleichen Verfassung wie Alina Behr vor einem Jahr. Er ist in ambulanter psychiatrischer Behandlung, wird aber wohl bald in eine geschlossene Abteilung aufgenommen.« Jan seufzte. »Auch wenn wir ihm das Leben gerettet haben, kann es sein, dass ihm die Begegnung mit Behr für immer zu schaffen machen wird.« Er trank einen Schluck Wein. »Aber wenigstens wurden die Ermittlungen gegen Patrick eingestellt«, sagte Jan. »Ihm konnte kein Fehlverhalten bei dem tödlichen Schuss auf Tinz nachgewiesen werden. Außerdem haben sich Bergman und ich vehement für ihn eingesetzt, schließlich hat er mir das Leben gerettet, denn Tinz hätte es nicht bei einem Schuss belassen.«

»Wenigstens etwas Gutes bei all dem Wahnsinn.« Chandu hob das Weinglas. »Auf Patrick.«

»Und auf uns«, ergänzte Jan. »Immerhin haben wir die Mordserie gestoppt, bevor es ein weiteres Opfer gegeben hat.«

»Mögen wir den Bösen immer einen Schritt voraus sein«, sagte Max feierlich.

»Ein guter Grund, zu trinken«, schloss Zoe und alle stießen miteinander an.

Epilog

Als sich die beiden Flügel des Kirchenportals öffneten, ging ein Regen von Blütenblättern auf Jan und Lan nieder. Die Kollegen von der Dienststelle packten ihn an den Beinen und hoben ihn auf Chandus Schultern. Es war ein perfekter Hochzeitstag. Die Sonne strahlte und die Bäume um die Kirche blühten in weißer Pracht. Lans Kommilitoninnen hatten die Last auf mehrere Trägerinnen verteilt. Braut und Bräutigam befanden sich in gleicher Höhe zwei Meter voneinander entfernt. Lan lachte aus vollem Herzen und das Glück über diesen Tag war ihr anzusehen.

Jan wischte sich eine Träne von der Wange. Sie war so wunderschön in dem schlichten weißen Kleid mit den strassbesetzten Trägern, die im Licht glänzten. Ihre schwarzen Haare waren zu einem aufwendigen Zopf geflochten, der ihr bis zu den Schultern fiel. Er wollte ihre Hand greifen, aber die beiden Gruppen trennten sich lachend und liefen mit ihnen über den großen Vorplatz. Alles um sie herum war mit herzförmigen Ballons geschmückt, die auf ein Zeichen von Max wie eine riesige rote Wolke zum Himmel flogen.

Wo immer das Paar vorbeigetragen wurde, jubelten die Menschen und klatschten. Jan sah seine Mutter in Freudentränen aufgelöst, daneben Bergman und Patrick, Zoe und Max und all die Kollegen, mit denen er so viele Jahre zusammengearbeitet hatte. Jeder war gekommen, um den schönsten Tag seines Lebens mit ihm zu feiern.

Auf einer kleinen Bühne begann eine Mariachi-Band zu spielen. Die fünf Männer waren in traditionelle mexikanische Musikerkluft gekleidet, mit großen Sombreros und glitzernden Metallschnallen an ihren Hosen. Das dumpfe Dröhnen der Bassgitarre klang selbst über den Jubel seiner Freunde hinweg, durchschnitten nur vom hellen Klang einer Trompete.

Ihr Weg führte sie weiter, vorbei an einem Bierwagen, einem Büfett mit zahllosen asiatischen Snacks bis zu einem italienischen Eisstand. Jan streckte die Hand aus. Er hätte an diesem heißen Tag gern eine Abkühlung gehabt, aber sein Freund und Lans Kommilitoninnen setzten die Runde um die Kirche fort.

Auf dem Parkplatz stand ein großes weißes Cabrio mit einem Herzen aus silbernen Blumen auf der Motorhaube, dahinter zahllose Autos mit weißen Schleifen an den Spiegeln, die darauf warteten, im Korso nach Friedrichsfelde fahren zu dürfen. Doch so weit schien es noch nicht zu sein, denn sie wurden zurück zu den Essensständen getragen. Auf dem Weg dorthin bekam Jan einmal Lans Hand zu fassen. Gegen den gespielten Widerstand ihrer Träger zog er sie zu sich und küsste sie, nur einen Augenblick, aber es war ihr erster Kuss als Mann und Frau. Und er würde ihn für immer in seinem Herzen bewahren.

Danksagung

Mein Dank für dieses Buch geht an Daniela Walther für die Hilfe mit KrimPro, Predictive Policing und generellen Hinweisen zur Arbeit der Kripo.

Made in the USA
Monee, IL
06 December 2020

51376459R00176